FÜNF TAGE IM MAI

Roman

ELISABETH R. HAGER

KLETT-COTTA

Der Gedichtvers auf S. 150 von Georg Trakl entstammt folgender Ausgabe: Georg Trakl: »Kasper Hauser Lied« in *Sebastian im Traum*. K. Wolff Verlag 1915.

Klett-Cotta
www.klett-cotta.de

Printed in Germany
Cover: ANZINGER UND RASP Kommunikation GmbH, München
unter Verwendung eines Fotos von Private Collection/Photo
© Christie's Images/Bridgeman Images
Gesetzt von Dörlemann Satz, Lemförde
Gedruckt und gebunden von GGP Media GmbH, Pößneck
ISBN 978-3-608-96264-2

Zweite Auflage, 2019

Für Sebastian Pletzer, meinen Urgroßvater

Who ever desires what is not gone? No one.
Anne Carson

Die Gefühle sind wahr. Die Geschichten erfunden.
Ähnlichkeiten zu Lebenden und Toten zufällig.

DONNERSTAG, 8. MAI 1986

Pocket Coffee

Weiß in allen Schattierungen standen wir vor der gelben Kirchenrakete. Zwei Dutzend Friedenstauben, zum Abflug bereit, bange Blicke in die Menschenmenge werfend, in der unsere Eltern eben erst verschwunden waren. Hier und da zupfte eine angespannte Mutter noch an einem Kleidchen oder rammte eine Haarnadel in die Turmfrisur ihrer Tochter. Glänzende Rücken, von Mädchenarmen baumelnde Stoffe, weißbebänderte Schöpfe, in denen der Wind spielt. Wir waren in dünne Jäckchen gehüllt, trugen Wollstrumpfhosen unter Spitzenkleidern. Es war Mai, aber wissen tut man schließlich nie. Die Buben in ihren dunklen Anzügen standen abseits, nicht so ordentlich wie wir, doch auch nicht so lärmend wie sonst. Die Sonne wärmte mir den Rücken, doch meine Füße in den dünnen Lackschuhen blieben eiskalt.

Ich erinnere mich nicht immer an Gerüche, aber ich habe das gedämpfte Geschnatter im Ohr. Und ich sehe den Himmel über uns, einen Vormittagshimmel, über den sich zwei dünne Kondensstreifen ziehen.

Meine Freundinnen Fritzi und Barbara gefielen mir, ihre kunstvoll geflochtenen Haare mit den Blumen darin. Ich gefiel mir nicht. Natürlich, auch ich trug ein weißes Kleid, sogar eins mit Reifrock. Doch dem eigenen kritischen Blick hielt ich nicht stand. Markus, der im Unterricht neben mir saß, nannte mich immer Peppermint Patty wie das rothaarige Mädchen von den Peanuts. Dabei war und ist mein Name Illy, kurz für Leonore. Das Peppermint-Patty-Gerede kam mir genau so lange schmeichelhaft vor, bis ich Peppermint Patty zum ersten Mal sah: ein dickes, neunmalkluges Mädchen im Fußballtrikot, das von ihrer besten Freundin *Sir* genannt wurde. Der Vergleich kränkte mich, schließlich saß irgendwo an der Rückwand meines siebenjährigen Hirns der Wunsch, nicht nur tollkühn, tapfer und klug zu sein, sondern auf blödsinnige Art auch bildschön. Dem gängigen Ideal mädchenhafter Schönheit, das als Fritzi, Steffi oder Biggi weißgewandet um mich herumwogte, entsprach ich aber nicht. Und mein Kleid täuschte kaum darüber hinweg. In meinem Eifer, dem Prinzessinnenbild einige Zentimeter näher zu rücken, hatte ich mich beim Einkaufen mit Tante Bea in ein zu enges Kleid gezwängt und behauptet, es passe ausgezeichnet. In diesem Ding steckte ich jetzt und rang nach Luft. Dass ich das einzige Mädchen mit streichholzkurzem Haar war, ließ sich allerdings nicht wegzaubern.

Meine Eltern und Tante Bea nickten mir aufmunternd zu. Nur Tat'ka, meinen Urgroßvater, sah ich nirgends, was mir komisch vorkam, schließlich war er schon der Größe wegen kaum zu übersehen. Papa strahlte unter seinem frisch gestutzten Schnauzer. Die Wangen meiner Mutter blühten vor Aufregung, ihre Augen ruhten stolz auf meinem Kleid. Onkel Martin umschwirrte die Szene wie ein Satellit mit seiner Super-8-Kamera. Er war ein kleiner Mann mit hochfahrendem Temperament, ein Technikfreak, nur zufrieden, wenn er hinter einem Objektiv oder einer Kameralinse verschwinden konnte, tief in seine Arbeit versunken, im unumstößlichen Wissen, Bleibendes zu schaffen. Damals tyrannisierte er die Familie mit seinen Filmaufzeichnungen, die wir uns, begleitet von hunderten Erklärungen, in seinem Hobbykeller anschauen mussten. Duldsam, als wären wir nicht dabei gewesen. Ausgerechnet den Film von meiner Erstkommunion habe ich nie gesehen. Oder ich erinnere mich nicht daran. Natürlich, ich könnte meinen Onkel danach fragen. Aber ich erinnere mich lieber auf diese Art, die vielleicht nicht der Wahrheit entspricht, aber was ist schon die Wahrheit?

Ich hätte mich über das kleine Komitee freuen können, das sich meinetwegen vor der Kirche eingefunden hatte. Stattdessen vermisste ich Tat'ka. Sobald ich sein von den Jahren gegerbtes Gesicht erblickte, fühlte ich mich sicher. Denn Tat'ka mochte mich, auch wenn ich nicht aussah wie eine Prinzessin.

Frau Häusler, der Klassenfeldwebel, trat auf den Plan und gab mit schneidender Stimme die Order: »In die Zweierreihen! Und dann wie besprochen: Einzug in die Kirche!«

Eifrig folgten wir ihren Anweisungen. Die Mädchen reihten sich hintereinander auf und warteten darauf, dass sich der verabredete Begleiter bei ihnen einfand. Ich brauchte nach meinem nicht lange zu suchen, Markus war der Größte in der Klasse. Er brach aus der Bubentraube aus und latschte mit großen, eckigen Schritten herüber. Markus hatte ein Gesicht, lang wie ein Salzstangerl. Meins war rund wie eine Semmel. Keine Frage, wir passten zusammen.

»Was schaust' denn so grau, ist dir schlecht?«, fragte ich.

Er gab keine Antwort, nahm stattdessen meine Hand und blickte entschlossen nach vorn, ein Soldat vor dem Abflug ins Krisengebiet. Meine Eltern und Tante Bea grinsten und nickten nun auch ihm aufmunternd zu, während mein Onkel die Szene für die Nachwelt festhielt. Markus' Hand war klamm. Ich warf einen Blick auf Vronis französischen Zopf, roch das Gel in meinen kurzen Haaren und seufzte. Dann aber fielen mir Tat'kas Worte ein. *Haltung bewahren.* Selbst wenn ich das seltsamste Mädchen war, das je die Erstkommunion bekommen würde.

»Jetzt geh endlich«, zischte Markus plötzlich.

Sofort machte ich einen solchen Satz, dass ich gegen den seidenen Rücken vor mir knallte und eine holprige Welle auslöste, die sich auf die Paare vor uns übertrug und erst bei Katrin und Hansi am Anfang des Zugs verebbte. Im nächsten Moment hatte der Zug seine Stabilität wieder und schob sich wie ein taumelnder Tausendfüßler zur einsetzenden Orgelmusik durch die Kirchentür. Im Inneren umschlossen uns marmorne Kühle und der Geruch nach süßer Verzweiflung. Die Wände waren vom Stuck überwuchert. Heiligenstatuen starrten lebensmüde von den Mauervorsprüngen herunter, während wir uns in winzigen feierlichen Schritten durch das Mittelschiff bewegten. Damals wunderte ich mich, warum niemand das Gold aus der Kirche stahl. Wir hatten im Sachunterricht gelernt, dass es Armut gab auf der Welt und der Reichtum ungerecht verteilt war. Das Gold, das mir entgegenfunkelte, gehörte dem lieben Gott. Doch der brauchte es nicht, schließlich konnte er alles, was er sich wünschte, per Fingerschnipp erschaffen. Warum also gab man es nicht den Armen, die zu höflich waren, es selbst zu nehmen? Der liebe Gott hatte bestimmt nichts dagegen.

Immer ein Bub und ein Mädchen im Wechsel, machten wir in den vorderen Reihen Halt, vollführten einen Diener oder einen Knicks und nahmen der Reihe nach Platz. Zum ersten Mal fand ich Gefallen an meinem weiten Reifrock. Ich musste ihn hochheben wie einen Hula-Hoop-Reifen, um in die Kinderbank zu passen, und kam mir dabei wie eine Gräfin in einem Schwarzweißfilm vor. Ein langgezogenes Zischen ertönte. Der Warnpfiff meiner Tante. Da sie mir verboten hatte, mich während der Messe nach der Familie umzudrehen, sah ich mich gezwungen, sie zu ignorieren. Stattdessen hob ich den Rock noch ein Stück höher, rückte in die Bankreihe und ließ mich neben Markus auf die Sitzfläche plumpsen. Rechts von mir fädelten sich Kicki und Franz Josef aus der 2a ein, mit denen ich bis zu diesem Tag noch nie ein Wort geredet hatte.

Kaum saßen wir, trat der Pfarrer, begleitet von einem Tross Ministranten, aus der Sakristei. Alles stand auf – selbst die Musik erhob sich –, und die Messe begann. Der bestickte Talar des Priesters, seine Stimme, der schöne Ring an seinem Finger. Viele meiner Klassenkameradinnen hatten die Kirche vor diesem Tag vielleicht drei- oder viermal betreten. Ich dagegen kannte mich hier aus. Seit ich denken konnte, war ich jeden Sonntag mit meinen Eltern hergekommen. Ich liebte die Weihrauchschwaden, die mit Lametta geschmückten Christbäume, die Feuer in der Osternacht, aber vor allem den Chor der Stimmen, den Klang sich faltender Hände, das Stampfen hunderter Füße, das mechanische Aufstehen und Hinsetzen, das hastige Schnappen nach Luft am Ende jeder Rosenkranzstrophe. All das geschah, ohne dass jemand, kein Mensch jedenfalls, den Einsatz dafür gab. Beim Gedanken an die Messe beschleunigte mein Blut und schoss schneller durch die Kanäle unter der Haut.

Die Holzbänke knackten. Dann erhob sich die Gemeinde und riss auch die Neulinge mit. Augenblicke später begann ein Gemurmel, das ich unzählige Male gehört hatte, doch jetzt zum ersten Mal verstand: *Ich bekenne Gott, dem Allmächtigen, und allen Brüdern und Schwestern.* Hunderte halblaute Stimmen, synchron bis auf einen, Norbert, einen rotfleckigen Mann aus der Siedlung mit Downsyndrom, der einen Bart wie ein Wels hatte und jedes Wort exakt einen Schlag zu spät wiederholte. *Dass ich Gutes unterlassen und Böses getan habe.* Was soll ich schon gemacht haben, ging es mir durch den Kopf. *Ich habe gesündigt – gesündigt*, krähte Norbert – *in Gedanken. – Gedanken. In Worten. – Worten. Und Werken. – Werken.* Ach so? *Durch meine Schuld.* Hunderte Fäuste. Wie sie auf hunderte Brustkörbe knall'n. *Durch meine Schuld. Durch meine große Schuld.* Beim dritten Schlag fiel es mir ein: Ich hatte tatsächlich gesündigt! Schon vor einem halben Jahr. Bei der Kommunion hatte ich mit unschuldiger Miene den Schnabel geöffnet und den Pfarrer getäuscht! Als er mir die Hostie hineinsteckte, so getan, als wär das alles ganz normal. Das Kleben der Hostie am Gaumen. Ihr Geschmack nach einem freudlosen Leben. Ja, ich hatte gesündigt. Diese Sätze galten mir. *Darum bitte ich die selige Jungfrau Maria, alle Engel und Heiligen und euch, liebe Brüder und Schwestern, für mich zu beten bei Gott, unserem Herrn – Herrn.*

Die Menge setzte sich. *Herr, erbarme dich unser.* Ich schaute zu Markus, der sich entspannt hatte und nun sorglos geradeaus blickte. *Christ, erbarme dich unser. Herr, erbarme dich unser.* Ich versuchte, mich abzulenken. Ich beobachtete den Pfarrer, der gerade das Gloria anstimmte. Er tänzelte um den Altar wie ein Boxer. Jede seiner Bewegungen präzise, leichtfüßig. Mir gefiel, was der Pfarrer tat, seine Arbeit, die Nähe zum lieben Gott. Vor Kurzem hatte ich meinem Uropa erklärt, dass ich später auch mal Pfarrer werden wolle. Die Vorteile lagen auf der Hand: Wenn der Pfarrer sprach, hörten alle zu. Er hatte ein silbernes Mikrofon und konnte, wann immer er Lust dazu hatte, mit Gott und Jesus reden, mit der Jungfrau Maria, allen Engeln und Heiligen. Tat'ka hatte mich schräg von der Seite angeschaut und gemeint, ich solle in die Politik gehen, wenn ich so ein Sendungsbewusstsein hätte. Nun geisterte dieses Wort durch mein Hirn, *Sendungsbewusstsein.* Und die Frage, ob es was Gutes war oder nicht.

Wieder zog es die Menge nach oben. Ich aber taumelte, aus dem Takt geraten. Im nächsten Moment aus hunderten Mündern das eine Gebet, nur ich saß stumm in meiner Reihe. Und dann: *Amen. Amen,* krähte Norbert, *Ameeen,* krähte ich den anderen hinterher, die sich längst schon wieder setzten. Ich strengte mich an dazuzugehören, wollte Teil dieses Körpers sein, der vielgliedrig sprach, aufstand, sich setzte, dem Trost gespendet wurde und verziehen. Auch mir musste doch, sollte doch. Oder?

Frau Knolle, unsere Religionslehrerin, trat vor und las ein Gleichnis aus der Bibel. Ich hörte angestrengt zu, doch aus allem, aus jedem einzelnen Satz sprach nur das eine: meine Schuld. Plötzlich war mir, als läge die vor Monaten erschlichene Hostie noch immer wie ein Stein in meinem Magen. Und mit ihr die drängende Frage: Welche Sünden hatte ich noch begangen?

Eine Welle der Übelkeit stieg in mir hoch. Kaum war der Brechreiz verebbt, schnappte ich nach Luft. Das Kleid konnte jeden Moment platzen. Ich warf Markus einen gequälten Blick zu.

»Mir ist schlecht.«

Er blickte beschämt nach vorn. Ich wollte nicht, dass er sich schämte, er sollte mir helfen. Ich versuchte es mit drastischeren Worten.

»Du, ich kotz gleich.«

Stille.

»Hey!«

Ich zupfte an seiner Anzugjacke. Erst tat er, als hörte er mich nicht, dann erbarmte er sich doch.

»Konn-znn-trier-dich-auf-n-Punnkt-in-der-Ferrne-unn-schau-hinn-biss-ss-bess'r-geht.«

Markus konnte reden, ohne die Lippen zu bewegen. Trotzdem blickte er jetzt ängstlich nach hinten, ob ihn seine Mutter beim Schwätzen erwischt hatte, während ich versuchte, seinen Rat umzusetzen. Der schillerndste Punkt in der Ferne war der Ring an der Hand des Pfarrers. Er funkelte wie ein Tautropfen in einer Astgabel am frühen Morgen. Der Pfarrer sprach mit sanfter Stimme, einer Stimme, die ich mochte. Tante Bea hatte gesagt, ich sei auch ein Stimmtalent. Und: Man solle mich fördern. Ja, ja, sollte man, hatte meine Mutter gesagt. Und jeden Tag Spinat wär auch nicht schlecht.

Ich starrte auf den Ring, der in diesem Moment von unten nach oben und von links nach rechts tanzte. Im nächsten Augenblick schlug der Ring zwei rechte Winkel und kam im Sturzflug auf einem goldenen Becher zum Liegen. Ich hatte keine zehn Sekunden Ruhe gehabt, da sauste er schon wieder nach oben. Der Kelomat fiel mir ein, unser Druckkochtopf, der gefährlichste Topf im ganzen Haus. Die Mutter sagte immer: Bleib weg, es gibt Kartoffeln. Der Kelomat hatte ein kleines rotes Zäpfchen, das stieg und stieg, je länger die Kartoffeln kochten. Wenn zwei Striche zu sehen waren, musste der Topf schleunigst von der Platte, sonst explodierte er und glühende Kartoffeln flogen einem ins Gesicht. So hatte meine Mutter es mir erklärt.

Ich spürte, wie das zweite Strichlein meines inneren Druckkochtopfs sich unaufhaltsam nach oben schraubte, und sondierte das Gelände nach Fluchtmöglichkeiten. Neben Markus saßen vier Kinder. Rechts von mir Franz Josef und Kicki. Einige Augenblicke versuchte ich noch, mich dagegenzustemmen, dann gab es kein Halten mehr.

»Raus, lass mich raus, Franzl«, flüsterte ich.

Franz Josef aber schaute selbst wie hypnotisiert auf den Ring des Pfarrers.

»Entschuldigung. Entschuldigung!«

Den Reifrock als stumpfe, weiße Waffe in die Höhe haltend, drängte ich mich an ihm und der wütend dreinschauenden Kicki vorbei auf den Gang hinaus und begann zu laufen. Bei jedem Schritt hallten meine Lackschuhe über den Marmorboden. Mein Herz sauste. Dutzende Augenpaare flogen in meine Richtung, verstanden und wandten sich wieder ab. Das überraschte Zischen meiner Tante klang wie Fahrtwind in meinen Ohren. Mitten im Lauf zum Haupteingang, der meilenweit entfernt zu liegen schien, fing mich ein anderer Pfiff ein, scharf, militärisch. Ich drehte den Kopf und sah dort, am dunklen Seiteneingang, halb verdeckt von einem schweren Vorhang, Tat'ka! Seine große Gestalt war leicht nach vorn gebeugt, seine Arme wuchsen mir wie Äste entgegen. Ohne eine Sekunde zu zögern, änderte ich meinen Kurs, rannte direkt auf ihn zu und sprang ihm in die Arme. Er federte unter der Wucht meines Körpers nach hinten, hob mich ein Stück höher, lud mich wie einen Sack auf seine Schulter, setzte sich den grauen Filzhut auf und stapfte hinaus.

»Reintei freintei ... Nit auf'm Friedhof!

Mit festen Schritten durchquerte Tat'ka die wenigen Grabreihen, die die Kirche umgaben, und steuerte in direkter Linie auf das öffentliche Klo am hinteren Ende des Hauptplatzes zu. Wie immer hatte er leise zu pfeifen begonnen, kaum dass er sich in Bewegung gesetzt hatte. Tat'ka pfiff die schönsten Melodien, von denen ich lange dachte, er erfände sie im Moment. Noch heute erkenne ich immer wieder bei klassischen Konzerten kurze Tonfolgen und jedes Mal krampft sich mir für Momente das Herz zusammen, so sehr vermisse ich ihn. Als ich jetzt über seiner Schulter hing, klang sein Pfeifen allerdings nicht sehr kunstvoll, mehr wie ein Pfiffeln, ein Ausatmen mit gespitzten Lippen. Gerade rechtzeitig erreichten wir das öffentliche Klo, und ich ließ meinem Drang freien Lauf.

Als ich wieder rauskam, bot Tat'ka mir Wasser aus seinen zu einer Schale geformten Händen. Sie erinnerten mich an Rinde. Die Adern hatten unter der dunkelbraunen Haut

Wurzeln geschlagen und traten bei jedem Handgriff hervor. Ein fehlender Finger ragte als abgesägter Ast aus dem knorrigen Geflecht. Ich trank daraus und wunderte mich, wie zart ich die feuchte Haut an meinen Lippen spürte. Dann wischten wir die Kotze von der Klobrille. Er im Anzug. Ich zum Glück im noch immer weißen Kleid.

»Lassen wir da ein bisserl Luft rein«, sagte Tat'ka, als wir uns auf eine Bank vor die Kirche gesetzt hatten, zippte am Rücken mein Kleid auf und warf seine schwere Anzugjacke darüber. Das Gefühl, unter seiner noch warmen Jacke geborgen zu sein, ließ mich mein Unwohlsein vergessen. Dann aber hörte ich die Orgelmusik, erkannte die Melodie, zu der wir in der Probe zum Altar marschiert waren, um die erste Kommunion zu empfangen. Mit brutaler Deutlichkeit stand mir jedes Detail der Zeremonie vor Augen, das wir im Vorfeld besprochen hatten. Ich schaute zur Kirchentür hinüber, deren dunkles Holz in der Sonne glänzte. Der Anblick schmerzte mich: Wir saßen draußen. Die Tür war zu.

»Hör, jetzt gibt's die Kommunion«, sagte Tat'ka leise.

Trotz seiner breiten Schultern sah er auf einmal schmal aus in seinem weißen Hemd und den uralten, hellbraunen Hosenträgern. Verlegen kratzte er sich am Kinn und schaute lange auf den Steinboden vor uns.

Wochenlang hatte es in meiner Familie, in der Klasse, bei meinen Freundinnen und Freunden nur dieses Thema gegeben: die Erstkommunion. Jetzt aber saß ich hier, vor der Tür, und musste zuhören, statt dabei zu sein. Es fühlte sich an, als würde ich atemlos und ungläubig einem ausfahrenden Zug nachschauen, den ich eben noch hatte erwischen wollen.

Auf der Fichte am Friedhofsgatter ließ sich eine Krähe

nieder. Der dünne Ast federte unter dem Gewicht des Vogels. Die Krähe tat ein paar unentschiedene Hopser, dann flog sie weiter. Ich folgte dem kleinen schwarzen Körper mit den Augen, bis er hinter dem gedrechselten Holzbalkon des Gasthofs »Zur Post« aus meinem Blickfeld verschwand.

In meinem Magen spürte ich die Hostie, die ich mir vor Monaten erschlichen hatte. Etwas, das sich nicht auskotzen ließ. Ein ins Fleisch gewachsener Stein aus Wasser und Mehl.

»Bei mir wär's eh schon die zweite Kommunion«, sagte ich schließlich, so beiläufig ich konnte. Dann legte ich meine kleine Hand auf seine große. Tat'ka zog eine Augenbraue und einen Mundwinkel nach oben.

»Dann weißt' ja, wie's geht.«

Er strich mit der freien Hand die Beine seiner Anzughose glatt, dann griff er in den Hosensack und zog ein kleines, braunes, in Plastik eingeschlagenes Etwas heraus.

»So was hast' aber noch nit 'gess'n, oder?«

»Ist das ein Zuckerl?«

»Ja sicher. Ein Pocket Coffee. Ganz was Feines. Aber pass auf: Des hat ein Liquid Center. *Liquid Center*, das ist Englisch, verstehst'?«

Ich verstand nicht, doch ich nickte wie wild und ließ das Bonbon nicht aus den Augen. Tat'ka griff mit Daumen und Zeigefinger danach und setzte es auf meiner geöffneten Handfläche ab. Vorsichtig nahm ich das kleine Paket, drehte es nach allen Seiten. Dann wickelte ich es aus einer Schicht Plastik und einer Schicht Gold, steckte es mir in den Mund und begann, aufmerksam zu lutschen. Unter dem dunklen Schokoladenmantel kam bald, hinter einer zuckrigen Kruste, eine bittere Flüssigkeit zum Vorschein, die mir, kaum dass die Zunge darin eingetaucht war, die Mundwinkel nach hinten zog. Wäre ich allein gewesen, ich hätte den ekligen Klumpen sofort ausgespuckt. Neben Tat'ka traute ich mich das aber nicht, sondern mühte mich, alles möglichst schnell hinunterzuwürgen.

»Aber, aber. Des is' doch nur Kaffee«, sagte Tat'ka lächelnd.

Kaffee? Ich hatte tatsächlich *Kaffee* im Mund? Das schwarze Zeug, das meine Eltern bei jeder Gelegenheit tranken, das mir aber bisher verwehrt geblieben war? Meine Gesichtszüge hellten sich auf. Ich schmeckte tatsächlich Kaffee! Jetzt gehörte auch ich zu den Großen. Die Folie wie eine Trophäe in Händen haltend, ließ ich den bitteren Geschmack im Mund wirken. Ich schmiegte mich an Tat'ka und fand es plötzlich gar nicht mehr so schlimm, vor der Tür zu sitzen, schließlich saß ich dort mit ihm.

»Warum warst du nicht in der Kirche?«, fragte ich ihn nach einer Weile. Zum ersten Mal an dem Tag schaute ich ihm direkt ins Gesicht und wusste augenblicklich Bescheid. Die Antwort gab er mir trotzdem.

»I hab die Zähn' nit g'funden.«

Die meisten Leute, die nicht mit uns verwandt waren, fürchteten sich vor Tat'ka. Zumindest kam es mir so vor, wenn ich an seiner Hand durch den Ort spazierte. Warum er den Leuten unheimlich war, wusste ich nicht. Was alte Leute betraf, kannte ich eigentlich nur ihn.

Beim Gedanken an meine Großeltern väterlicherseits kamen mir keine liebevoll lächelnden Gesichter in den Sinn, sondern die geschwungenen Linien in Granit gehauener Buchstaben neben einem verwitterten Kreuz: den Namen meines Großvaters, der sich über die Jahre tief in den Grabstein gefressen hatte und dessen dunkel gewordener Schriftzug sich deutlich vom hellen Stein absetzte. Den Namen meiner Großmutter, der frischer wirkte, da er vierzig Jahre später daruntergraviert worden war. Mein Opa war als junger Mann kurz nach dem Zweiten Weltkrieg gestorben, noch bevor er das Baby, das mein Vater werden sollte, ein einziges Mal im Arm wiegen konnte. Meine Großmutter, die den Erzählungen nach eine schöne, starrköpfige Frau gewesen war, hielt ihrem Mann ein Leben lang die Treue. Als sie kurz nach meiner Geburt an einer schweren Krankheit starb, legte man sie zu ihm ins Grab und erfüllte damit ihren letzten Wunsch. Seither waren sie gemeinsam tot. Und wie auf dem Grabstein, auf dem ihre Namen über die Jahre immer dunkler wurden, bildeten die beiden auch in meinem Kopf, trotz der vierzig Jahre, um die meine Großmutter ihren Mann überlebt hatte, eine in Stein gemeißelte Einheit.

Die Eltern meiner Mutter lebten noch, schickten Postkarten und teure Geschenke, aber zu Gesicht bekam ich sie jedes Jahr nur für wenige Stunden, wenn sie zu meinem Geburtstag anreisten. Sie wohnten am östlichen Ende Österreichs in einer großen Villa, verbrachten aber den Großteil des Jahres auf Kreuzfahrtschiffen, wo sie sich die Sonne auf ihre pensionierten Bäuche scheinen ließen und, zum leisen Unbehagen meiner Eltern, das Vermögen, das sie im Laufe ihres Arbeitslebens angehäuft hatten, mit großem Eifer ausgaben.

Tat'ka aber sah ich jeden Tag. Seine blauen Augen, die die Farbe wechseln konnten, je nachdem, was er sah und dabei fühlte, waren immer da, um meine Blicke aufzufangen.

Sein sehniger Körper war stets in meiner Nähe. Und wohin ich Tat'ka auch begleitete, ob aufs Feld, in den Wald oder aufs Gemeindeamt, immer trug er seinen grau gefleckten Filzhut, der mir wie ein treuer Wachhund erschien und der nicht nur ihn, sondern auch mich beschützte. Obwohl er schon über achtzig war, arbeitete Tat'ka noch immer täglich an seinen Fässern. Nach dem Mittagessen saß ich oft bei ihm in der Werkstatt und machte meine Hausaufgaben, während er Selbstgespräche führte, Fassdauben abhobelte, sie in Laugenbottichen in exakt berechneten Neigungswinkeln bog, aus Weidenruten Körbe flocht oder am Amboss auf glühende Eisenstücke einschlug, dass die Funken flogen. Wir werkelten vor uns hin, ohne groß auf den anderen zu achten. Doch kaum dass ich den Stift absetzte oder ins Grübeln kam, unterbrach Tat'ka seine Arbeit, reckte den Kopf in meine Richtung und fragte: »Is' was, Illy? Soll i helf'n?«

Als Kind glaubte ich, die Leute fürchteten sich vor Tat'ka, weil er so stark war. Und es stimmte ja auch. Obwohl er mit einundachtzig nach gängiger Meinung das Greisenalter erreicht hatte, sprühte er noch immer vor Energie. Wer ihm beim Holzhacken zusah, konnte meinen, drei Männer steckten in seinem Körper. Wenn er sich gestikulierend mit seiner tiefen, lauten Stimme über etwas ereiferte, schreckten seine Gesprächspartner oft zurück, aus Angst, die klobigen Hände meines Uropas könnten ihnen das Nasenbein zertrümmern. Aber Tat'ka war nicht nur der Stärkste. Er war auch der letzte seiner Art. In unserer Familie hatte er alle überlebt, die Großeltern meiner Mutter, seine Frau, seine Schwiegertochter und sogar seinen eigenen Sohn, meinen Opa. Und während es in Tat'kas Jugend einige Fassbinderwerkstätten in Tirol gegeben hatte, während man damals in jedem Landesbezirk jemanden fand, der ein halbwegs gutes Fass herstellen konnte, wurden die Fassbinder im Laufe des zwanzigsten Jahrhunderts immer weniger. Die harte Arbeit, für die es viel Kraft brauchte, Präzision und mathematischen Verstand, traute sich kaum noch jemand zu. Tat'ka brauchte für ein großes Weinfass mehrere Wochen. Industriell gefertigte Fässer waren günstiger und zudem schneller fertig. Während die Fassbinder im ganzen Land nach und nach begannen, Krippenfiguren zu schnitzen und Kerzenständer zu drechseln, blieb Tat'ka seinem Handwerk treu. Seit ich denken konnte, war er der letzte Fassbinder der Region. Viel später erst habe ich verstanden, wie sehr mein Uropa unter der Vorstellung gelitten hat, dass sein geliebtes Handwerk mit ihm sterben würde. Vielleicht gab er sein Wissen deshalb so unermüdlich weiter. Als Fassbindermeister hatte er bis zum achtzigsten Lebensjahr Lehrlinge ausgebildet. Den letzten, Blasius, hatte ich als kleines Kind noch kennengelernt. Er war ein drahtiger Bub mit loser Zunge und feuerrotem Haar, der den weiten Weg von der tschechischen Grenze bis nach Tirol gekommen war, um das Fässermachen bei meinem Uropa zu lernen. Da der Altersunterschied zwischen den beiden immens war, nannte er ihn Tat'ka, *Väterchen*, ein Name, der mir so gut gefiel, dass ich ihn für mich übernahm. Seither nannte ich meinen Uropa Tat'ka, während meine Eltern ihn Opa nannten und der Rest der Welt Korbinian Hofer.

Ohne sein Gebiss wirkte Tat'kas stolzes Gesicht wie verrutscht. Kinn und Kiefer waren riesig. Die Lippen steckten in der Mundhöhle wie ein zerknülltes Taschentuch. Die schrumpeligen, auf dem Dachboden ausgelegten Birnen fielen mir ein, die bis zum Frühjahr niemand gegessen hatte. Zum Glück hatte er mich, denn ich war Spezialistin, wenn es darum ging, Tat'kas Zähne im Chaos seines riesigen Hauses aufzuspüren.

»Hast du das Gebiss vorm Frühstück noch gehabt?«

Er nickte.

»Und danach?«

Er überlegte kurz, schüttelte den Kopf.

»Ja, dann weiß ich, glaub ich, wo sie sind.«

Ich kletterte auf seine Schultern und ruckelte mein Kleid so zurecht, dass es Tat'ka nicht die Sicht nahm. Vom Rocksaum bekränzt wie von einem zu groß geratenen Heiligenschein, setzte er sich in Bewegung und begann unverdrossen zu pfeifen, auch wenn er ohne sein Gebiss eher nach einem löchrigen Luftballon klang.

~

Tat'ka lebte am Rand unseres Dorfes im größten und zugleich heruntergekommensten Haus, das ich je gesehen hatte. Seit ich denken konnte, lebte er allein. Eigentlich bewohnte er nur zwei Zimmer im Erdgeschoss, die Küche, in der eine Schlafcouch stand, und ein Zimmer daneben, das er als Büro nutzte. Die übrigen Zimmer waren leer. Die Gänge und den Garten nutzte er als Abstellplatz für die vielen Dinge, die er sammelte und reparierte. Für mich war jeder Aufenthalt bei ihm ein Abenteuer, doch ich besuchte ihn selten, da er tagsüber in der Werkstatt war, die er sich bei uns im Haus eingerichtet hatte, und nur zum Schlafen und Essen nach Hause ging.

Von Weitem schon sah ich den Strick, der links neben der Haustür von der Dachrinne baumelte. Daran, so munkelten die Leute im Dorf, hatte mein Uropa den Kater eines Nachbarn aufgehängt, weil er Mercedes, seiner Katze, das Futter weggefressen hatte. Meine Freundin Verena meinte, ihre Mutter hätte den toten Kater, einen rot-weiß getigerten, mit eigenen Augen dort hängen seh'n. Ich traute mich nie, Tat'ka nach der Geschichte zu fragen, auch, weil ich Angst hatte, dass sie stimmte.

Vor der Eingangstür setze er mich ab, holte den schweren Eisenschlüssel hinter dem Fensterladen hervor und schloss auf. Den Geruch, der mir entgegenschlug, habe ich bis heute in der Nase: nach ihm, getrockneten Pilzen, Kaffee, Feuerholz und einer Kunstfaser, in der sich Schweiß gesammelt hat. Wir schlängelten uns durch das Chaos im Hausgang. Tat'kas Wintermantel hing nicht am Haken, sondern über dem aufgestellten Stiel eines Rechens, auf dessen Zinken nun auch der Filzhut landete. Hemden mit spitzen Krägen und wilden Mustern, die vor Urzeiten in Mode gewesen sein mussten, häuften sich überm Treppengeländer. Auf dem Fliesenboden unter der Fußbank lagen einige Fleischbrocken vom Vortag, die Tat'ka seiner Katze hingeworfen hatte.

Da wir es eilig hatten, vertiefte ich mich nicht in diese Welt, die auf ganz andere Art von Tat'ka erzählte als seine stets gefegte Werkstatt, sondern schob mich an ihm vorbei in die Küche und ließ den Blick über das dortige Chaos schweifen. Tisch und Eckbank waren mit Ausgaben der Tageszeitung übersät. Eine Schere lugte darunter hervor, die Kante einer Sardinenbüchse, dazwischen krumme Nägel, die er eines fernen Tages geradebiegen wollte, Schmieröl,

Lampendochte. Nichts hatte seinen festen Platz, außer den wenigen Büchern, die ordentlich im Regal neben der Schlafcouch standen und für die er sich jedes Mal extra die Hände wusch, ehe er eines herausnahm. Anders als Tat'ka, der mir einen entschuldigenden Blick zuwarf und sich ratlos in seiner Küche umsah, hatte ich die Gabe, Dinge zu finden. Und ich kannte Tat'ka. Um Geld zu sparen, reinigte er sein Gebiss nicht im Wasserglas, sondern rieb es absurderweise mit Zeitungspapier ab. Schon oft waren mir auf und zwischen seinen Zähnen Reste von Druckerschwärze und winzige Papierfetzen aufgefallen, einmal sogar ein einzelnes *f*.

Meine Hände fuhren in den Zeitungshaufen und tasteten vorwärts. Es dauerte nicht lange, da zog ich auch schon das Gebiss heraus, eingeschlagen in den Sportteil des vorangegangenen Mittwochs. Mein Triumph währte nur kurz. Beim Anblick der rosa Zahnfleischflächen mischte sich Ekel hinein. Penibel achtete ich darauf, die mit winzigen Drähten zusammengehaltenen Zähne anzufassen und ja nicht das Stückchen nachgebildeten Zahnfleischs, bei dessen Anblick es mich gleich wieder würgte. Kalt, weiß und schwer lagen die Zähne in meiner Hand. Kaum vorstellbar, dass mein Uropa sich dieses Ding täglich zwischen die Kieferknochen klemmte. Dankbar nahm er die Zähne, spuckte auf das gruselige Plastikzahnfleisch und schob sich das Ganze in den Mund. Dann folgte ein seltsamer Tanz: Hinter vorgehaltener Hand wurden Kieferknochen hin und her geschoben, Zahnreihen eingepasst und mehrfach der Kopf geschüttelt, bis Zähne und Mann zu einer Einheit verschmolzen waren. Breit lächelnd genoss Tat'ka seine neuerlangte Vollständigkeit.

»Jetzt schnell zurück!«, rief ich und zog an Tat'kas weißem Hemdsärmel.

Er hob langsam die Hände und streckte mir die Handflächen auf Augenhöhe entgegen. Wie immer zählte ich mit Schaudern Tat'kas Finger, als bestünde die Möglichkeit, dass der fehlende Zeigefinger seiner linken Hand nachgewachsen wäre.

»Du weißt doch, dass sich die Hetzerei bei mir noch nie aus'zahlt hat, Illy«, sagte Tat'ka und blickte grinsend auf seine Hände. Dann hob er mich wieder auf die Schultern und obwohl er angekündigt hatte, nicht zu hetzen, flogen wir geradezu zurück.

Keine zehn Minuten später schlichen wir durch die Seitentür bei der Kirche herein. Mit ehrfürchtigen Gesichtern standen die Erstkommunionkinder in Zweierreihen vor dem Altar und machten sich für den Auszug aus der Kirche bereit. Markus, der, wie ich es mir gedacht hatte, mit schamrotem Kopf alleine in seiner Reihe stand, strahlte, als er mich sah. Tat'ka versetzte mir einen aufmunternden Schubser in Richtung Mittelgang, blieb aber selbst am Eingang stehen. Ich setzte mein feierlichstes Gesicht auf, trat unter aller Augen nach vorn und stellte mich zu Markus in die Reihe. Frau Knolle stürzte erleichtert auf mich zu. Mit der Linken drückte sie mir meine Kerze in die Hand, mit der Rechten zündete sie sie an.

»Großer Gott, wir loben dich!«

~

»Ich hab schon wieder einen!«

»Du schummelst!«

»Blödsinn, da ist er! Schau her!«

Markus besiegte mich immer bei unserem Spiel, das nur eine Regel hatte: Wer am meisten Vierklee findet, gewinnt. Wir waren seit über einer Stunde durch den Wildpark gewandert, doch statt nach Gämsen, Rehen und Hirschen Ausschau zu halten, stierten Markus und ich auf das Gras am Wegesrand, damit uns auch ja kein einziges Kleeblatt auf dem Almboden entging, während die Erwachsenen sich im Gehen unterhielten. *Die Erwachsenen*, das war hauptsächlich meine Familie. Von Markus waren nur zwei bleiche Tanten dabei, deren Stimmen im Geschnatter meiner Eltern untergingen. Seine Mutter musste immer arbeiten und seinen Vater mochten wir schon lange nicht mehr. Ich hatte noch keinen einzigen Vierklee gefunden, zwischen Markus' langen Fingern klemmten schon vier. Ich entschied, zu psychologischer Kriegsführung überzugehen.

»Wenn man mehr als vier findet, bringt das kein Glück mehr.«

Markus' Brauen schoben sich zusammen.

»Woher willst' das wissen?«

»Man kann zu viele finden, dann geht der Schuss nach hinten los und du bekommst Pech. Hab ich gelesen.«

»Wo denn?«

»In der Zeitung«, sagte ich nur.

»In welcher denn?«

»Tiroler Tageszeitung«, behauptete ich schnell. Markus warf mir einen misstrauischen Blick zu, dann schaute er auf die fünf Kleeblätter in seinen Händen. Er spitzte die Lippen und schob sie von einer Seite zur anderen. Das tat er immer, wenn er nachdachte. Schließlich erhellte sich sein Gesicht.

»Weil du heute fast die Erstkommunion gehabt hast und weil du auch ein bisschen Glück verdienst, bekommst du den kleinen da.«

Zufrieden nahm ich das Kleeblatt entgegen und steckte mir den Stängel in den Mund. Dann klatschte ich Markus ab und stob über die Wiese davon.

»Illy! Markus! Raus aus dem Gras!«

Vor zwei Wochen hatte meine Mutter mir beim Abendessen erklärt, dass das Gras vor dem Haus von einer Strahlenwolke vergiftet worden sei und wir den Sommer über nicht darin spielen durften. Dass auch das Gras im Nachbarort betroffen sein könnte, war mir neu. Wir froren mitten in der Bewegung ein und warteten auf meine Mutter, die mit besorgter Miene angelaufen kam.

»Illy, nimm sofort den Klee aus dem Mund!«

Widerwillig spuckte ich ihn in die Hand und gab ihn ihr zur Verwahrung. Sie nahm wortlos ihren Taschenkalender aus der Handtasche, schlug das Datum des heutigen Tages auf, legte den Vierklee ein, presste die Buchdeckel zusammen und ließ den Kalender wieder verschwinden. Dann reichte sie mir eine Wasserflasche und ließ mich den Mund ausspülen.

Markus musste länger überredet werden, ehe er seine Schätze hergab. Schließlich breitete er sie auf einem Felsbrocken am Wegesrand aus, nicht ohne uns zu erklären, dass sie ihm auch von dort aus Glück bringen würden. Die Geschichte mit der Strahlenwolke hatte er besser verstanden als ich, allerdings löste sie bei ihm keine Angst aus, sondern Neugier.

»Tante Mimi, wo ist die komische Wolke genau hingezogen?«, fragte er meine Mutter. Warum er sie »Tante« Mimi nannte, wussten wir nicht. Markus schien ein Leben zu haben, das nur aus Tanten bestand.

»Von der Ukraine aus Richtung Westen. Und leider auch nach Bayern, zu uns nach Tirol und in die Schweiz.«

»Stimmt es, dass auch Beeren und Pilze verstrahlt sein können?«

Meine Mutter machte eine beschwichtigende Handbewegung.

»Ja schon, aber wenn wir gut aufpassen, passiert uns nichts.«

Markus ließ enttäuscht die leeren Hände sinken. Zum ersten Mal fiel mir ein Zug an ihm auf, der ihn ein Leben lang begleiten sollte: eine unbändige Lust am Dramatischen. Statt sich mit mir die weißbärtige Ziege anzusehen, die in diesem Moment dicht am Zaun an den Blättern eines Holunderstrauches zu knabbern begann, stand er einen Moment lang unschlüssig da und ließ den Blick über die Zacken des Wilden Kaisers streifen, die in den unterschiedlichsten Grautönen hinter den grünen Hügeln aufragten. Dann deutete er mit dem Finger auf mich und brüllte: »Ieeeeeh, du hast den Vierklee schon im Mund g'habt!«

Johlend tanzte er um mich herum. Ich ignorierte ihn und beobachtete lieber die schöne Ziege, Strahlung hin oder her.

»Du bist verstr-ah-halt! Du bist verstr-ah-halt«, rief er wieder.

»Markus, bitte nicht die Illy ärgern«, sagte meine Mutter. »Die hat heut' schon g'nug Blödsinn erlebt.«

Bei diesen Worten rumorte es in mir. Nicht nur die vor Monaten ergaunerte Hostie lag als dunkles Steinchen in meinem Magen. Durch die entgangene Erstkommunion hatte ich auch die Chance verpasst, die Dinge wieder ins Lot zu bringen.

Schweigend gingen wir den Weg hinauf zum nächsten Gehege, einem weiträumig eingezäunten und mit Strauchwerk bewachsenen Areal, auf dem sich angeblich zwei Luchse aufhielten. Zu sehen waren nur Stauden und ein Felsen, der hinter dem hölzernen Verschlag der Luchse aufragte.

»Ist das schlimm, wenn man verstrahlt ist?«, fragte Markus.

»So schlimm wird's schon nicht sein«, sagte meine Mutter, während sie mit den Augen das Gehege absuchte.

»Weißt du das genau, Tante Mimi?«

»*Wissen?* Ganz sicher sein kann man sich nie. Strahlung ist ja unsichtbar. Ich hab gelesen, dass manche Leute, die Atomkatastrophen überlebt haben, zehn Jahre später krank geworden sind. Das nennt man *Spätfolgen.*«

Bei diesen Worten packte mich die Angst.

»Hab ich jetzt auch Spätfolgen?«, fragte ich zögerlich.

»Der eine Stängel bringt dich schon nicht um. Ab sofort passen wir alle gut auf. Du auch, gell, Markus?«

Er nickte eifrig.

Die Stelle auf meiner Zunge, die der Stängel berührt hatte, brannte. Zum zweiten Mal an diesem Tag schmeckte mein Speichel nach Säure.

Von Westen zog ein Gewitter auf. Ich schaute mich nach Papa um, dessen Hand ich immer nehmen durfte, wenn ich mich fürchtete. Er ging etwas weiter hinten auf dem Weg neben Tat'ka, mit dem er sich angeregt unterhielt. Ich rannte ihm entgegen, doch als er mich sah, wies er mich verschämt mit einer geöffneten Handfläche zurück. Die andere hielt er hinterm Rücken versteckt, trotzdem sah ich es: Zwischen Papas Fingern glühte eine Zigarette.

~

Wir verabschiedeten uns auf dem Parkplatz von Tante Bea und Onkel Martin, die seit Kurzem einen rotglänzenden Sportwagen fuhren. Im Licht seines neuen Autos wirkte mein nervöser, kleiner Onkel ein bisschen souveräner. Er gefiel sich in der Rolle eines Mannes, der sich nur mit dem Besten zufriedengab, und genoss zum Abschied unsere bewundernden Blicke. Nur Tat'kas Gesicht zeigte einen spöttischen Ausdruck, doch den sah Onkel Martin schon nicht mehr. Markus und seine Tanten setzten sich in ihren alten Volvo und knatterten in entgegengesetzter Richtung davon. Tat'ka und ich kletterten ins Hintere unseres Jeeps, Papa setzte sich ans Steuer und Mama auf den Beifahrersitz, wo sie ganz automatisch die Handtasche öffnete, etwas Goldenes herauszog, die Blende herunterklappte und sich, die Augen auf den winzigen Spiegel geheftet, in einer Abfolge von schraubenden und wischenden Bewegungen die Lippen nachzog. Während meine Eltern sich, kaum dass der Motor lief, angeregt unterhielten, begann Tat'ka, neben mir zu pfeifen. Da ich wusste, wie sehr er in seinen Melodien versank, unterbrach ich ihn nicht, sondern hörte zu und schaute aus dem Fenster, auf die Häuser, die mit ihren offenen Fensterläden in Richtung der grünen Hänge ausgerichtet waren, und in die Höhe, zu den weit aufragenden Gipfeln, auf denen auch jetzt noch, Anfang Mai, weiß leuchtend der Winter regierte.

Als wir in die schmale Gasse bogen, an deren Ende Tat'kas

Haus stand, überholte uns ein beiger Mercedes. Hinten im Wagen saß Rita aus meiner Parallelklasse. Ich mochte Rita. Freudig winkte ich ihr zu. Im Gegensatz zu mir, die ich mein weißes Kleid in die Ecke gepfeffert hatte, kaum dass wir daheim angekommen waren, war sie noch immer zurechtgemacht wie eine kleine Braut.

»Haben die Pergers dieses Jahr auch ein Erstkommunionkind?«, fragte meine Mutter und drehte sich zu mir um.

»Ja, die Rita«, gab ich zurück, doch ich war kaum zu hören, da Tat'ka, seit der Wagen in Sicht gekommen war, seltsam vor sich hin murmelte. Die Worte verstand ich nicht, doch seine Wut war mit Händen zu greifen. Der Wagen mit Rita darin blieb direkt vor uns stehen. Die Hintertür öffnete sich. Ein Stock schob sich daraus hervor, dann ein Bein und ein zweites. Schließlich kam ein gebückter, furchiger Mann zum Vorschein, der in genüsslicher Langsamkeit ausstieg.

»Herrgottsackra! Dass der Franz uns zwei Meter vorm Haus noch ausbremsen muss«, entfuhr es Tat'ka.

Der Alte stierte mit zusammengekniffenen Augen in unser Auto. Als er darin Tat'kas Gesicht erkannte, hob er mit grimmiger Miene den Arm. Tat'ka hob ebenfalls den Arm, ein winziges Stück nur. Sobald der Alte sich zum Gartentor gedreht hatte, machte er eine wegwerfende Bewegung in seine Richtung.

»Das ist doch nur dein Nachbar Franz«, sagte ich verwundert.

»Wer soll's denn sonst sein?«, geiferte Tat'ka.

»Fahr endlich weiter«, schnauzte er dann Papa von hinten an.

Der stieg aufs Gaspedal, bremste aber sofort wieder,

schließlich waren es nur wenige Meter zu Tat'kas Haus. Der Wagen machte einen Satz und kam dicht vor Tat'kas Gartentor zum Stehen. Niemand sagte etwas, doch die gute Stimmung war dahin.

»Was hast du denn gegen den Franz?«, fragte ich in die Stille hinein.

»I? Gegen den Franz? Gar nix, Illy! Der Kasperl soll doch machen, was er will! Aber nit anständige Leut' behelligen mit dem Geplapper von seinem neuen Schwiegersohn. Reintei freintei, was der sich alles einreden lässt! Ein schwacher Charakter, der Franz, ganz ein schwacher ... Und ein Hosenscheißer«, setzte er im nächsten Augenblick hinterher.

»Na, na, na«, sagte Papa, der es nicht mochte, wenn Tat'ka vor mir fluchte. »Keiner kann dir was wegnehmen. Brauchst dich gar nicht aufregen.«

»I reg mi nit auf! Doch nit wegen so einem Ho-sen-schei-ßer!«

Mir gefiel es, wie Tat'ka das Wort betonte. Silbe für Silbe. Ich nahm mir vor, dem nächsten, der mir blöd kam, genau dieses Wort um die Ohren zu hauen. Ich schaute zu Tat'ka, gespannt, ob noch etwas kommen würde. Er aber schien langsam die Fassung wiederzuerlangen.

»Der Franz is' senil. Hat sein eig'nes Ehrenwort vergessen. Und sein neuer Schwiegersohn stachelt ihn gegen mich auf. Für Leut', die nit zu ihren Entscheidungen steh'n, hab i nix übrig.«

Er schaute mich einen Moment lang finster an, dann hellte sich sein Gesicht auf.

»Macht's es euch noch schön daheim, gell, Illy«, sagte er und gab mir einen Kuss auf die Stirn. Dann riss er die Autotür auf, schlug sie hinter sich zu, hob zum Abschied den Arm wie einen Mast in die Luft und war auch schon hinterm Gartentor verschwunden.

Fragend schaute ich zwischen Mama und Papa hin und her, die sich wortlos zu unterhalten schienen. Mir war es ein Rätsel, weshalb Tat'ka sich mit seinem alten Nachbarn stritt.

Dass Ritas Mama einen neuen Freund hatte, wusste ich. Seit Neuestem trug Rita in der Schule teure Kleider. Und, was mich noch neidischer machte: Sie redete auf einmal hochdeutsch.

»Mamas Freund ist Anwalt«, hatte sie mir stolz und ohne einen Hauch von Dialekt erzählt.

Jahre später erfuhr ich, dass das schöne, große Haus, in dem Tat'ka so achtlos hauste wie eine Feldmaus in einem teuren Lederstiefel, einmal dem Franz gehört hatte. Dass Tat'ka und Franz in ihrer Jugend Freunde gewesen waren, auch wenn es schon immer eine gewisse Rivalität zwischen ihnen gegeben hatte. Dass mein Uropa, der um ein paar Jahre älter war, stets der Erfolgreichere gewesen war und das am Franz schon früh genagt hatte. Dass Franz Tischler gelernt hatte, während mein Uropa nicht eher aufgehört hatte mit dem Lernen, bis er es zum Fassbindermeister gebracht hatte. Dass das Einzige, worin sich der Franz meinem Uropa überlegen gefühlt hatte, sein großes, prunkvolles Haus gewesen war, das er vom Vater geerbt hatte. Dass Tat'ka ursprünglich das Nachbarhaus gehört hatte, in dem sich, seit ich denken konnte, der Franz mit seiner Familie zusammendrängte. Dass damals ein Kartenspiel in Mode war, das Strohmandeln genannt wurde, eine komplizierte Variante des Tarocks für zwei Spieler. Dass der

Franz beim Strohmandeln oft gegen meinen Uropa verloren hatte. Dass er ein stolzer Mann war, den der Alkohol noch stolzer machte. Dass er einfach nicht aufhören konnte, weil er überzeugt war, Tat'ka eines Tages zu schlagen. Dass der Franz an einem Abend im Bärenwirt, als es sehr spät geworden war und viele Liter Starkbier geflossen waren und er sein ganzes Geld verspielt hatte, zornig aufgestanden war und gebrüllt hatte: »Jetzt geht's um die Wurscht. I setz das Haus!«

Dass es daraufhin still geworden war im vollbesetzten Bärenwirt. So still, dass für Momente nur das aufgeregte Inhalieren und Ausatmen von Zigarettenrauch zu hören gewesen waren. Dass Tat'ka in die Stille hinein gesprochen hatte, dass er versucht hatte, dem Franz seinen Einsatz auszureden. Dass der Franz stur geblieben war, so lange, bis Tat'ka schließlich zugestimmt hatte. Dass der ganze Bärenwirt sich um den Tisch der beiden Strohmandl-Spieler versammelt hatte. Dass der Obernauer Sepp, der damalige Wirt, es sich nicht hatte nehmen lassen, höchstpersönlich die Karten zu mischen und auszugeben. Dass Tat'ka und Franz sich, umringt von den anderen Gästen, allesamt Männer, mit rot unterlaufenen Augen und zusammengekniffenen Mündern gegenübergesessen hatten, die Karten wie Waffen in den schwitzenden Fäusten haltend. Dass sie das ausgeteilte Blatt minutenlang angestarrt hatten. Und dann zurückgegeben. Insgesamt drei Mal. Dass mein Uropa beim vierten Service ein lauter, grimmiger Lacher entfahren war. Dass er einen Moment innegehalten und sich den Franz genau angeschaut hatte, wie eine Katze, die die Maus in ihren Pfoten einen bittersüßen Moment lang regungslos betrachtet, ehe sie ihr den Schädel zertrümmert. Dass dem

Franz auf seiner Seite des Tisches bei der Art, wie Tat'ka ihn angeschaut hatte, die Farbe aus dem Gesicht gewichen war. Dass Tat'ka noch einmal eingeschnauft und beim Ausschnaufen den Franz Schlag auf Schlag mit immer neuen Königen, Damen und seinem Sküs in Grund und Boden gestochen hatte. Dass dem Franz die letzte Karte aus der Hand gefallen war und er aufgesprungen und davongelaufen war, während mein Uropa noch lange auf die Karten vor sich geschaut und leise und mit trauriger Miene in die versammelte Runde gesagt hatte: »Haushoch hab i g'wonnen. *Haushoch.*«

Der Franz hatte am nächsten Morgen von seinem Spieleinsatz nichts mehr wissen wollen. Tat'ka aber war schon am späten Vormittag mit gepackten Kisten vorm Haus gestanden. Er hatte dem verdutzten Franz die Schlüssel seines Häuschens überreicht, hatte sich an ihm vorbei in den Hausgang gedrängt, den Hut abgenommen, sich auf die alte Fußbank gesetzt, die er von drüben mitgebracht hatte, und, zum Zeichen dafür, dass er nicht vorhatte, wieder zu gehen, leise pfeifend die Schuhe ausgezogen. Und wirklich: Seit diesem Tag wohnte Tat'ka im großen Haus. Dem Franz und seiner Familie war nichts anderes übrig geblieben, als in das kleinere Häuschen nebenan zu ziehen.

Dass der neue Freund von Ritas Mutter, der Anwalt war, dem Franz Hoffnungen gemacht hatte, das Haus auf rechtlichem Wege nach all den Jahren doch noch zurückzubekommen, wusste ich nicht. Als Erklärung für den Streit kam für mich nur der Strick in Frage, den ich am Vormittag von der Dachrinne baumeln gesehen hatte. Der Strick, an dem Verenas Mutter zufolge eine Katze erhängt worden war.

»Hat der Streit zwischen dem Tat'ka und dem Franz mit dem Katzenstrick zu tun?«, fragte ich Papa vorsichtig. Im Rückspiegel glaubte ich, ihn lächeln zu sehen. Als er aber meinen Blick im Spiegel einfing, hatte er eine strenge Miene aufgesetzt.

»Geh, Illy«, sagte er, »du darfst nicht alles glauben, was sich die Leute erzähl'n. Denen is doch nur fad.«

~

An normalen Tagen aßen wir gegen sieben Uhr zu Abend. Heute aber lag ich mit knurrendem Magen auf der Couch, während meine Eltern in vorabendlicher Hektik um mich herumwuselten. Im Fernsehen liefen die letzten Minuten von »Trapper John«, einer US-Krankenhausserie, die meine Mutter unbedingt schauen wollte, obwohl sie nur ab und zu im Vorbeigehen einen Blick auf den Fernseher warf. Sie schob die Buchteln ins Rohr und stellte den Ofen an.

»In dreißig Minuten gibt's Essen.«

Ich nickte. Dreißig Minuten kamen mir unendlich lang vor. Was sollte ich so lange machen? Da fiel mir der Atlas ein. Ich hatte ihn in der letzten Sachunterrichtsstunde bekommen und noch keine Zeit gehabt, hineinzuschauen. Er steckte bestimmt in der Schultasche, die ich am Vortag in Tat'kas Werkstatt abgestellt hatte.

Als ich auf den Gang trat und die Tür am anderen Ende ansteuerte, hinter der die Werkstatt lag, hörte ich das monotone Schaben eines Handhobels. Tat'ka? Wir hatten ihn doch gerade erst bei sich zu Hause abgesetzt. Ich trat näher, legte die Hand auf die Klinke und öffnete einen Spalt weit die Tür. Tat'ka stand in seiner braunen Lederschürze an der spärlich beleuchteten Hobelmaschine und traktierte ein Brett, dass die Späne nur so durch die Luft flogen.

»Tat'ka?«, fragte ich.

»Servus, Illy«, keuchte er, wischte sich über die Stirn, senkte den Blick und hobelte weiter.

Einen Moment lang stand ich nur da und schaute ihm zu.

»Was machst du denn da?«

»Das sieh'st doch«, bellte Tat'ka.

Als er merkte, wie ich zusammenzuckte, wurden seine Züge weich.

»I hab den ganzen Tag nix g'schafft. Der Müllerbauer will seine Schaffe am Dienstag.«

»Aber ... Grad letzte Woche hast du g'sagt, dass nur derjenige abends arbeitet, der nicht früh genug auf'gstanden ist. Und du stehst doch immer früh auf.«

Tat'ka hielt in der Bewegung inne, die Augen auf das helle Brett geheftet. Dann hob er den Kopf und warf mir einen durchdringenden Blick zu.

»Als Kind versteht man noch nit alles, was den Alten im Kopf umgeht. I hab einfach gern meinen Frieden, aber wenn da plötzlich einer kommt und in deinen Sachen herumstierlt, das is' nit fein. Aber was ist mit dir? Solltest du nit beim Essen sitzen?«

»Das gibt's erst in dreißig Minuten«, murmelte ich. »Die Mama macht Buchteln, die brauchen so lang ...«

»Mir ist für heut' der Hunger vergangen.«

Wegen dem Franz, wollte ich fragen, doch da hatte Tat'ka den Hobel schon wieder aufs Holz gelegt und zu schaben begonnen.

Mit jedem Ratschen wurden die Späne, die sich unter

der scharfen Klinge lösten, länger und breiter. Bald hatten sie die Form kleiner heller Löckchen, die auf dem dunklen Bretterboden landeten. Die Schultasche hatte ich am Vortag unter den Hobeltisch geschoben. Ich zog sie hervor, pustete den Holzstaub von der Lasche, öffnete die beiden Schnallen und holte den Atlas heraus. Ein so großes und schweres Buch hatte ich noch nie besessen. Ich setzte mich auf die Schnitzbank und begann zu blättern. Als bunte Flecke leuchteten die Länder von den Seiten und drängten sich zu Kontinenten zusammen. Auf den ersten Seiten ging es, nach Bundesländern sortiert, um Österreich. Es gab eine Karte der Alpen, Karten zur Einwohnerdichte, zum Grad der Industrialisierung und zum durchschnittlichen Einkommen der Einwohner.

»Lass einmal schau'n«, sagte Tat'ka, nachdem er die längste Zeit schon nicht mehr gehobelt, sondern mit langem Hals ebenfalls in den Atlas gelinst hatte. Er setzte sich neben mich, hob mich auf seinen Schoß, und wir blätterten gemeinsam durch die Seiten. Bei einer Karte Österreichs und seiner Nachbarländer hielt Tat'ka inne und schüttelte den Kopf.

»Servus, Kasper ... Wie des ausschaut ... Mitten in Europa. Kein schlagendes Herz is' des, sondern ein ... ein Hendlhax.«

»Hendlhax?«

»*Hühnerbein* auf Hochdeutsch. Schau's dir doch an, Illy! Österreich hat die Form von einem Hendlhax. Und wir Tiroler leben auf dem knochigsten Teil. Das war früher anders. Wie i so alt war wie du jetzt ...«, er stieß einen anerkennenden Pfiff aus, »... hab i in einem *Weltreich* gewohnt, du, Österreich-Ungarn.«

»Du hast in Österreich *und* Ungarn gewohnt?«

»Geh, Illy, das war der Name. Österreich *Bindestrich* Ungarn hat's g'heißen. Königlich und Kaiserlich. Oder wie beim Robert Musil *Kakanien* ... Reintei freintei! Nit wie heut'. Hendlhax ... Pipifax!«

»Dafür gibt's jetzt viele andere Länder«, versuchte ich Tat'ka zu trösten.

»Meinst die Sowjetunion und die DDR?«

Ein heiserer Lacher entfuhr Tat'kas Kehle. Ich wusste nicht, warum, aber es kümmerte mich auch nicht weiter, so berauscht war ich von den Farben und Formen der Länder und der Vorstellung, dass überall auf dieser bunten Welt Menschen lebten. Und Millionen Kinder wie ich in diesen Minuten auf ihr Abendessen warteten. Bei diesem Gedanken schwindelte mir, deshalb lenkte ich meinen Blick aufs Meer, diese blaue Klammer, die alles zusammenhielt.

»Und da wohnen wirklich überall Leute?«, fragte ich schließlich.

»Fast überall, ja.«

»Sogar im Wasser?«

»Direkt im Wasser natürlich nit, aber auf Inseln.«

»Was ist denn die größte Insel auf der Welt?«

»Mhmm ... Australien is' riesig, aber i glaub, das zählt nit, weil des is' ja ein eigener Kontinent. Oder Grönland ...«

Er presste die Lippen zusammen und schaute nachdenklich zu einem geringelten Holzspan hinüber, dann setzte er erneut den Hobel an. Sein Klang ließ mich an den Winter denken, an Langlauf und Kinderpunsch bei Kerzenschein.

»Aber viel interessanter als die Frag', was die größte Insel is' auf der Welt, is' doch die: Was is' die abgelegenste, die einsamste, finds't nit?«, unterbrach Tat'ka meine Gedanken.

Ich kam gar nicht dazu, ihm zu antworten, da redete er schon weiter.

»Die abgelegenste Insel der Welt liegt weit draußen im Südatlantik, irgendwo zwischen Afrika und Südamerika.«

Ich machte große Augen. Was Tat'ka alles wusste.

»Aber der Name ... Geh, schau einmal hinten im Verzeichnis nach. Am besten bei Südafrika.«

Ich schlug den Atlas ganz hinten auf den letzten Seiten auf, ließ den Finger über die alphabetisch aufgereihten Ländernamen gleiten, bis ich nach mehrmaligem Blättern erst das S und dann, ganz unten auf der Seite, das Wort *Südafrika* fand.

»Was soll denn das heißen: 67, A bis B 12?«

»Die erste Zahl steht für die Seite. Die schlägst' uns jetzt auf. Und von da aus schau'ma weiter.«

Ich blätterte aufgeregt nach vorn. Als ich die Seite mit der Nummer 67 gefunden hatte, traute ich meinen Augen nicht. Da, mitten im hellblauen Meer, stand ein Name! *Tristan Unger, 2b.*

»Servus, Kasper!«, entfuhr es Tat'ka.

»Was soll denn das?«, rief ich entgeistert.

»Den Atlas hat schon einer vor dir in der Hand g'habt«, sagte Tat'ka nach einer Pause.

»Aber ... Das ist *mein* Atlas! Der ist ganz neu.«

Wie konnte dieser Schuft es wagen, *meinen* Atlas vollzukritzeln! Das war verboten! Frau Häusler hatte uns das mehrfach gesagt. Und überhaupt! Das war meiner! Mein Atlas ganz allein! Tristan Unger. Wer sollte denn das überhaupt sein? Ich kannte niemanden, der so hieß.

»Für dich is' der Atlas neu, aber vorher hat er wahrscheinlich diesem Buben da g'hört, dem ...«

Er beugte sich tief über den Atlas und las den Namen laut vor.

»Tristan Unger.«

»Aber ich geh doch in die 2b. Da heißt keiner so.«

»Glaubst du, du gehst in die erste 2b seit Christi Geburt?«

Ich stutze.

»Was is', wenn i dir sag, dass i auch einmal in die 2b 'gangen bin, vor fast achtzig Jahr'n?«

Mir wurde schwindlig.

»War halt ein Schlingel, sonst nix. Und er hat doch sonst gut auf den Atlas g'schaut«, versuchte mich Tat'ka zu beruhigen.

Ich konnte es noch immer nicht fassen. Da war einer vor mir in meine Klasse gegangen und hatte in meinen zukünftigen Atlas gekritzelt.

»Wie i jung war, hat kein einziges Kind ein eigenes Schulbuch g'habt«, fing Tat'ka wieder an.

»Des war'n immer Bücher, aus denen andere Kinder g'lernt hab'n vorher. Und da hat man nix reinschreiben dürf'n, in die Bücher. Und trotzdem hat ma' praktisch immer Spuren von den Vorgängern drin g'habt. Des war fast wie in der Archäologie. *Archäologie?* Kennst' das Wort schon?«

»Ja«, sagte ich zornig.

Auf meinen Unterarmen breitete sich eine Gänsehaut aus. *Tristan Unger.* Die Schrift sah altmodisch aus. Schrieb Tat'ka nicht ganz ähnlich? Mit geschwungenen Linien und einer blassen, dunklen Tinte, die ich noch nie gesehen hatte. Je länger ich darauf starrte, desto weniger störte mich die Schrift. Die T's gefielen mir. Das Große sah aus wie eine antike Säule. Das kleine erinnerte mich an ein kopfloses Männlein mit ausgebreiteten Armen. Und wenn ich die Augen zusammenzwickte, an ein schmiedeeisernes Kreuz.

»Tristan Unger«, las ich laut.

»Ja genau! Tristan da Cunha! So heißt die Insel!«

Tat'ka strahlte übers ganze Gesicht.

»Und die Insel is' genau da, wo der Bua den Namen hing'schrieb'n hat. Kein Trottel, der Bua, kein Trottel.«

Ich sah noch genauer hin und erkannte mitten im Meer einen winzigen Punkt.

»Die Insel heißt auch Tristan?«

»Ja! Das is' die abgelegenste Insel der Welt.«

Mein Kopf hatte Mühe, die Informationen zu verarbeiten.

»Tristan ... so heißt nit jeder. Unger kenn i da scho' mehrere. Feine Leut' teilweise. Und andere.«

In dem Moment hörte ich meine Mutter vom Gang aus nach mir rufen. Ich klappte den Atlas zusammen, steckte ihn in die Schultasche und schulterte sie, ohne sie zu schließen.

»Endlich Abendessen. Kommst' auch?«

»Nein«, sagte Tat'ka schnell. »I kehr' mein Dreck z'amm und dann geh i heim. Is' spät g'nug.«

Ich gab Tat'ka zum Abschied einen Kuss auf die Wange und war schon fast aus der Tür, als er mir hinterherrief: »Und wegen dem Namen brauchst dir nix denken! Gehst einmal mit deinem Tintenkiller drüber und weg is' er.«

»Ja«, sagte ich schnell, obwohl ich schon wusste, dass ich den Namen nicht löschen würde. Er sollte ein Geheimnis bleiben, etwas, das nur mir gehörte.

~

Nachts kralle ich die Finger in mein Stofftier. Das blecherne Schlagen der Turmuhr. Ein Auge offen, das andere zu. Ich spring auf den Rücken der Ziege, Häuser, Menschen, Straßen, Inseln, alles lass ich zurück. Meine Hand wächst und mit ihr der Hunger und sie schaufelt alles hinein: die strahlende Luft, den Leib Christi, die Worte des Pfarrers und alles, was nicht gesehen werden kann. Dann drängt sich ein Vierklee herauf durch den Schlund, er wächst der Sonne entgegen. Wir haben zu viele davon gefunden, zu viel Vierklee auf der Wiese im Park. Bumm, geht der Schuss nach hinten los. Bumm, explodiert der Reaktor. Bumm. Die Stille, die folgt, unterbricht das Gebet des ewig hinterherhinkenden Norbert: Durch meine Schuld, durch meine Schuld, durch meine große Schuld. *Schuld.* Die Seele ist ein Vierklee. Jedes vierte Blatt ist verstrahlt.

SAMSTAG, 18. MAI 1996

Rosen aus Zucker

Eine eisige Nacht im Frühling. Ich rauchte schon die vierte Zigarette auf der Bank hinter der Post, als Kickis schmale Gestalt sich als blasser tänzelnder Faden aus dem Schwarz des Parkplatzes schälte. Sie trug noch ihre Kellnerbluse. Den dazugehörigen Rock hatte sie schon gegen eine zerrissene Jeans getauscht. Wir küssten uns mechanisch. Links, rechts, links.

»Warum hat das so lang gedauert?«

Es klang härter, als es meine Absicht gewesen war.

»Die Deppen wollten nicht heim.«

Sie zog einige Haarnadeln aus dem Knoten am Hinterkopf und fuhr mit der Hand hinein, bis ihr das Haar in dunkel glänzenden Bahnen über die Brust fiel.

»Dabei war'n die uralt. Und voll bis oben hin! Einer hat so einen roten Schädel aufg'habt, dass es zum Fürchten war!

Wenn ich *noch* einen Herzinfarkt mitkrieg bei der Arbeit, kündig ich.«

Ihre schmale Hand verschwand in ihrer Umhängetasche, zog eine Flasche Sekt heraus, die sie mir lächelnd entgegenstreckte.

»Weilst' so lang g'wartet hast.«

Ich schnippte die Zigarette auf den Kiesboden, nahm die Flasche, klemmte sie mir zwischen die Beine und machte mich ans Öffnen.

»Schaut teuer aus.«

Kicki ließ sich neben mir auf die Bank fallen und zündete sich eine an. Der Glutkegel ihrer Zigarette leuchtete grimmig auf.

»Solang ich nix dafür zahlen muss.«

Ich löste das Drahtgeflecht und zog am Korken, der mit einem Knall in die Dunkelheit sprang. Der Sekt quoll über und flutete meine klammen Finger. Sofort legte ich die Lippen auf die Öffnung und saugte alles in mich auf.

»Ich dachte, du hast um elf Uhr Schluss«, sagte ich, als ich die Flasche wieder abgesetzt hatte.

»Dachte ich auch.« Ohne mich anzuschauen, griff Kicki nach dem Sekt und nahm einen kräftigen Zug. Dann drückte sie mir die Flasche wieder in die Hand und machte einen Schritt von mir weg in die Dunkelheit.

»Offiziell hab ich um elf Schluss, aber kurz vor Feierabend teilt mir der Held jedes Mal einen Tisch zu, an dem die Leute ewig sitzen ...«

Ich hörte, wie sie an ihrer Hose herumnestelte und ihr Ring gegen die Gürtelschnalle schlug.

»Der Held ...?«

»Unser *Commis de Rang*«, sagte sie, die Zigarette im Mundwinkel, kotzte es fast heraus und wie um ihre Abneigung zu unterstreichen, ging sie in die Hocke und fing an zu pissen. Ich traute mich nicht hinzusehen, doch ich hörte den harten, dampfenden Strahl auf den Asphalt niedergehen, ein Geräusch, das mich beschämte und zugleich beeindruckte.

»Du, hast du dir schon mal die Muschi rasiert?«, fragte sie, während es unter ihr plätscherte.

»Nein«, sagte ich. Das war gelogen, aber das ging Kicki nichts an.

»Juckt voll«, sagte sie grinsend und wippte ein bisschen in der Hocke nach. Als sie die Hose hochzog, streifte mein Blick das haarlose Dreieck zwischen ihren Beinen, das im Mondlicht so unwirklich schillerte wie der Bauch eines Fisches in nachtschwarzem Wasser. Sie knöpfte sich die Hose zu. Dann nahm sie sich die Flasche, die ich auf der Sitzfläche abgestellt hatte, und sagte: »Der Held ist ein Trottel.«

Eine Weile saßen wir schweigend da und bliesen grauweiße Schwaden in die Dunkelheit. Die Glutkegel unserer Zigaretten leuchteten abwechselnd auf wie zwei sich unterhaltende Glühwürmchen. Ich folgte mit den Augen den winzigen Urinbächen, die sich, in Zeitlupe verzweigend, immer neue Wege über den Asphalt und in mein Sichtfeld bahnten. Plötzlich schauderte es mich. Ich zog die Füße in den Doc Martens zu mir heran und stellte sie auf der Bank ab.

»Wo kommst du denn gerade her?«, fragte Kicki in die Stille hinein.

Ich zögerte.

»Doch nicht von daheim, oder?«

Mir stieg die Röte ins Gesicht.

»Echt jetz'?«

»Ich hab am Montag Lateinschularbeit«, sagte ich, griff wieder nach der Sektflasche und nahm noch einen Schluck.

»Du sitzt am Wochenende abends daheim und lernst für eine *Schularbeit?*«

Kicki blies eine Rauchwolke in meine Richtung.

»Ich fass es nicht.«

Sie zog ein letztes Mal an der Zigarette und schnippte sie dann in die Dunkelheit. Kicki war auf eine Art schön, die nichts Sanftes an sich hatte. Vielleicht stand deshalb alle Welt auf sie, sogar meine schnöseligen Klassenkameraden. Ich war klüger als sie, aber was nützt einem das schon in der Nacht?

Ich bereute, hergekommen zu sein. Müdigkeit rieselte durch meinen Körper, während der Sekt seine Bläschen überall in mir verteilte, mich wach und fahrig zugleich machte. Ich schaute über den Parkplatz vor uns und hinauf zum bedeckten Himmel. An manchen Stellen waren die Wolkenschleier aufgerissen und gaben den Blick auf blinkende Sterne frei. Kicki setzte die Flasche erneut an. Sie war unter allen Mädchen, die ich kannte, dasjenige, das am meisten vertrug. Wie um meinen inneren Monolog zu beenden, hielt sie mir mit hochgezogener Braue die Flasche hin. Ich setzte sie an die Lippen und spülte die letzten nüchternen Reste aus meinem Bewusstsein, während Kicki ein kleines Täschchen auspackte, einen Taschenspiegel aufklappte und sich im Halbdunkel zu schminken begann.

»Warum wolltest du mich eigentlich so dringend treffen?«, fragte ich, nachdem ich einen ordentlichen Schluck genommen hatte.

Statt zu antworten, führte Kicki mit ruhiger Hand die dünne Linie fort, die sie sich vom Augenwinkel zum Inneren ihres geschlossenen rechten Lids zog. Dann hielt sie in der Bewegung inne und strahlte mich aus einseitig geschminkten Augen an.

»Weil ... Ich bin verliebt!«

»Aber das weiß ich doch.«

»Nein, *das* ist vorbei. Heute ist's so ... Wir müssen in den Strumpf.«

»Wir geh'n *nie* in den Strumpf!«

»Heute schon«, sagte Kicki knapp, zwickte das linke Auge zusammen und begann, ihr anderes zu bearbeiten.

»Da geh'n doch nur Penner hin! Und die Musik ist auch scheiße!«

»Die Musik ist nicht scheiße«, widersprach Kicki und zog mit konzentrierter Miene den zweiten Lidstrich.

»Die ist *Kult*.«

Sie griff wieder in ihr Täschchen, zog den Lippenstift heraus und sah mich kampflustig an.

»Ich will da jemand treffen.«

Sie zog sich die Lippen nach, öffnete den Mund und wischte sich mit einem Taschentuch rote Reste von den Zähnen. Der Sekt blubberte in meinen Hirnwindungen und ließ mich das alles lächerlich finden: Kicki, die blöde Schminkerei, ihre Abhängigkeit von den Blicken der Männer. Beim Gedanken an den Strumpf schmeckte es faulig in meinem Mund. Der Sekt machte mich mutig und ließ mich protestieren.

»Ich komm nicht mit. Am Montag hab ich die Lateinschularbeit, morgen hat mein Uropa Geburtstag und Geld hab ich auch keins.«

»Keine Sorge«, winkte Kicki ab und ließ die Puderquaste kreisen. »Wofür gibt's denn den Edi?«

Edi? Letzte Woche hatte der Typ noch Axel geheißen.

»Und überhaupt, Illy: Du willst nie irgendwohin! Und wenn'st dann dort bist, willst nimmer heim«, sagte sie und steckte die Schminksachen ein. Dann führte sie die halbvolle Sektflasche zum Mund und trank sie in einem einzigen Zug leer. Im nächsten Moment sprang sie auf, knallte die Flasche auf die Bank und marschierte los. Ich seufzte. Stand ebenfalls auf, trat mitten in die Pfütze und ekelte mich. Wie ein an die Kette gelegter Tanzbär trottete ich hinter Kicki her über den nächtlichen Hauptplatz.

Der Strumpf war eine heruntergekommene Kellerbar am anderen Ende des Dorfes. Doch wie jedes Ziel in diesem zu engen Handschuh aus Häusern und Gassen lag es nur wenige Minuten entfernt. Zwei Querstraßen und einen Bahnübergang später waren wir dort. Ich blieb vor der beleuchteten Holztür stehen, entschlossen, mich hier von ihr zu trennen, doch ehe ich ein Wort sagen konnte, hatte Kicki die Tür schon aufgerissen und war dahinter verschwunden. Ich seufzte noch einmal. Und folgte ihr.

Eine Mischung aus Rauch, Schlagermusik, Bierrülpsern und anderen Ausdünstungen schlug mir entgegen. An der Bar hingen die Männer vor ihren Biergläsern wie einzeln zum Trocknen aufgehängte Glockenblumen. Dahinter, an niedrigen Tischen, aufgeheizte Gesichter, die sich im Rausch Anzüglichkeiten zubrüllten. Die letzte Zeichenstunde fiel mir ein: hundert Prozent Hieronymus Bosch. Aus Verlegenheit zündete ich mir eine Zigarette an und folgte mit den Augen den Schwaden, die sich zu seltsamen Gebilden formten, ehe sie sich im allgemeinen Dunst auflösten.

Kicki lehnte am hinteren Ende des Tresens und hielt nach jemandem Ausschau. Ich stellte mich neben sie, versuchte, cool auszusehen und weniger betrunken.

»Was magst denn, Dirndl?«, fragte die dickbusige Barfrau.

»Nix«, sagte ich und schämte mich sofort für meine Ehrlichkeit. Die Barfrau rollte mit den Augen und schaute zu Kicki, die sich wegdrehte und ihren Blick ins Leere laufen ließ.

»Wo bleibt der denn!«, hörte ich sie durch den Lärm zischen.

Dann drehte sie sich wieder zur Kellnerin um.

»Zwei Bier, bitte. Und zahlen tut der da.«

Sie zeigte auf einen älteren Typen mit Backenbart, der neben uns in den Bierschaum stierte. Ich erkannte ihn am Bleistift, der wie immer hinter seinem rechten Ohr klemmte: der Bleistift-Fred. Bleistift-Fred war Maler und Anstreicher. Den kannte ich schon mein ganzes Leben. Alle paar Jahre klebte er mit seinem Malerkübel eine Zeitlang auf einer Leiter an unserer Hausmauer. Ich tat, als würde es mich zwischen den Augenbrauen jucken, und wandte mich leicht ab. Dann warf ich ihm aus dem Augenwinkel einen Blick zu. Aufatmen: Der Bleistift war so besoffen, der erkannte heut' niemanden mehr.

»Wenn i muass«, sagte er schließlich, froh, einen Grund zu haben, das Starren auf sein Bier einen Moment lang zu unterbrechen. Er kramte in der Hosentasche und warf einen Fünfzig-Schilling-Schein auf den Tresen. Dann drehte er sich schwankend zu uns.

Kicki hielt ihm die Hand wie ein Brett vor die Nase: »Danke fürs Bier, aber reden woll'n wir nicht.«

Bleistift-Fred glotzte uns mit einer Mischung aus Ärger und Staunen an. Er hatte seine farbbekleckste Arbeitskleidung an, dabei war es weit nach Mitternacht.

»Ja, wie alt seid's denn ihr überhaupt?«

»Kann dir doch egal sein«, hörte ich mich sagen, mit einer Stimme so schneidend, dass ich selbst zusammenzuckte.

Die Barfrau stellte uns das Bier hin und warf mir einen Seitenblick zu. »Aushalten lassen wollt's euch, Mädels. Aber anquatschen lassen nit? Glaubt's mir: Des geht nit lang gut ...«

Kicki zuckte mit den Schultern, nahm die Gläser und ging damit in den hinteren Bereich des Lokals. Wir setzten uns an einen der Ecktische und prosteten uns zu. Das Bier schmeckte scheußlich. Ich zwang mich, zumindest ein paar Mal zu nippen. Mit jedem Schluck ließ die Anspannung in meinem Inneren nach und bald auch das flaue Gefühl. Kicki saß schweigend vor ihrem Glas und trank, trank, trank. Jedes Mal, wenn die Tür aufging, drehte sich ihr Kopf, als wäre er an durchsichtigen Fäden dort festgemacht. Ich versuchte, mir einen Mann vorzustellen, den sie erhören würde: groß, gutaussehend, braungebrannt. Bei der Tür herein kamen Saufbrüder und Schlägernasen.

Plötzlich fuchtelte Kicki mit den Armen. Ein hagerer Typ mit Schirmmütze und Jeansjacke drängte durchs Lokal zu uns her. Sein Gang erinnerte mich an die Krabben, die ich letzten Sommer im Italienurlaub beobachtet hatte. Auch er kam irgendwie seitlich daher. Nur das glitzernde Meer fehlte, das Säuseln der Brandung und meine gute Laune. Er stürzte sich auf Kicki, schob ihr seine fleischige Zunge in den Mund und fuhr ein paar Runden darin herum. Bei jeder Bewegung beschrieben die beiden Piercings in seiner Augenbraue winzige Kreise. Als er mich kichern hörte, drehte er sich so gierig stierend zu mir, dass ich sofort verstummte. Ich wich seinem Blick aus, betrachtete stattdessen die blasse und teigige Haut, unter der sich dicke Sehnen spannten. Als er genug geküsst hatte, schob er Kicki von sich und griff nach meinen Zigaretten auf dem Tisch. Er nahm sich eine heraus, zündete sie an und inhalierte ein paar Mal in rascher Folge. Nach wenigen Zügen drückte er sie im Aschenbecher aus und sagte, schon im Gehen und ohne uns dabei anzusehen: »Einpacken, Mädels. Wir ha'm was zu erledigen.«

Kicki sprang auf. Ich aber blieb vor meinem Bierglas sitzen und blickte Edi, Axel oder wie der Typ hieß, entgeistert an.

»Auf Ex, Kleine. Oder brauchst' Hilfe?«

Ich stellte mir vor, diesem aufgeblasenen Arsch das Bierglas über den Kopf zu ziehen, aber natürlich tat ich es nicht. Stattdessen setzte ich an und trank mehrere Schlucke hintereinander. Jetzt war ich endgültig besoffen. Ein Rülpser entfuhr mir, der glücklicherweise im Höllenlärm um mich her unterging. Ediaxel drehte sich zur Tür und verließ das Lokal. Kicki sprang hinter ihm her wie ein Hündchen. Ich ließ das halbvolle Bierglas stehen und schlurfte unter den ungläubigen Augen von Bleistift-Fred, der sich immer noch über unsere Begegnung zu wundern schien, hinter den beiden her.

Draußen klatschte mir die Nachtluft ins Gesicht. Macht erst wach, dann nüchtern, dann wieder besoffen.

»Könnt ihr mich nach Hause bringen?«

Selbst ich merkte, dass meine Stimme ganz schön wehleidig klang.

»Aber sicher doch«, sagte Ediaxel.

Er fuhr einen roten Ford, in dem es genauso roch wie im Lokal. Auf das Auto schien er stolz zu sein, jedenfalls redete er während der Fahrt nur noch davon. PS, Hubraum, die ganze Palette. Wie Kicki das nur aushielt? Ich gähnte. Ediaxel fuhr wie eine Wildsau, und ich wollte mich noch beschweren, aber die Augen fielen mir zu.

~

Laute Schläge gegen die Scheibe. Verschwommen hörte ich, wie Ediaxel etwas zu mir sagte. Wie im nächsten Moment die Vordertüren geöffnet wurden und Ediaxel und Kicki nacheinander ausstiegen. Eisige Luft drang ins Innere des Wagens und kühlte mich auf Aufwachtemperatur herunter. Ich blinzelte. Hinter der Scheibe ein verwaister Parkplatz. Dunkelheit. Dann, von Weitem, die Scheinwerfer eines herannahenden Autos. Ein blauer VW. Durch die Heckscheibe erkannte ich das Lokal, vor dem wir standen, und die Bergkette, die sich dahinter im Mondlicht erhob. Der bewaldete Rücken des Niederkaiser schimmerte im Mondlicht. Dahinter nichts als nackter Felsen. Langsam dämmerte mir, wo wir uns befanden. Dies hier war das letzte Haus eines Dorfes, das einige Kilometer entfernt lag. Den Gasthof hatte ich im Vorbeifahren oft gesehen. Dass es hier eine Disko gab, war mir neu. Nachts war ich überhaupt noch nie hier gewesen. Verdammt! Wieso hatte mich der Depp nicht nach Hause gefahren? Morgen war Tat'kas Geburtstag. Ich hatte versprochen zu helfen.

Die Fahrertür des VW öffnete sich. Ein schlaksiger Typ in Kellnermontur stieg aus und lehnte sich, grußlos und ohne Ediaxel anzuschauen, gegen seinen Wagen. Ediaxel sagte etwas. Der andere nickte und spielte mit seinem Autoschlüssel. Als Ediaxel sich ins Auto beugte, stellte ich mich schlafend. Unter halbgeschlossenen Lidern beobachtete ich, wie er ein Briefchen aus dem eingebauten Aschenbecher zog und es dem Typen draußen zusteckte. Der nahm es, vergewisserte sich, dass es keine Zuschauer gab. Dann schleckte er über die Kuppe seines kleinen Fingers, zog die Lasche des Briefchens auf, tauchte den Finger hinein und rieb sich, was darauf kleben geblieben war, in winzigen kreisenden Bewegungen aufs Zahnfleisch. Einen Moment lang schaute er wie eine Puppe mit leeren Augen geradeaus, dann verzog sich sein Gesicht zu einem Grinsen. Er nickte mehrmals, drückte Ediaxel etwas in die Hand, klopfte ihm im Weggehen auf die Schulter, stolperte zurück auf den Fahrersitz seines Wagens und ließ den Motor an.

Ich wartete mit dem Aussteigen, bis die Rücklichter des blauen VW aus meinem Blickfeld verschwunden waren. Als ich endlich aus meiner Deckung kam, lehnten Kicki und Ediaxel ineinander verkeilt an der Motorhaube und knutschten. Die rechte Hand hatte er um ihren Kopf gelegt, die linke bewegte sich in ihrer geöffneten Jeans. Als er mich sah, zog er sie widerwillig heraus.

»Erst warten wir ewig auf dich, und kaum wird's geil, tauchst du auf und störst.«

Er schleckte sich die Finger ab und warf Kicki einen lüsternen Blick zu. Der Typ machte mich rasend.

»Ich wollt' heim. Das war kein Witz.«

»Wir fahr'n ja auch gleich. Ich will nur schnell in die Moonbar runter. Da war heut' ein Konzert. *November.* Geile Band! Ein Freund von mir ist bei denen der Sänger.«

Ich schaute mich auf dem verwaisten Parkplatz um. Ein einziger anderer Wagen, ein alter Volvo, parkte am anderen Ende des Parkplatzes in einer dunklen Ecke. Der beleuchtete Eingang zur Bar, über dem ein Schild mit einer Mondsichel prangte, sah aus wie die verwaiste Kulisse eines längst gedrehten Films.

»Also, viele Fans können die nicht haben.«

Kicki lachte. Ediaxel funkelte uns nacheinander böse an.

»Das Konzert ist doch längst vorbei. Vor zwei Stunden war hier alles voll. Ich will jedenfalls kurz runter, meine Leute sind noch da«, sagte er und drehte sich um zum Gehen.

Mir kochte die Galle über.

»Mir doch scheißegal! Du bringst mich jetzt gefälligst heim, wie es ausgemacht war«, schrie ich.

»Was bist du denn für eine«, sagte Ediaxel entgeistert und wandte sich an Kicki: »Die Kampflesbe da kommt mir nicht mehr mit, verstanden?«

Sie zuckte mit den Schultern und sagte: »Bringen wir sie heim, bevor sie noch zu heulen anfängt.«

Sie zündete sich eine Zigarette an und schmiegte sich an Ediaxel. Als er sich hinunterbeugte, um sie zu küssen, blies sie ihm den Rauch in den geöffneten Mund. Ediaxel hustete, Kicki lachte.

Sie öffnete die Autotür, warf mir einen enttäuschten Blick zu und stieg ein. Ich sah zu, wie sie sich in den Sitz fläzte und Rauchringe blies, die an der Windschutzscheibe zerschellten. Ediaxel machte einen Schritt auf die Fahrertür zu. Erleichtert griff ich nach dem Türgriff, als mit einem Knall die Lokaltür aufflog. Drei Typen stürmten heraus und rannten in Richtung Volvo. Zuerst ein Kleiner mit

Bürstenfrisur, den ich für ein Kind gehalten hätte, wenn nicht die tätowierte Schlange gewesen wäre, die sich über seinen Arm wand. Hinter ihm keuchte ein langhaariger Riese mit Schwabbelbauch, der noch die Drumsticks in der Hose stecken hatte. Der Dritte sah krass aus. Zunächst waren da nur lange, schwarz glänzende Locken, die so wild um seinen Kopf und die Schultern wehten, dass sie das Gesicht komplett verdeckten. Für Sekundenbruchteile gaben sie den Blick auf geschwungene Brauen frei und dunkle Augen, die das Auto fixierten, auf das er zulief. Im Nasenflügel funkelte ein silberner Ring. Er wurde vom Licht der Oberbeleuchtung erfasst und sah in diesem Moment so aus, als würde er leuchten. Jetzt erst entdeckte ich die Geldkassette. Sie lag in seinem Arm wie ein Rugbyball.

»Wer ist das denn?«, fragte ich verblüfft.

»Der Tristan«, zischte Ediaxel, der die Szene wie wir alle gebannt verfolgte. »Der kriegt echt überall Ärger.«

Der Kleine erreichte den Volvo als Erster, riss die Tür auf, ließ sich fallen und startete den Motor. Auch der Schwabbelriese war gerade keuchend beim Auto angekommen, als die Lokaltür noch einmal aufflog. Ein aufgepumpter Glatzkopf, dem die Brutalität beinahe körperlich vorauseilte, stürmte in irrem Tempo heraus. Tristan hatte das Auto fast erreicht, da riss ihn der Typ zu Boden. Er schrie auf, stolperte und blieb auf dem Kies liegen.

»Jetzt wird's ernst«, murmelte Ediaxel und spuckte auf den Boden.

Der Glatzkopf warf sich auf Tristan, holte aus und schlug ihm mit der Faust ins Gesicht.

»Ins Auto!«, schrie Ediaxel und riss die Fahrertür auf.

Ich machte einen Satz und sprang hinein. Der Wagen

schoss los, wenige Meter nur, und kam quietschend wieder zum Stehen. Tristan und sein Angreifer lagen direkt vor der Autotür auf dem Boden und keilten sich. Anders als bei den Schlägereien, die ich aus dem Fernsehen kannte, war kaum ein Geräusch zu hören. Kein keuchender Atem, keine dumpfen Faustschläge. Nur der Kies knirschte unter den sich windenden Körpern, und die Luft war von Adrenalin getränkt.

»Du fährst«, sagte Ediaxel im Befehlston zu Kicki.

Sie drückte die Zigarette im Aschenbecher sofort aus, als hätte sie nur auf ihren Einsatz gewartet. Ich japste und rutschte Richtung Tür. Ediaxel und Kicki wechselten einen Blick, dann sprang er aus dem Wagen und stürzte sich auf den Glatzkopf. Kicki schwang sich mit beeindruckender Eleganz auf den Fahrersitz. Ihre Haarspitzen peitschten mir ins Gesicht. Sie wartete mit angelassenem Motor, während Ediaxel draußen versuchte, den Typen von Tristans Körper zu drängen. Als auch der dunkle Volvo neben uns zum Stehen kam, bekam der Türsteher es mit der Angst zu tun. Er sprang auf und humpelte, eine Hand vor dem rechten Auge, davon. Ich riss die Autotür auf. Tristan lag vor meinen Füßen auf dem Boden. Aus seiner aufgeplatzten Braue quoll Blut. Unsere Blicke kreuzten sich. Nichts Hartes lag in seinem Blick. Kein Hass, keine Angst. Stattdessen blitzte, als er mich sah, eingerahmt vom Vorhang schwarzer Locken, ein Lächeln auf. Ediaxel riss ihn am Ellbogen hoch und stieß ihn mir in die Arme. Die Geldkassette, die Tristan noch immer umklammert hielt, prallte mir mit voller Wucht gegen die Rippen. Im nächsten Moment sprang Ediaxel neben uns auf die Rückbank und zog die Wagentür zu. Während wir über den Parkplatz davonbretterten, war ich benommen vom Schmerz, es fühlte sich an, als raste ein Zug mitten durch mein Herz. Schweigend fuhren wir durch das nächtliche Dorf. Als wir die Landstraße erreichten, stieß Tristan einen Jubelschrei aus, in den Ediaxel und Kicki sofort grölend einfielen. Ich schrie nicht. Konzentriert wie bei einer Schularbeit saß ich da, spürte den Schmerz in meiner Brust und Tristans Körper neben mir. *Tristan* ... Obwohl ich keine Indizien dafür hatte, wusste ich, dass ich den Jungen vor mir hatte, der vor Jahren in meinen Atlas geschrieben hatte. Überdeutlich sah ich die Seite mit der winzigen Insel vor mir, *Tristan da Cunha*, und die antiquierte, hundert Mal gesehene Schrift, deren kleines t mich an manchen Tagen an ein kopfloses Männlein denken ließ, an anderen an ein geschmiedetes Kreuz. Sein Brustkorb hob und senkte sich im Rhythmus schwerer Atemzüge. Ich nahm seinen Geruch in mich auf, Hitze, Rauch, Blut, Schweiß, Bier und noch etwas, das mich schwindeln ließ.

Der Volvo von Tristans Bandkollegen tauchte neben uns auf. Ediaxel kurbelte die Scheibe herunter, Jubelschreie und Heavy Metal wehten zu uns herüber. Tristan hielt die Kasse aus dem geöffneten Fenster und schüttelte sie.

»Wir treffen uns bei mir!«, schrie er in Richtung des Dicken, dessen Kopf aus dem Beifahrerfenster hing. Ob er nickte oder headbangte, erkannte ich nicht, verstanden hatte er es auf jeden Fall. Zum Abschied streckte er johlend seine Hand zum Teufelsgruß in die Luft. Dann beschleunigte der Wagen und überholte uns, um dem Gegenverkehr auszuweichen.

»Danke, Alter«, sagte Tristan und legte den Arm um Ediaxels Schulter.

»Wisch dir das Blut aus der Fresse, bevor du mich antatschst«, erwiderte der grinsend. »Und bedank dich gefälligst bei meiner Frau.«

Ich wusste, dass Kicki keinen Führerschein hatte. Sie war noch nicht mal siebzehn.

»Gib mir ein g'scheites Auto und ich fahr dir die Rallye Paris-Dakar«, grölte sie und drehte das Lenkrad schwungvoll von links nach rechts.

Es begann zu regnen.

»Was ist, wenn die uns verfolgen, um sich ihr Geld zu holen?«, fragte ich irgendwann.

»Ihr Geld? Das ist unser Geld!«, stieß Tristan hervor. »Die Deppen wollten uns für den Gig nicht Zahlen, aber das war ausgemacht. Das hab ich schwarz auf weiß!«

Er rüttelte an der Kasse. Es klang nach einer fetten Beute.

»Wohin jetz'?«, fragte Kicki, als die blau umrandete Ortstafel im Scheinwerferlicht aufleuchtete.

»Zum alten Bauernhof überm Hirschgehege. Da wohn ich«, sagte Tristan.

Er fuhr sich mit dem Handrücken über die blutige Augenbraue, verzog dabei keine Miene, wirkte nur überrascht, als er die rostrote Schliere auf dem Handrücken sah. Dann wischte er die Hand auf dem Plüschbezug ab und drehte sich zu mir.

»Kommst du auch mit?«, fragte er. Ich spürte seinen Atem am Ohr.

»Die flennt doch schon die ganze Zeit, dass sie heimwill«, sagte Ediaxel laut, ehe ich etwas erwidern konnte.

»Im Ernst?«

Tristan schaute mich aus großen Augen an.

»Ich …«, begann ich.

»… kann die Schnalle nicht ausstehen«, fuhr Ediaxel dazwischen. »Von mir aus kannst' sie sofort aus'm Auto schmeißen«, knurrte er in Kickis Richtung.

»Keine Sorge, Illy! Ich bring dich schon noch heim«, sagte Kicki, suchte meinen Blick im Rückspiegel und lenkte den Wagen in die Seitenstraße, an deren Ende unser Haus lag. *Und wenn'st dann da bist, willst nimmer heim,* hörte ich ihre Stimme in meinem Kopf. Das Sportgeschäft meiner Eltern kam in Sichtweite. Kicki stieg auf die Bremse und blieb mitten auf der Fahrbahn stehen.

»Da wär'n wir«, sagte sie und deutete auf das beleuchtete Schaufenster, in dem zwei Puppen in Wandermontur auf einem Pappmaché-Stein rasteten.

»Du wohnst im Haus vom Sport Hofer?«, fragte Ediaxel.

»Das ist das Geschäft von ihren Eltern, du Depp«, sagte Kicki.

»Jetz' versteh ich … Eine ganz Feine also.« Er warf mir im Rückspiegel einen verächtlichen Blick zu. »Einzelkind, stimmt's? Ich kenn noch ein paar von deiner Sorte …«

»Jetz' lass einmal die Illy in Ruh'«, ging Kicki dazwischen, die sich im Schein der hell erleuchteten Auslage unserer Freundschaft zu erinnern schien. Ich dagegen machte mir langsam Sorgen wegen des Lärms, den wir verursachten. Im ersten Stock schliefen meine Eltern bei gekipptem Fenster, und das sollte auch so bleiben.

»Hey, Illy«, hörte ich Tristan neben mir sagen. Er sah mich ernst an. »Danke.«

Einen Moment lang war es so still im Auto, dass ich glaubte, Tristans Herzschlag hören zu können. Doch es war nur der Scheibenwischer, der im Sekundenrhythmus feuchte Schlieren über die Windschutzscheibe kehrte. Ich riss meine Augen von Tristan los, von seinen Lippen, auf denen Blut klebte, griff nach der Autotür und stieg wie ferngesteuert aus. Draußen, im Regen, drehte ich mich noch einmal zu ihm um.

»Schlaf gut«, sagte er.

Gute Nacht, wollte ich erwidern, doch da war Kicki schon aufs Gaspedal getreten, und der Wagen raste mit offener Hintertür davon. Ich schaute den Rücklichtern des Wagens nach, spürte, wie der Regen mein Haar aufweichte und mir in dicken Tropfen übers Gesicht lief. Der Alkohol stieg in mir auf. Ein Schluckauf. Hicksend zog ich den Schlüssel aus der Hosentasche und stieß ihn, den Geschmack einer enttäuschten Hoffnung im Mund, ins Türschloss.

Kurz darauf lag ich hellwach im Bett, Tristans Gesicht vor mir in Großaufnahme. Du hättest ihn küssen sollen, dachte ich, während mich der dümmliche Schluckauf quälte wie ein nicht enden wollender, unverständlicher Morsecode. Alles in mir fuhr um die Kurve. Ich ließ ein Bein vom Bettrand baumeln wie einen ausgeworfenen Anker. Kicki, Ediaxel. Und immer wieder Tristan. Du hättest ihn küssen sollen.

~

Als das Klopfen verstummte und die Zimmertür mit einem schneidenden Luftzug aufflog, öffnete ich widerwillig die Augen und schaute direkt in das von Ärger und Ungeduld zerknautschte Gesicht meiner Mutter.

»Was, schon so spät?«, fragte ich schnell.

»Was denkst du denn?«

Gift und Galle in Mamas Stimme.

»Und der Kuchen?«

»Den hab ich längst im Rohr. Auf dich ist wirklich kein Verlass, da wird man ja alt beim Warten!«

»Oh, Mist. Sorry, Mama.«

»Ja, ja«, unterbrach sie mich. »Jetzt ist es halb elf. Der Kuchen muss in einer Viertelstunde aus'm Rohr, verstanden?«

Ich nickte, gähnte, setzte mich auf.

»Und es wär' schön, wenn du ihn glasieren könntest und mit ein paar Zuckerrosen dekorierst. Ich hab dir alles hingelegt. Wenn irgendwas ist, ich bin oben im Goldenen Ochsen beim Tischdecken. Die Nummer hast' ja.«

Ich nickte noch einmal, manövrierte meinen Körper Richtung Bettkante, stellte die nackten Füße auf den Teppich. Meine Mutter, das sah ich erst jetzt, hatte sich schön gemacht. Sie trug Lippenstift, Make-up und ihr neues rotes Kleid.

»Und noch was, Illy«, sagte sie und warf mir einen strengen Blick zu. »Zieh dir was Ordentliches an für den Geburtstag. Auf keinen Fall die Lochhose, verstanden?«

Ich seufzte.

Seit ich denken konnte, feierte Tat'ka seine Geburtstage im Goldenen Ochsen, einem ehemaligen Landgasthof, der auf einem Hügel außerhalb des Dorfes thronte. Der Wirt war Tat'kas bester Freund Ernstl, ein kugelförmiger, vergnügter Mann, der bis vor wenigen Jahren das Gasthaus mit seiner Frau und den Töchtern geführt hatte. Seit dem Tod der Frau war der Goldene Ochse geschlossen, doch zu speziellen Anlässen öffnete Ernstl seine Gaststube und die Terrasse für Freunde. Tat'kas zweiundneunzigster Geburtstag war so ein Anlass. Ab heute war er offiziell der älteste Mensch im Dorf, was bei uns groß gefeiert wurde. Schade war nur, dass im Goldenen Ochsen nicht mehr gekocht wurde. Jeder Bissen und auch die Getränke mussten mit Autos den Berg hinaufgekarrt werden. Und so hatten wir in den letzten Tagen gekocht, gebraten und gebacken, denn zu diesem denkwürdigen Anlass erwarteten wir dort oben das halbe Dorf.

Meine Mutter blies eine Kusshand zu mir herüber und wandte sich zum Gehen. Mitten in der Bewegung hielt sie inne und warf mir einen forschenden Blick zu. Roch sie die Zigaretten? Spürte sie, dass ich erst vor ein paar Stunden ins Bett gekrochen war? Ich versteifte mich unter der Bettdecke. Ihr Blick wanderte konzentriert im Zimmer herum, als suchte sie den Beweis für eine vage, hässliche Ahnung. Doch dann, zu meinem Glück, rauschte auf der Straße vor dem Fenster ein LKW vorbei und holte sie in die Gegenwart zurück, zu ihrer Eile und den tausend Dingen, die sie zu erledigen hatte.

»Bitte nimm ein bisschen Abdeckcreme«, sagte sie schließlich. »Du hast Augenringe.«

Ich nickte noch einmal und schickte meiner Mutter eine Kusshand zurück. An meinen Händen klebte der Rauch und am Zeigefinger kitzelte mich die Erinnerung an Tristans Lederjacke.

Ich ging ins Bad, duschte kalt, wickelte mich in ein Handtuch und holte anschließend mein schönes, dunkles Samtkleid aus dem Schrank. Ich war noch nicht fertig angezogen, als sich der Duft des Kuchens schon in mein Zimmer schlich. Er machte mich weich und zufrieden wie eine

Extrastunde Schlaf. Eilig zog ich mich an und folgte der Wärme Richtung Küche.

Auf der Anrichte fand ich einen Beutel Zuckerrosen, eine Schale Kuvertüre und eine Spritze. Ich streifte mir Küchenhandschuhe über, zog den Kuchen, eine Sachertorte groß wie ein Wagenrad, aus dem Backrohr und hievte das dampfende Ungetüm auf die Anrichte. Während die Schokolade im Wasserbad langsam schmolz, setzte ich mich auf den Küchenhocker, trank Kaffee, aß ein Kipferl und überflog die Schlagzeilen der Tiroler Tageszeitung, die meine Eltern vor Stunden zerpflückt hatten. Immer wieder sah ich Tristans Lächeln vor mir. Sein Freudenschrei klang in meinen Ohren, das Scheppern der geklauten Kasse, das Klirren der Bierflaschen unterm Fahrersitz. Deutlich konnte ich seine Finger sehen, die einen Mikrofonständer umklammert hielten. *Hallo, da draußen! Wir sind November.* Als die Schokolade flüssig war, nahm ich die Schale aus dem Wasserbad, goss den Inhalt über der Torte aus und verstrich ihn. Obwohl ich wenig geschlafen hatte, obwohl ich keine große Bäckerin war, obwohl das Frühstückskipferl schmeckte wie ein Bimsstein und es nicht genug Milch für einen anständigen Milchkaffee gab, lächelte ich. Ich lächelte, weil ich es irre fand, dass jemand in diesem katholischen Dorf *derartig* aussah, so nach Exzess und Freiheit. Und ich lächelte noch immer, als ich meine Lieblings-CD auflegte und meine Hände nach einem Rest von seinem Geruch abschnüffelte. Immer wieder fuhr ich im Geiste mit ihm von der Disko nach Haus, während ich ringsum Zuckerrosen auf der Torte platzierte. Zwischen grünen Marzipanblättern blühten sie auf, während Courtney Love, Sängerin meiner Lieblingsband HOLE, mit ihrer breiten

Zahnlücke und ihrer vom Leben zerkratzten Stimme dazu sang. Mein Blick wanderte über den Rosenhügel. *He hit me and it felt like a kiss.*

~

»Der Opa hat den eigenen Geburtstag verschwitzt«, sagte Papa grinsend, als ich mich eine halbe Stunde später zu ihm auf den Beifahrersitz schwang. Er startete den Wagen und erzählte, wie er Tat'ka in der Früh in der Werkstatt angetroffen hatte, in seiner ledernen Schürze am Amboss stehend, im Begriff, eine Handvoll krummer Nägel, die er im Mundwinkel zwischengelagert hatte, gerade zu hämmern.

»Ich hab ihm g'sagt: 'S ist nicht zum Arbeiten heut'. Heut' ist's zum Geburtstagfeiern. Da hat er die Nägel in die Hand g'spuckt, mit den Achseln 'zuckt und g'meint, dass er seit dreißig Jahren keine Lust mehr hat aufs Feiern und seit zehn Jahren keine Zeit.«

Ich kurbelte das Fenster hinunter und streckte den Arm in die Mailuft hinaus. Die Nacht war eiskalt gewesen, nun aber war es richtiggehend sommerlich. Papa spitzte die Lippen und manövrierte den Wagen pfeifend aus der Ausfahrt in Richtung Hauptstraße. Seine Hände wirkten riesig auf dem Lenkrad.

»Erst wie ich ihm g'sagt hab, dass der Ernstl auch heuer den Ochsen aufsperrt für ihn, hat er nach'geben und ist sich umziehen 'gangen.«

Es roch nach kaltem Rauch. Papa hatte sich heimlich eine Zigarette gegönnt. Doch statt mich wie früher darüber aufzuregen, warf ich ihm ein Lächeln zu.

Tat'kas Haus lag am bewaldeten Fuß des Kitzbüheler Horns. Der Berg trug die Zeichen menschlichen Unternehmergeists. In breiten Schneisen hatte man die Wälder abgeholzt, um Platz für die Pfeiler der Liftanlage zu schaffen, die wie Widerhaken im Bergrücken steckten. Und schon Anfang Dezember wurden überall am Rand der Pisten Schneekanonen aufgestellt, um jederzeit für Neuschnee sorgen zu können. Bei mir hatte dieser Anblick bis vor Kurzem fröhliche Erinnerungen an winterliche Skiausflüge wachgerufen. Dann aber war mir aufgefallen, dass Tat'ka jedes Mal den Kopf schüttelte, sobald er eine Weile hinaufgeschaut hatte. Dabei störte ihn nicht das Skifahren an sich. Ihn beunruhigten vielmehr die stetig anschwellende Zahl der Touristen und der Raubbau, den man für ihren Komfort mit den Bergen trieb. »Jede Schneekanone«, hatte ich ihn einmal sagen gehört, »is' eine geladene Waffe, die auf den Berg zielt.«

Als wir uns der Einfahrt näherten, bewegte sich der Store im Küchenfenster. Kurz darauf ging die Haustür auf und Tat'ka trat in seinem blauen Nadelstreifenanzug heraus, den er, seit ich denken konnte, an jedem Geburtstag getragen hatte. Er war dünn geworden. Das Jackett, das ihm immer gut gepasst hatte, schlotterte ihm um die Schultern. In seinem Blick aber lagen noch immer so viel Kraft und Wille, dass es locker für noch einmal zweiundneunzig Jahre gereicht hätte. Richtiggehend mondän sah mein Uropa aus. Nur der alte, graue Filzhut störte ein wenig das Bild, doch der gehörte nun einmal zu ihm.

Statt einer Begrüßung lächelte Tat'ka grimmig und fuhr mit dem Arm durch die Luft. Kaum dass der Wagen gehalten hatte, sprang ich hinaus, umarmte ihn und küsste seine Wange, die trotz gründlicher Rasur immer ein bisschen rau war. Papa blieb im Auto sitzen und drückte die Lichthupe.

»Bring' ma's hinter uns«, sagte Tat'ka lächelnd, trat näher und hievte sich auf den Beifahrersitz. Ich setzte mich auf die Rückbank. Wir fuhren los.

»Und wer soll da jetzt kommen?«, fragte Tat'ka, als Papa den Wagen am Friedhof vorbei Richtung Hauptstraße lenkte.

»Na ja, deine Freunde ...«

»Wen meinst' jetzt da genau? Bis auf den Ernstl sind alle Freunde tot. Und der Ernstl macht's bestimmt nimmer lang.«

»Geh, Opa! Zweiundneunzig Jahre Korbinian Hofer, das ist doch was. Da kommen deine alten Kunden, die Kameraden von der Feuerwehr, der Pfarrer und wir halt, die Familie.«

»Der Pfarrer kann von mir aus daheimbleiben. Den seh i bei der Letzten Ölung früh genug«, lachte Tat'ka. Dann fügte er ernst hinzu: »Ein Essen mit euch dreien hätt' mir besser g'fall'n.«

»Du bist jetzt der älteste Mann im Dorf«, sagte Papa nach einer kurzen Pause, setzte den Blinker und wechselte den Gang. »Ein lebendes Stück Dorfgeschichte. Da darfst' dich nit verstecken. So einen Geburtstag *muss* man einfach groß feiern.«

Im Rückspiegel sah ich, wie sich Tat'kas Gesicht verfinsterte. Er fing meinen Blick auf und schaute mir über den Spiegel direkt in die Augen.

»Wie i klein g'wesen bin, hat's in Österreich einen uralten Kaiser 'geben. Den Franz Joseph Karl von Österreich. Für mich als Kind war das *die* Autorität. ›Wenn der alte Kaiser stirbt, fängt das Leutumbringen an!‹ Das ha'm sich die Leut' damals erzählt. Reintei freintei! Genauso ist's g'wesen.«

»Also, ein Kaiserwetter hast' auf jeden Fall schon einmal«, versuchte Papa, die Stimmung zu retten. »Aber das Jackett würd i ausziehen. In dem wird's dir bestimmt bald z'heiß!«

Tat'ka würdigte seinen Enkel keines Blickes, stattdessen griff er nach dem Rückspiegel, bog ihn so weit nach rechts, dass er mir in beide Augen schauen konnte, und sprach weiter: »1916, nach den Schüssen von Sarajevo und dem Tod vom Franz Joseph, is' für zwei Jahre noch der Karl gekommen. Sein Sohn, Kronprinz Otto von Habsburg, ist damals vier Jahre alt g'wesen. *Vier.* Und wie i mit meiner Mutter, deiner Ururoma, einmal auf dem Postamt ein Bild von ihm g'sehen hab, hat sie zu mir g'sagt: Der Pimpf da, des wird einmal dein Kaiser. Ja und auf das hab i mich eingestellt.«

»Geh, Opa ... Seit 1918 sind schon noch ein paar andere Sachen passiert«, sagte Papa und lenkte den Wagen auf einen geschotterten Weg, der in engen Serpentinen den Wald hinaufführte.

»Sicher sind da andere Sachen passiert, Bua! Nur, was geht's mich an? Der Karl hat offiziell nie abgedankt. Deshalb ist der Einzige, dem i bis heut' verpflichtet bin, sein Sohn, der Otto von Habsburg. Und solang sich der nit auf'n Thron setzt, muss i überhaupt nix! I bleib, was i mein Lebtag lang war: ein Diener ohne Herr.«

Tat'ka verschränkte die Arme vor der Brust und grinste mich im Rückspiegel an. Dann ließ er sich in die Lehne sinken und begann, leise zu pfeifen.

~

Feldblumen schmückten die Tische auf der Terrasse des Goldenen Ochsen, und die Tischdecken strahlten so weiß wie die Wolkenhaufen, die über den Himmel zwischen den Bergen trieben. Das Lokal stand auf der Kuppe eines von Mischwald bewachsenen Hügels, die mächtige graue Wand des Wilden Kaisers im Rücken. Von hier oben konnte man mehrere Ortschaften im Talkessel sehen und die umliegenden Berge, deren felsige Spitzen schon überwiegend schneefrei waren. Kaum traten wir auf die Terrasse, tauchte das Gesicht meiner Mutter in der Eingangstür auf. Müde, doch stolz auf die geleistete Arbeit, kam sie auf uns zu.

»Schön hast das alles herg'richtet«, sagte Tat'ka zur Begrüßung.

Statt einer Antwort gab sie ihm einen Kuss auf die Wange, und für einen Augenblick erröteten sie beide. Nun kam auch Ernstl, der Besitzer des Gasthofs, auf seiner Krücke auf die Terrasse gehumpelt. Er begrüßte Tat'ka mit einer innigen Umarmung und einem Lächeln, das den draufgängerischen jungen Mann zum Vorschein brachte, der er einmal gewesen sein musste. Tat'ka setzte sich an den Kopf der Tafel und legte seinen grauen Filzhut wie einen Wachhund vor sich auf den Tisch.

Um Punkt dreizehn Uhr hielt der Range Rover des Bürgermeisters vor dem Haus. Mit einer Flasche Wein in der Hand eilte er in großen Schritten auf uns zu. Der graugesichtige Fotograf hinter ihm hatte Mühe mitzuhalten. Ich war dem Bürgermeister nie zuvor begegnet, doch sein Nussknackergrinsen, die herablassende Freundlichkeit, die er ausstrahlte, und seine hochgezogenen Nasenflügel verrieten, dass er einer der reichen Familien im Tal entstammte. Er machte an unserem Tisch Halt, setzte sich ungefragt auf einen freien Stuhl und legte seine Geschenke ab. Dann begrüßte er jeden Einzelnen von uns mit Handschlag, während der Fotograf die ersten Fotos schoss. Wir spielten mit, überließen unsere Finger dem schraubstockartigen Griff und lächelten unsicher in die Kamera. Als Tat'ka an die Reihe kam, griff der Bürgermeister ins Leere. Die Hände meines Urgroßvaters ruhten, alle neun Finger ausgestreckt wie knorrige Äste, auf der weißen Tischdecke. Und statt zu grinsen, schaute er finster geradeaus.

»I komm zum Gratulieren, Korbinian.«

Der Bürgermeister betonte jede Silbe und schrie fast, als hätte er einen schwerhörigen und senilen Alten vor sich.

»Das weiß i schon«, knurrte Tat'ka.

Eine Stille machte sich breit, die Tat'kas Schroffheit noch betonte. So leise war es, dass sogar das weit entfernte Rauschen der im Tal liegenden Bundesstraße an mein Ohr drang. Der Bürgermeister bekam einen roten Schädel und schaute hilfesuchend zu Papa. Der aber schien selbst nicht recht zu wissen, ob Tat'ka sich einen Scherz erlaubte oder nicht.

»I hab einen guten Wein für dich und eine Urkunde«, brüllte der Bürgermeister, in der Hoffnung, sich verhört zu haben.

Tat'ka schaute ihn ungerührt aus zusammengekniffenen Augen an.

»I mog keinen Wein«, zischte er, »und guten Wein schon gleich gar nit. I bin Biertrinker«, sagte er und nahm zum Beweis einen großen Schluck von seinem Glas. »Und die Urkunde kannst auch wieder mitnehmen. Aber ...«

An der Stelle machte Tat'ka eine Pause, wie um auszukosten, dass der ganze Tisch, inklusive des rotgesichtigen Bürgermeisters, an seinen Lippen hing. Dann hellte sich sein Gesicht auf, und er sagte: »I wüsst' ein Geschenk, das mir gefall'n tät'.«

Meine Eltern wechselten Blicke. Ich schaute zu Ernstl, der die Szene amüsiert beobachtete. Der Bürgermeister machte ein seltsames Gesicht. Als er das Klicken der Kamera hörte, wies er den Fotografen mit scharfen Worten an, aufzuhören. Im nächsten Moment besann er sich, holte Luft, drehte sein Raubtiergesicht in Tat'kas Richtung und sagte, so sanft er konnte: »Was hätt'st denn gern, Korbinian?«

»Du weißt doch, wo i wohn, gell?«, fragte Tat'ka.

Papa verdrehte die Augen, warf Tat'ka im nächsten Moment aber trotzdem einen anerkennenden Blick zu. Der Bürgermeister dachte nach.

»I glaub schon. Unterm Horn da, stimmt's?«

»Ja. Vor bald sechzig Jahren bin i in die alte Pichlervilla eingezog'n. Der Pichler Franz wohnt seit damals im ehemaligen Fassbinderhäusel. Dein Vorgänger, der Prantl, hat damals etwas verabsäumt, aber du kannst des richten. Du bist doch auch Notar, gell?«

Der Bürgermeister nickte. Tat'kas Augen verengten sich noch mehr. Jetzt verschwanden sie fast unter seinen Runzeln.

»Das aktuelle Besitzverhältnis muss ins Grundbuch«, sagte er im Befehlston, »weil i jetzt der Besitzer von der Pichlervilla bin und dem Franz das alte Fassbinderhäusl g'hört. Kannst du des für mich machen?«

»Im Prinzip schon«, sagte der Bürgermeister nachdenklich.

»Dann änder das«, befahl Tat'ka. »Und zwar am Montag gleich. I will mi auf meine alten Tag nit fürchten müssen, dass mir s'Haus noch abg'nommen wird.«

»Aber ganz billig ist so eine Grundbuchsänderung nit«, sagte der Bürgermeister.

»Verlang, was'd willst, aber schick mir bald die Rechnung. I bin ja, wie du weißt, ein uralter Mann«, sagte Tat'ka.

»Na gut, dann mach' ma das halt«, sagte der Bürgermeister, dessen Kopf noch immer glühte, langsam, jedes Wort abwägend.

»Dein Ehrenwort drauf, Bürgermeister«, zischte Tat'ka und streckte ihm blitzschnell die Hand entgegen. Dann suchte er den Blick des Fotografen, der sofort nach der Kamera griff.

»Ehrenwort«, sagte der Bürgermeister gequält und gab meinem breit grinsenden Uropa die Hand.

So bekam der Fotograf doch noch ein Bild meines lächelnden Urgroßvaters. Der Bürgermeister aber griff, kaum war das Foto geschossen, nach der Weinflasche, klemmte sich die Urkunde unter den Arm und verabschiedete sich, gefolgt vom Fotografen, der sich auf dem gesamten Weg zum Auto den Nacken rieb. Bis der schwarze Range Rover aus unserem Blickfeld verschwunden war, sagte niemand ein Wort. Alle Blicke ruhten auf Tat'ka, der mit verschränkten Armen dasaß und in sich hineingrinste.

»Nit der Schlechteste, der neue Bürgermeister, nit der Schlechteste«, beendete Tat'ka die Stille. »Trotzdem bin i und bleib i ein Biertrinker.«

Er nahm einen tiefen Zug aus dem Glas und schleckte sich, als er abgesetzt hatte, den Schaum von der Oberlippe.

Im Laufe seiner zweiundneunzig Jahre hatte Tat'ka so viele Leben gestreift, dass die Terrasse sich in kürzester Zeit bis auf den letzten Platz mit Gratulanten füllte. Jetzt war er der

Älteste im Dorf. In seiner Liga gab es nur noch die um ein Jahr jüngere Stocker Th'res, eine Bäuerin, die mit ihrem eigenbrötlerischen Sohn ein abgeschiedenes Gehöft bewirtschaftete, das die Leute das *Himmelmoos* nannten. Dass Tat'ka einsam sein könnte, war mir nie in den Sinn gekommen. Für mich zählte, dass er sämtlichen Katastrophen des zur Neige gehenden Jahrhunderts zum Trotz noch immer lebte, und das, obwohl er zwei Weltkriege erlebt und auch im zivilen Leben keine Konfrontation ausgelassen hatte. Das Gespräch mit dem Bürgermeister war erfreulich verlaufen, doch hatte es Tat'ka schon vor Beginn seines Festes ermüdet. Um ihm die Feier erträglicher zu machen, nahmen wir ihm deshalb möglichst viele Aufgaben ab: Ernstl begrüßte die Gäste und sprang trotz seiner Krücke jedes Mal vom Stuhl auf, um jedem ein paar freundliche Worte zu sagen. Jahrzehnte im Gastgewerbe hatten sein Namensgedächtnis derart geschult, dass er fast immer soufflieren konnte, wenn meine Eltern ihn hilfesuchend ansahen. Ihre Aufgabe bestand darin, die Gäste zu ihren Plätzen zu führen, wo sie von vier älteren Damen im Dirndl, die unterm Jahr im Verein der Kriegsheimkehrer als Marketenderinnen arbeiteten, mit rigoroser Freundlichkeit bedient wurden. Von Onkel Martin war nur der Hinterkopf zu sehen, auf dem sich das graue Haar lichtete. Wie immer filmte er und stand allen im Weg. Auf Schritt und Tritt begleitete ihn heute ein schlaksiger Bub aus der Siedlung, den ich nur vom Sehen kannte. Der Bub war wie hypnotisiert von der Panasonic-Kamera mit Wechselobjektiv, die Onkel Martin wie eine Monstranz vor sich hertrug. Und mein Onkel schien so stolz auf diese Neuanschaffung zu sein, dass er den Buben nicht zum Teufel jagte, sondern ihm alles genau erklärte.

Tante Bea schimpfte mit meinen Cousinen Klara und Karola, einem schweigsamen, acht Jahre jüngeren Zwillingspaar, das immer gleich angezogen war und dem das dunkle Haar in langen Zöpfen auf die Schultern fiel. Meine Cousinen waren bleich, in sich gekehrt und klapperdürr. Durch ihre langen Nasen, die man in unserer Familie noch nie gesehen hatte, wirkten sie wie kranke Vögel, vor allem, wenn sie aßen: Statt sich wie die anderen Gäste die Bäuche vollzuschlagen, pickten sie nur ein paar Mal mit hastigen Bewegungen auf dem Teller herum. Jeden weiteren Bissen musste man ihnen befehlen.

Auch Tat'ka schien nicht besonders hungrig zu sein, vielleicht war er aber auch einfach abgelenkt von den vielen Gratulanten. Er bedankte sich höflich für die Geschenke und gab sie mir ungeöffnet weiter. Ich legte sie auf dem Gabentisch unter der Pappel ab. Nur wenn er eine Schnapsflasche in die Hände bekam, bat er mich, das Etikett vorzulesen, stieß einen Pfiff aus und ließ sich einen Schluck servieren. Tat'ka spielte seine Rolle als Jubilar ganz passabel. Ausgerechnet als der Pfarrer an unser Ende der Tafel trat und einige wohlwollende Worte auf ihn niederregnen ließ, entfuhr Tat'ka aber ein quietschender Furz. Allen im Umkreis trieb es die Schamröte ins Gesicht. Die Stimme des Pfarrers setzte für einen Moment aus. Tat'ka blickte ihn ungerührt an. Er ließ uns im Unklaren darüber, ob er das peinliche Geräusch nicht gehört hatte oder sich einfach nicht darum scherte. Er gab dem Pfarrer die Hand, dann drehte er den Kopf und hielt nach dem nächsten Gratulanten Ausschau, während sein rechter Fuß im Takt zur Musik wippte, die die beiden Musikanten am Nebentisch machten. Einer jodelte. Der andere, ein kleiner Dicker mit einem winzigen roten Näschen, spielte Ziehharmonika.

»Schmeckt's dir nicht?«, fragte meine Mutter, als sie sah, dass sich Tat'kas Teller auch eine halbe Stunde nach dem Servieren kaum geleert hatte. Er fuhr beschwichtigend mit der Hand durch die Luft.

»Na, na. I hab heut' einfach einen größeren Durst«, sagte er und prostete ihr zu. Dann drehte er sich zu mir, setzte ein Lächeln auf, das ihn wie ein Kind aussehen ließ, und flüsterte: »Aber die Zähn', die so ein Fleisch zerbeißen können, sind auch noch nit erfunden! Reintei freintei ... Das ist zach wie Hosenleder!«

Erst als das Dessert aufgetischt wurde, Marillenknödel mit Vanilleeis, griff Tat'ka freudig zum Löffel. Der Anblick der beiden Knödel, die unter einer Haube aus gezuckerten Semmelbröseln fast verschwanden, erinnerte mich an die Sägemehlhäufchen, die sich unter den Bohrlöchern in Tat'kas Werkstatt sammelten. Die Gewissenhaftigkeit, mit der er jedes Holzstäubchen vom Boden kehrte, kam auch jetzt zum Einsatz. Nach wenigen Minuten war der Teller bis auf den letzten Brösel geleert. Dann lehnte Tat'ka sich im Sessel zurück und gähnte. Außerhalb der Werkstatt, in der er nach wie vor ganze Tage ohne Pause vor sich hin werkeln konnte, zog die Schwerkraft an ihm. Sprechen, Hören, selbst das Sehen strengte ihn an, auch wenn er sich Mühe gab, es nicht danach aussehen zu lassen.

»Nach dem Kaffee packen wir hier heroben zusammen«, hatte ihm Papa schon vor dem Mittagessen zugeraunt.

Die wenigen Worte, die ich mit Tat'ka in den unbeobachteten Momenten während der Feier wechselte, kreisten alle um dieses eine Thema.

»Nach dem Kaffee, gell?«

»Ja«, sagte ich. »Nach dem Kaffee geht's wieder heim.«

Bevor Kaffee und Kuchen jedoch aufgetragen wurden, erschienen immer neue Gesichter auf der Terrasse. Tat'ka saß noch immer im Jackett in der prallen Nachmittagssonne und beobachtete gefasst, mit roten Wangen und glasig gewordenen Augen, die Flut an Gratulanten, als schaute er von fern auf ein herannahendes Unwetter. Meine Mutter patrouillierte mit besorgter Miene hinter ihm auf und ab. Würde es genug Kuchen für alle geben? Ausreichend Kaffee?

Ich eilte in die Küche, um die Torte zu holen. Als ich das rosenübersäte Monstrum auf der Anrichte stehen sah, kam mir der Gedanke, dass unter den Gratulanten bestimmt auch jemand aus Tristans Verwandtschaft war. In unserer kleinen Dorfgemeinschaft schleifte jeder eine Ahnenlinie hinter sich her, lang wie der Kondensstreifen eines Flugzeugs. Tristan ... Die Luft um mich herum wurde schlagartig schwer und süß wie Sirup. Ich sog sie in mich ein, während ich die Torte ins Freie trug.

»Wahnsinn, Illy! Man könnt' fast meinen, dich hätt's erwischt!«, rief mir Ernstl beim Blick auf die Torte entgegen. Mir trieb es die Röte ins Gesicht.

»Klar ist die Illy in ihren Uropa verliebt«, kam meine Mutter mir zu Hilfe. »Aber den muss man auch einfach gernhaben«, sagte sie und schlang ihm von hinten die Arme um den Hals.

Beschämt stellte ich die Torte vor Tat'ka ab, dem bei so viel rosarotem Überschwang ein breites Lächeln aufs Gesicht trat. Mit beiden Händen nahm er das Kuchenmesser und schnitt die Torte an, während wir, von den Musikanten angeleitet, das Geburtstagslied anstimmten.

Ich half beim Servieren und schaute mich unter den Anwesenden um: Alte, Junge, Dürre, Dicke, fleischige Münder, Goldzähne, Brücken und klaffende Lücken, Mädchenzöpfe und Trachtenblusen, Bubiköpfe und Baumwollflusen, Dirndlkleider und Lederhosen, gescheitelt, geschnäuzt und gekämmt. Nirgendwo Lockenberge. Nirgends Nieten, keine Nasenringe, keine langhaarigen Typen. Und doch hatte ich das Gefühl, mich aus irrsinnig großer Distanz auf Tristan zuzubewegen. Es schien nur eine Frage der Zeit, bis er mit einem Knall bei mir aufschlagen würde. Meine Eltern konnte ich nicht nach ihm fragen. Seit Jahren hielt ich alles Mögliche vor ihnen geheim. Ich war ihre sorgenvollen Mienen leid, die jede meiner Erzählungen begleiteten, und die Frustration darüber, dass sie mich sowieso nicht verstanden. Tat'ka war anders, aber auch er war keine gute Adresse, um Nachforschungen anzustellen, da er zwar alle Leute im Dorf vom Sehen kannte, sich aber wenig um sie scherte. Schon oft war mir aufgefallen, dass er nicht einmal die Namen der Leute wusste, mit denen er sich lang und breit auf der Straße oder im Gasthaus unterhielt. Die Männer nannte er einfach alle Sepp, die Frauen Liesl.

Ich platzierte weiterhin Tortenstücke auf Desserttellern, richtete herabgefallene Zuckerrosen wieder auf und trug Gabeln und Servietten durch die Gegend. Da lief mir Frau Holler in die Arme, unsere Nachbarin, eine unverwüstliche kleine Frau, die selbst weit über siebzig sein musste. Sie war einer der belesensten Menschen im Dorf. Vor der Pensionierung war sie Lehrerin gewesen, weshalb sie mit den meisten Leuten hier auf die eine oder andere Art zu tun gehabt hatte. Und sie gehörte zu jenen Frauen, die das Erwachsenenalter galant überspringen und denen nach einer langen Phase der Jugend eines Tages ein tief gefurchtes Gesicht aus dem Spiegel entgegenblickt. Statt auf die Ehe und daraus hervorgehende Kinder, hatte sie auf den täglichen Besuch der Abendmesse und ein Leben mit kleinen Hunden gesetzt. Wann immer sie mit Alfi, ihrem alten, von Krebsgeschwüren durchwachsenen Pekinesen, an unserem Haus vorbeimarschierte, machte sie kurz bei mir Halt, und wir unterhielten uns über das Wetter, die Bücher, die wir gerade lasen, und die wichtigsten Ereignisse im Dorf und in der Welt. Wenn jemand hier etwas über Tristan wusste, dann sie.

»Wie geht's mit dem Lernen?«, fragte sie statt einer Begrüßung.

Ich erzählte ihr vom Lateinunterricht, in dem wir gerade Ovids Metamorphosen durchnahmen, von meinen Schwierigkeiten in Mathematik und der letzten Aufführung des Schultheaters. Minuten vergingen, in denen ich darüber nachdachte, wie ich es möglichst unauffällig anstellen sollte, sie nach Tristan zu fragen. Dann platzte es ungefiltert aus mir heraus.

»Wissen Sie, ob einer von den Ungers hier heroben ist?«

»Von den Ungers?«

Ihr Gesicht nahm einen besorgten Ausdruck an.

»Von denen ist – soweit ich weiß – keiner hier.«

Ihre blauen Augen blickten konzentriert in die Luft neben meinem linken Auge, als befände sich dort die Lösung eines Rätsels.

»Na ja ...«, setzte sie wieder an. »Höchstens der Hans Unger könnte hier heroben sein, aber gesehen hab ich ihn nicht. Ja, der Hans Unger, der hat immer mal wieder beim Korbinian Fässer bestellt.«

Korbinian, dieser Name, unter dem die allermeisten Gäste meinen Uropa kannten, war mir so fremd, dass ich mich unwillkürlich nach Tat'ka umdrehte. Er war mittlerweile aufgestanden, streckte sein Schnapsstamperl in die Luft und prostete mit einer kreisförmigen Bewegung in eine Runde Gratulanten.

»Wen von den Ungers vermisst du denn hier heroben?«

»Den Tristan«, sagte ich schnell.

Frau Holler kniff die Augen zusammen.

»Ich hab noch seinen Atlas«, schickte ich rasch hinterher.

»Seinen Atlas?«

Eine unangenehme Pause entstand. Auf Frau Hollers Gesicht konnte ich Distanziertheit lesen. Ich spürte, wie sich eine Schweißperle in meinem Haaransatz löste und über die Schläfe, am Ohr vorbei Richtung Kehle kullerte.

»Einen Atlas braucht der kleine Unger leider lang schon nimmer«, sagte sie knapp.

»Was macht er denn jetzt?«

Alles Freundliche wich aus ihrem Gesicht und machte einem feindseligen Ausdruck Platz, der die Falten um ihren Mund hervortreten ließ.

»Die Frage sollte eher lauten: Was macht er alles nicht?«

Wieder entstand eine Pause, in der ich fürchtete und zugleich mit jeder Pore hoffte, dass sie weiterreden würde. So hungrig war ich, etwas über Tristan zu erfahren, dass mir gleichgültig war, was es war. Frau Holler schien die Stille so unangenehm zu sein wie mir. Verlegen rieb sie die Handgelenke aneinander und seufzte.

»Illy, du bist so eine Gescheite«, fing sie schließlich wieder an. »Und eine Hübsche noch dazu. Aber der Tristan ...

Ich hab den vier Jahre lang in Deutsch und Englisch g'habt. Gescheit ist er schon auch, aber in den entscheidenden Jahren, in der frühen Jugend, da hat ihm, wenn'st mich fragst ...«

Ein Aufschrei ging durch die Reihen und ließ die Musikanten verstummen. Sofort drehte ich mich nach Tat'ka um und sah gerade noch, wie er, einer Marionette gleich, der man die Fäden durchtrennt hatte, auf den Steinboden vor der Pappel sank. Entsetzt stoben die Leute auseinander und flossen dann wieder zu ihm hin. Augenblicklich begann ich zu laufen, hastete durch die Tischreihen und schob mich an den Gästen vorbei in seine Richtung. Als ich bei ihm ankam, saß er mit angewinkelten Beinen und überraschtem Blick auf dem Boden vor dem Gabentisch.

»Was ist denn passiert?«, fragte ich atemlos.

In dem Moment kam meine Mutter mit einem Glas Wasser angerannt. Tat'ka nahm es mit zitternden Händen und trank einen so großen Schluck, dass ihm das Wasser die Mundwinkel hinuntertroff. Dann reichte er das Glas an mich weiter und wischte sich mit dem Handrücken über die Lippen.

»Ist dir heiß?«, fragte meine Mutter.

»Geht schon, geht schon«, keuchte Tat'ka. »Der Schnaps hat mich diesig g'macht.«

»Der hat einen Sonnenstich«, hörte ich jemanden hinter mir raunen.

»Sollen wir gleich fahr'n?«, fragte ich.

»Nein«, sagte er und machte Anstalten, aufzustehen. Meine Mutter streckte ihm den Arm hin, aber er rappelte sich selbstständig auf, stand im nächsten Moment kerzengerade zwischen uns und strich sich erst übers Haar und dann die Hosenbeine glatt, entrüstet über die Gäste, die ihn unverhohlen anstarrten. Im nächsten Moment drehte er sich zu mir und flüsterte mir ins Ohr: »Die sollen ruhig den Kuchen aufessen, bevor sie sich's Maul über mich zerreißen.«

»Mir geht's gut, aber i glaub, i setz mi jetzt besser hin«, fügte er für die Umstehenden hörbar hinzu, machte einige flinke Schritte und setzte sich. Dann ließ er die Augen über die versammelte Menge wandern, bis er Papa gefunden hatte, der, von uns abgewandt, mit einem Freund am anderen Ende der Terrasse lehnte und vom Sturz anscheinend gar nichts mitbekommen hatte.

»Geh rüber und sag deinem Papa, er soll einen Sonnenschirm aus dem Keller holen«, trug Tat'ka mir auf.

Ich nickte und eilte, während die Musik wieder einsetzte, in Papas Richtung. Als er mich kommen sah, trat er schnell seine Zigarette aus, steckte die Hände in die Hosentaschen und drehte sich zu mir.

»Ein Hitzschlag«, rief er aus, als ich ihm erzählte, was passiert war. »Der braucht keinen Sonnenschirm, der braucht einen Doktor!«

»Nein. So schlimm ist's, glaub ich, nicht«, gab ich zurück. »Er sitzt halt seit zwei Stunden in der prallen Sonne und trinkt einen Schnaps nach dem anderen. Das hält doch keiner ewig aus.«

»Seit zwei Stunden!«, rief Papa wieder aus. »Mit so was darf man nit spaßen. Nit in seinem Alter.«

Leise vor sich hin murmelnd, machte Papa sich auf, Tat'kas Bitte zu erfüllen, hielt aber mitten in der Bewegung inne und drehte sich zu mir und dem Bekannten, mit dem er gerade noch gesprochen hatte und der nun etwas ratlos mit dem Hut in der Hand neben mir stand, um. Er sagte: »Wenn wir ins Tal fahren, halt i beim Krankenhaus. Die sollen schau'n, ob eh auch alles passt bei ihm.«

»Aber …«

»Du sagst nix«, schnitt Papa mir das Wort ab und stapfte davon.

»Geh, Xaver! Der Korbinian hat's über neunzig Jahr' ohne dein Bemuttern g'schafft«, rief der Mann Papa amüsiert hinterher. Als keine Reaktion kam, blickte er, plötzlich verlegen geworden, auf den Hut in seiner Hand, nickte mir lächelnd zu und verschwand zwischen den Tischen.

Ich blieb an der Brüstung stehen und drehte mich zu den Leuten. Xaver … Korbinian … Die Menschen um mich herum hatten mehrere Gesichter. Das eine, das sie mir zuwandten, das ich mit *Papa* anzusprechen gewohnt war, mit *Tat'ka* oder *Mama*, ein Gesicht, das mir vertraut war. Doch daneben gab es andere Gesichter, fremde Namen, Geschichten, von denen ich nichts wusste. Einen Moment lang schien die Erde unter meinen Füßen bewegt. Dann stand ich wieder inmitten von Menschen, nahm Stimmen wahr, Farben, Gerüche. Langsam einen Schritt vor den nächsten setzend, ging ich über die Terrasse und trat ins Innere des Goldenen Ochsen. Ich steuerte die dottergelb gekachelte Toilette an und wusch mir Gesicht und Hände mit kaltem Wasser. Als ich mich im Spiegel sah, die feuchte Haut noch immer stark gerötet, die Augen konzentriert und in leiser Verzweiflung, wurde mir schlagartig klar: Die Würfel, meine Würfel, waren gefallen.

Kaum war die Kaffeetafel abgeräumt, begann im Inneren des Goldenen Ochsen unter dem Oberbefehl meiner Mutter der Abwasch, während sich auf der Terrasse die Gratulanten von Tat'ka verabschiedeten, der unter seinem breiten Sonnenschirm nur noch mechanisch nickte und lächelte. Papa trug die Geschenke zum Wagen und gab uns im Vorbeigehen das Zeichen zum Aufbruch.

»Servus, Kasper, war das eine Feier. Aber jetz' is' endlich a Ruh'«, murmelte Tat'ka und erhob sich vom Stuhl.

Ernstl begleitete uns zum Parkplatz, der leicht abschüssig neben dem Haus in der Sonne lag. Tat'ka ging noch immer erstaunlich gerade, doch er setzte in Zeitlupe einen Fuß vor den anderen. Ich nahm seine Hand, und obwohl er mit der anderen eine abwehrende Bewegung machte und ihm ein gequälter Laut entfuhr, ließ er sich den Griff gefallen, er stützte sich sogar ein wenig ab, ohne mir dabei in die Augen zu sehen. Das Knirschen der Kiesel und die Erinnerung an Tat'kas Ohnmacht ließen mich sentimental werden, und so flüsterte ich, als wir beim Auto angelangt waren, in Tat'kas gutes Ohr: »Ich bin froh, dass ich dich hab, und hoff, dass du noch lang leben wirst.«

Tat'ka hielt inne. In seinen vor Müdigkeit farblos gewordenen Augen blitzte für einen Moment etwas auf.

»Das ist nett«, sagte er forsch. »Aber man muss auch wissen, wann's gut is'.«

Ernstl deutete eine Umarmung an, grinste und hob zum Abschied die Krücke. Dann drehte er sich mechanisch um und stakste Richtung Gasthof zurück. Tat'ka öffnete die Beifahrertür, duckte sich, stieg ein. Ich setzte mich hinter ihm ins Auto und ließ die Tür offen, um die

Hitze entweichen zu lassen, die sich über Stunden im Inneren angestaut hatte. Während wir auf Papa warteten, der zurückgegangen war, um noch eine Ladung Geschenke zu holen, fragte ich Tat'ka, ob ihm die Feier gefallen habe.

»Schön war's«, sagte er und ließ einen langgezogenen Seufzer folgen.

»Und die Hitze?«

»Die is' mir wurscht. Schwindlig is' mir 'worden, sonst nix«, sagte er. Dann drehte er sich auf dem Vordersitz um und blickte mir ernst in die Augen: »Du, dein Papa und i. Wir hab'n unersättliche Herz'n. Die hören von selber nit zum Schlagen auf. Mein Vater is' damals in der Schlacht an der Kolubara gefallen, im Weltkrieg, im *Ersten* wohlgemerkt. Wenn das nit passiert wär', das versprech i dir, der Mann wär' immer noch da. So stark war dem sein Herz. Und meins is' genauso. Das will einfach nit aufhör'n zum Schlagen, auch wenn der Rest von mir längst unter d'Erden g'hört.«

»Ein paar gute Jahre wünsch ich dir schon noch«, murmelte ich, gekränkt davon, wie leichtfertig Tat'ka über den eigenen Tod sprach.

Über sein Gesicht huschte ein Lächeln. Dann verfestigte sich sein Blick. »Bis zum Hunderter spiel i euch noch mit. Aber dann – halt aus, Kaspar –, dann is' a Ruh'.«

Er drehte sich zurück und ließ den Kopf in die Nackenstütze sinken. Im nächsten Moment öffnete Papa den Kofferraum, lud die letzten Geschenke ein, setzte sich auf den Fahrersitz und startete fröhlich pfeifend den Motor.

~

Auf der Fahrt ins Tal sprachen wir wenig. Tat'kas Worte hallten in meinem Inneren nach. Ich stellte mir vor, wie tief in der serbischen Erde das Herz meines Ururgroßvaters noch immer pumpte. Wie es, seit einem Dreivierteljahrhundert schon, Impulse an die Oberfläche sandte, Erinnerungen wachrief an das riesige Land, für das er gefallen war. Und einen Moment lang mischte sich in die Fahrgeräusche des Jeeps der Lärm unserer klopfenden Herzen. Jeder Herzschlag meines Uropas dröhnte in meinen Ohren. Er zog eine Klangspur hinter sich her, die vom Anfang des zwanzigsten Jahrhunderts bis zum gegenwärtigen Tag reichte, in eine Postmoderne hinein, in der statt des völkerumspannenden Kaiserreichs ein winziges Land im Zentrum Europas im Begriff war, seine Rolle in der Europäischen Union zu finden, der es gerade erst beigetreten war. Das Herz meines Vaters schlug laut und beständig wie eine Bahnhofsuhr, gewöhnt daran, dass sich hunderte Menschen täglich an ihr orientieren. Mein Herz dagegen war leiser, schneller. Ein aufgeregtes Metronom. Ich hatte Mühe, mich vom Rhythmus unserer Herzen zu lösen, vom unentwegten Abläuten der Zeit. Die Landschaft zog an uns vorbei, ein praller Frühling mit blühenden Obstbäumen, der mich trotz allem unentwegt an den Herbst denken ließ.

Wir fuhren die Dorfstraße entlang, an geschlossenen Geschäften vorbei und Wohnhäusern, deren Balkone schon den ersten Blumenschmuck trugen. Der Kirchplatz lag wie ausgestorben da. Nur zwei Radfahrer hatten ihre Mountainbikes an den Brunnen vor der Kirche gelehnt und füllten ihre Trinkflaschen. Von der Terrasse des Gasthofs Post trug der Schall im Vorbeifahren das nervöse Lachen eines Mädchens herüber.

»Was fahrst' denn so komisch?«, fragte Tat'ka, als Papa an der Brauerei geradeaus weiterfuhr, statt abzubiegen.

»Wir müssen noch kurz was erledigen.«

»Aha«, sagte Tat'ka und blickte sich fragend nach mir um.

Ich wich seinem Blick aus, starrte schuldbewusst auf meine rotlackierten Zehennägel, die wie aufgereihte Zündhölzer in den Sandalen steckten.

Von Buchsbaumhecken eingefasst, tauchte am Ende der ansteigenden Bahnhofstraße das Krankenhaus auf. Im Winter wurden hier Heerscharen verunfallter Skitouristen gesund gepflegt, im Sommer immerhin ein paar Bergsteiger. Jetzt, in der Zwischensaison, wirkte das Gebäude in seiner Überproportioniertheit monströs. Alles war still. Nur das träge Scheppern der Ösen an den beiden beflaggten Fahnenmasten vor dem Haupteingang war zu hören und ein weit entferntes Moped. Neben dem Haupteingang saß ein älterer Mann im Rollstuhl. Ein zweiter, jüngerer – Kratergesicht, Gipsbein und Krücken – stand verloren neben ihm und rauchte.

Papa bog in die schmale Gasse zur Rettungsstelle ein.

»Was machst' denn jetz' scho' wieder?«, entfuhr es Tat'ka.

Erneut traf mich sein Blick, diesmal starr vor Panik.

»Der Papa will, dass dich ein Arzt anschaut«, sagte ich vorsichtig.

»Kannst nit einfach umfall'n und dann so tun, als wär' nix«, ergriff Papa das Wort, griff energisch ins Lenkrad und steuerte den Wagen direkt vor den Eingang der Rettungsstelle.

»Aber da brauch i doch noch lang kein' Arzt«, erwiderte Tat'ka. Doch Papa ließ sich nicht von seinem Plan abbringen, kurbelte das Fenster herunter und drückte mit zusammengepressten Lippen auf die Hupe.

Eine kleine, schlanke Frau mit Pferdeschwanz kam aus den offenen Türen geeilt und schaute uns aus dick verglasten Augen an.

»Ein Notfall?«, rief sie Papa schon von Weitem entgegen.

»Das grad nit. Mein Opa ist beim Goldenen Ochsen oben z'ammen'brochen!«, rief er durch das heruntergekurbelte Fenster.

»Umg'fallen bin i. Und sofort wieder aufg'standen«, stellte Tat'ka klar.

»Wir vermuten, dass es ein Hitzschlag ist«, sagte Papa möglichst sachlich.

»Papperlapapp«, fuhr Tat'ka dazwischen. »Das war kein Hitzschlag. Mir fehlt nix!«

Tat'ka funkelte Papa wütend an. Der stieg aus, ging vorn um den Wagen herum und öffnete die Beifahrertür.

»Schwester, Sie können wieder reingehen. Überhaupt nix fehlt mir«, polterte Tat'ka aus der geöffneten Tür in Richtung der Ärztin.

»Doktor Nowak. Ich bin die Chef-Internistin hier im Haus«, sagte sie knapp.

»Nix für ungut, Frau Doktor Chef-Internistin, aber mir fehlt nix!«

Die Ärztin ließ Tat'ka ausreden, dann holte sie tief Luft, drehte sich zum Gebäude um und gab durch die verglaste Schiebetür ein Zeichen. Kurz darauf schob sich ein blank geputzter Rollstuhl mit lederner Sitzfläche durch die Tür.

Zunächst sah ich nur zwei um die Rollstuhlgriffe gelegte Männerhände. Dann einen schlaksigen Oberkörper im weißen Polohemd. Als die Spitzen langer, dunkler, zusammengebundener Locken in mein Blickfeld kamen, versetzte es mir einen Stich. Fassungslos starrte ich auf das Kinn, den vertrauten Mund und die große Nase, auf der es silbrig glänzte. Ich wandte mich ab. Und schaute sofort wieder hin. Unmöglich! Die rechte Braue war mit mehreren Stichen genäht, was ihn noch rebellischer und zugleich verletzlich aussehen ließ. Er spürte den Blick, drehte den Kopf in meine Richtung, brauchte eine Sekunde, bis er mich durch die dunkle Autoscheibe erkannte. Im nächsten Moment gefror sein Gesicht. Ich sah seine Überraschung in Zärtlichkeit umschlagen. Verdattert setzte er sich in Bewegung und blieb neben der Ärztin stehen, ein Lächeln auf den Lippen. Mein Puls schnellte in die Höhe. Unmöglich, dachte ich noch einmal. Aber doch, da stand er. Die Hände an den Rollstuhlgriffen. Und schaute mich in diesem Moment so intensiv an wie ich ihn.

»Mit dem Ding kann er gleich wieder abfahr'n«, zeterte Tat'ka und machte eine wegwerfende Handbewegung in Richtung des Rollstuhls.

Die Ärztin stellte sich neben Papa in die geöffnete Beifahrertür und gab Tristan mit der Hand ein Zeichen, zurückzubleiben, als handelte es sich bei Tat'ka um einen alten, hungrigen Löwen.

»Welche Beschwerden haben Sie denn?«, fragte sie Tat'ka, der noch immer auf seinem Sitz saß und keine Anstalten machte, auszusteigen.

»Ja eben gar keine!«, rief Tat'ka aus und bedachte Papa mit einem zornigen Blick.

»I würd mich freuen, wenn Sie ihn sich trotzdem kurz anschauen könnt'n«, sagte Papa mit gequälter Stimme und fügte erklärend hinzu: »Heute ist sein Geburtstag. Er ist jetzt zweiundneunzig und der älteste Mann im Dorf.«

»Zweiundneunzig? Hut ab«, sagte die Ärztin und lächelte in die halb geöffnete Autotür. Tat'ka knurrte nur und zwickte die Augen zusammen.

»Sie ha'm Glück, dass heut' nix los ist«, sagte sie und drehte sich dabei in Papas Richtung. »Die Einfahrt zur Rettungsstelle muss eigentlich immer frei bleiben. Aber samstags um die Uhrzeit? So kurz vorm Abendessen stirbt in Tirol keiner mehr. Wenn Ihr Großvater also nicht aussteigen will, dann bleibt er halt schnell sitzen, der Herr ...«

»Hofer«, ergänzte Papa.

»Mir fehlt doch aber gar nix«, beschwerte sich Tat'ka und verschränkte die Arme vor der Brust.

Die Ärztin wandte sich an Tristan, der regungslos hinter ihr gestanden hatte: »Den Rollstuhl brauchen wir nicht, aber bitte hol mir drei Metoclopramid.«

Tristan nickte, drehte sich, den Rollstuhl wie eine Tanzpartnerin vor sich herschiebend, um und nickte mir im Vorbeigehen unmerklich zu. Jetzt erst kam mir der Gedanke, auszusteigen. Ich öffnete die Tür, umrundete die Kühlerhaube und stellte mich hinter die Ärztin, die sich das Stethoskop in die Ohren stöpselte. Tat'ka schaute mich über ihren Kopf hinweg an, als hätte ich ihn verraten.

»Er ist wirklich sofort wieder aufg'standen«, sagte ich in den Rücken der Ärztin und würgte meine Schuldgefühle hinunter.

»Das freut mich«, sagte sie tonlos und ohne sich umzudrehen. Dann wandte sie sich direkt an Tat'ka: »Ich höre

Sie kurz ab. Dann messen wir Ihre Temperatur. Und wenn alles passt, können Sie auch schon wieder fahr'n.«

Sie trat einen Schritt auf ihn zu, nahm das Stethoskop und war schon im Begriff, Tat'kas Jackett zu öffnen, da fuhr er mit dem Arm durch die Luft und wehrte ihre Hand ab.

»Die Illy soll's machen«, zischte er.

Ich schaute ihn überrascht an. Die Ärztin zog seufzend den Arm ein, wischte sich die Faust am Kittel ab. Dann drehte sie sich zu mir um und reichte mir das runde Ende des Stethoskops.

»Aufs Herz bitte«, sagte sie. Dann seufzte sie noch einmal, also beeilte ich mich. Dicht aneinandergedrängt standen wir in der geöffneten Fahrertür. Als ich Tat'kas Jackett öffnete und das Stethoskop auf seiner Brust platzierte, sah ich, dass auf Höhe des Bauchnabels zwei Hemdknöpfe fehlten. Sie gaben den Blick frei auf Tat'kas von drahtigen, weißen Haaren überwucherten Bauch. Jetzt seufzte ich.

»Warum hast' uns denn das Hemd nicht zum Ausbessern 'bracht?«, flüsterte ich in sein gutes Ohr. Tat'ka setzte ein schmerzverzerrtes Gesicht auf und zischte: »Wenn i g'wusst hätt', dass heut' schon wieder Geburtstag is'! Aber so viele Feiertag? Reintei freintei, wer kommt da no mit? I wollt' Nägel grad' schlagen heut' und Dauben schleifen, nit beim Ernstl oben den Methusalem spiel'n.«

Die Ärztin räusperte sich.

»Ihr Herzschlag ist schon einmal eins A, Herr Hofer«, sagte sie, nahm mir das Stethoskop aus der Hand und legte Tat'ka ohne Vorwarnung die Hand auf die Stirn. »War Ihnen heute schlecht?«

»Bis jetzt nit«, knurrte er. »Und z'heiß is' mir auch nit«, fügte er hinzu und knöpfte sein Jackett zu.

»Dann können wir das Ganze ja jetzt beenden«, sagte die Ärztin matt.

»Bist jetzt z'frieden, Xaver?«, raunte Tat'ka in Papas Richtung.

»Ja, Opa. Danke, dass d' mitg'macht hast.«

In dem Moment tauchte Tristan neben mir auf und obwohl wir über einen Meter voneinander entfernt waren, hatte ich den Eindruck, wir stünden Haut an Haut. In der Hand hielt er eine kleine Medikamentenschachtel, die er der Ärztin überreichte. Sie nahm sie und streckte sie Tat'ka entgegen.

»Falls Ihnen doch noch schlecht werden sollte, nehmen's eine von denen mit viel Flüssigkeit. Und trinken Sie bitte mindestens zwei große Gläser Wasser vorm Schlafengehen.«

»Danke, Frau Doktor«, sagte Tat'ka, griff nach den Tabletten und drehte sich zu Papa: »So. Und du fahr jetzt endlich.«

»Vielen Dank«, sagte nun auch Papa und reichte der Ärztin die Hand. »Mein Opa macht einem den Job nicht leicht«, setzte er verlegen, doch sichtlich erleichtert hinterher. Dann ging er zur Fahrertür hinüber und stieg ein.

»Ich hab in zehn Minuten Schluss«, flüsterte Tristan mir ins Ohr.

Ich schluckte, räusperte mich und schaute unschlüssig zum Auto hinüber, wo Papa und Tat'ka schon fahrbereit auf mich warteten.

»Illy, einsteigen!«, rief Papa, der es plötzlich eilig hatte, von hier wegzukommen.

Ich blickte erst zu ihm, dann zu Tristan. Dann sah ich aus dem Augenwinkel, wie mir Tat'ka mit einer einzigen winzigen Bewegung zunickte.

»Servus, Kasper! Dass du so ein Depp sein kannst, Xaver«, polterte er kopfschüttelnd.

Papa sah ihn fragend an.

»Mich schleppst ung'fragt zum Doktor und jetzt merkst nit, dass die Illy was Besseres z'tun hat, als mit uns alten Trotteln heimz'fahr'n.«

Papa schien erstarrt zu sein. Obwohl ich mit siebzehn so alt war wie er, als er Mama kennengelernt hatte, traf ihn nun völlig unvorbereitet, wenn auch Jahre zu spät, die Erkenntnis, dass ich mich eines Tages für Männer interessieren könnte. Ich stellte mir vor, welches Bild ihm gerade durch den Kopf ging: die kleine Illy, die lachend auf ihrem roten Töpfchen über den Küchenboden robbt. Er schloss die Augen. Als er sie wieder öffnete, sah ich darin vor allem eins: den Schock darüber, gealtert zu sein. Auf Tat'kas Gesicht hingegen spiegelte sich Triumph. Er schaute Papa an wie eine verlassene Geliebte, die mit Genugtuung sieht, dass der Exfreund auch die neue Freundin betrügt.

Papa tat mir leid in seinem lächerlichen Entsetzen. Trotzdem unternahm ich keine Anstalten, zum Auto zu gehen, sondern schaute verlegen auf die Kühlerhaube zwischen uns, die mit jedem schweigend verbrachten Atemzug ein Stück länger zu werden schien. Tristan schaute ich auch nicht an, doch ich spürte ihn neben mir wie einen Magneten. Eine Schwingung ging von ihm aus, die nicht nur mich erfasste, sondern auch das Gefüge, das sich über die Jahre zwischen mir und meinen Eltern aufgebaut hatte.

»Dann bleibst' halt no kurz da«, sagte Papa kurz angebunden. »Bei dem ...«

»Tristan. Hallo«, sagte er schnell und lächelte gequält.

»Servus, Tristan.«

Papas Stimme klang bedrohlich.

»I bin der Vater von der Illy«, fügte er unnötigerweise hinzu. Dann wandte er sich zu mir und betonte jedes seiner Worte einzeln: »Um sieben gibt's Abendessen.«

»Weiß ich doch, Papa«, sagte ich erleichtert.

»Na dann bis dann!«

Mit rotem Kopf hob ich die Hand und winkte, bis er endlich den Motor anließ, und drehte mich, kaum dass er den Rückwärtsgang eingelegt hatte, zu Tristan, der mich nun erwartungsvoll ansah. Im Augenwinkel nahm ich noch wahr, wie meine stets verlässlichen Bezugspunkte sich immer weiter entfernten. Es fühlte sich endgültig an.

»Weißt' was, Tristan? Geh du ruhig gleich heim«, sagte die Ärztin. »Ich wart doch auch nur noch auf die Ablöse.«

Müde lächelnd trat sie durch die Schiebetür ins Innere der Rettungsstelle und sah dabei noch kleiner und zarter aus als zuvor. Tristan rief ihr einen Gruß hinterher, dann drehte er sich zu mir, und mein Herz begann zu klopfen.

»Da bist du wieder«, sagte Tristan und grinste.

»Krass, oder?«, lachte ich.

Ein Auto fuhr vorbei. Ich zuckte unwillkürlich zusammen. Das Geräusch verklang. Ich atmete erleichtert auf.

»Ich zieh mich nur schnell um. Wartest du hier?«

»Ja sicher«, sagte ich. Und konnte es noch immer nicht fassen.

~

Als Tristan kurz darauf aus der Schiebetür trat, war ihm die Zurückverwandlung in das Bild, das ich mir am Vorabend gemacht hatte, gelungen. Statt der Krankenhauskleidung trug er ein T-Shirt mit dem verschnörkelten Schriftzug einer Heavy-Metal-Band, darüber das offene Karohemd vom Vortag, enge schwarze Jeans und halbhohe Turnschuhe. Das Haar fiel in drahtigen Locken bis auf die Brust. Ich bemühte mich, ihn nicht zu offensichtlich anzustarren, sog stattdessen den Duft ein, der mich schon in der Nacht zuvor betört hatte. Tristan strich sich eine Strähne aus dem Gesicht, neigte den Kopf nach vorn, wie um sich meinem Blick zu entziehen, dann schaute er mir doch direkt in die Augen, zögerlich, sanft. Erst jetzt fiel mir auf, dass er kaum größer war als ich, aber viel dünner. Etwas an der Art, wie er mich ansah, verriet mir, dass ich ihm gefiel.

»Dein Opa ist schräg drauf«, sagte er anerkennend.

»Uropa«, sagte ich ein wenig zu schnell. »Heute ist sein Geburtstag. Die Feier war ganz schön viel für ihn.«

Tristan streckte mir eine Schachtel Johnny Player entgegen. »Magst' auch eine Tschick?«

Ich nickte und fischte eine heraus. Als ich nach dem Feuerzeug kramen wollte, schnalzte etwas Goldenes nah an meinem Gesicht. Eine Stichflamme schoss daraus empor. Im nächsten Moment roch es nach versengtem Haar.

»Scheiße«, sagte Tristan.

Ich nahm einen tiefen Zug, bevor ich in den Längen meiner Haare nach der versengten Strähne tastete.

Tristan sah mich zerknirscht an.

»Ich wollt' eh mal wieder Stirnfransen«, sagte ich nach einer Pause, grinste, nahm noch einen Zug. Mein Blick fiel auf Tristans schmutzig weiße Jogging High, auf seine Beine in den engen Jeans.

»Mir passiert das ständig«, sagte Tristan schließlich.

Vogelgezwitscher. Der Lärm weniger, in langen Abständen an der Rettungsstelle vorbeifahrender Autos.

Wir standen noch immer vor dem Eingang zur Rettungsstelle und hielten uns an den Zigaretten fest, als die Ärztin, in ein kirschrotes Jäckchen gehüllt, aus dem Seiteneingang trat. Sie warf uns ein vielsagendes Lächeln zu, ging zu ihrem Fahrrad, schloss es auf und radelte davon.

»Ich hätt' noch ein paar Bier daheim«, sagte Tristan nach einer Pause.

»Guter Plan«, sagte ich und schnippte die Asche meiner Zigarette in den Straßengraben.

Wir bogen in die schmale Gasse neben dem Krankenhaus ein, schweigend, doch nebeneinander. Tristans Hände. Wann immer er sie zum Rauchen an den Mund führte, warf ich einen Blick darauf. Sie sahen anders aus als die kindlichen Hände meiner Klassenkameraden. Arbeiterhände. Ihre Fremdheit reizte mich. Tristan rauchte auch wie ein Arbeiter, klemmte die Zigarette zwischen Daumen und Zeigefinger, führte sie abwesend zum Mund und ließ sie immer wieder für Momente im Mundwinkel hängen, während er mir zulächelte. Der Gedanke, meine Hand auszustrecken und seine Fingerspitzen zu berühren, zuckte als feiner Schmerz durch meinen Körper. Statt die Hauptstraße mit ihren Geschäften und Cafés entlangzugehen, wie ich es gewohnt war, steuerte Tristan auf den Parkplatz der Brauerei zu. Ich folgte ihm, vorbei an einer überdachten Pyramide aus leeren Bierkisten. Am Ende des Grundstücks kletterten wir über einen Holzzaun und durchquerten einen Obstanger, in dem wadenhoch das Gras stand. Bis zu dem Tag hatte ich geglaubt, alle Wege in meinem Heimatdorf zu kennen. Dieser Pfad aber war mir neu.

»Wohnst du nicht oben beim Wildtiergehege?«

»Mhmm …«

»Warum gehen wir denn dann hier durch?«

»Monsterweg.«

»Monsterweg?«

»Hab ich mir ausgedacht. Ich mag die Hauptstraße nicht und die Leute, die da auf und ab gehen. Mich braucht keiner seh'n. Ich hab einfach gern meine Ruh'«, sagte er und schnippte seinen Zigarettenstummel auf den Kiesweg.

Ich warf ihm einen fragenden Blick zu, doch er ging nicht darauf ein. Stattdessen griff er nach meiner Hand. Zusammen gingen wir in Richtung des Pfades, der hinter dem Anger verlief. Der Weg führte an der Rückseite der Häuser vorbei, die die Hauptstraße säumten. In siebzehn Jahren war ich kein einziges Mal hier vorbeigekommen. Die Rückseiten der geschmückten Fassaden überraschten mich in ihrer Ungepflegtheit. Faulige Äpfel, Fahrradskelette, morsches Holz. Im Garten hinterm Goldenen Greif fuhr der Wind durch eine kaputte Hollywoodschaukel. Der Dienstboteneingang stand offen wie ein entsetztes Maul. Ich roch den Gestank, der von den Mülltonnen hinter dem Gasthof Traube aufstieg. Vor der Küchentür des Nachbarhotels standen ein halbes Dutzend Bottiche im mit Zigarettenstummeln durchsetzten Kies.

»Einmal bin ich aus Neugier schauen gegangen, was in diesen Kübeln dort ist«, raunte Tristan mir zu und machte eine Bewegung in Richtung der Bottiche.

»Hier lagern sie das alte Frittieröl. Und in dem großen da ist eine riesige tote Ratte geschwommen.«

Hinter den Bahngleisen, wo das Dorf langsam ausfranste und es nur noch eine Handvoll Häuser gab, verlangsamte

Tristan sein Tempo. Die Härte wich aus seinen Bewegungen und machte einer Leichtigkeit Platz, die mir unsere erste Begegnung am Vortag in Erinnerung rief, sein Lächeln auf dem Parkplatzboden vor der Moonbar. Wir bogen in einen Waldweg ein und wanderten am Hirschgehege und einem gurgelnden Bächlein vorbei zum Haus von Tristans Eltern, das wie ein spitzes Ohr am Bergrücken klebte. Obwohl er den ganzen Tag gearbeitet und sicher genauso wenig geschlafen hatte wie ich, schien die Anstrengung Tristan nichts auszumachen. Ganz im Gegenteil, mit jedem Schritt wurde er gelöster und munterer.

»Ich hab sturmfrei«, sagte er, als wir das kleine, blumengeschmückte Bauernhaus mit dem breiten Balkon und der sonnigen Terrasse davor erreichten. »Meine Eltern sind auf Kur.«

Ich ließ mich auf einen Plastikstuhl vor dem Haus fallen und genoss die Aussicht, während Tristan die Haustür aufsperrte und im Inneren verschwand. Um mich her summte, blühte, duftete der Mai. Das Dorfzentrum lag unten im Talkessel wie ein Haufen achtlos zusammengeschobener Bauklötze. Ich war froh, hier oben zu sein, in dieser mit Spannung aufgeladenen Ruhe. In der Ferne ragte im Farbverlauf von Grün, Grau und Weiß das Bergmassiv in den Himmel. Im Luftraum davor zog ein Paragleiter seine Runden. Mit einem Gleitschirm war ich noch nie geflogen, trotzdem fühlte ich mich der winzigen Figur, die hoch über dem Dorf schwebte, nahe und ließ sie nicht aus den Augen. Tristan öffnete das Küchenfenster, warf mir einen kleinen bunten Stoffbeutel zu und drehte die Stereoanlage auf. Kurz darauf kam er aus dem Haus, setzte sich, zwei Bierdosen in den Händen, zu mir an den Tisch, lockerte das zugezogene

Band des Beutels, zog Tabak und Papes daraus hervor und begann, einen Joint zu drehen.

Es dauerte, bis wir uns küssten. Zunächst saßen wir einfach da und tranken und rauchten, um eine Erklärung zu haben für das Schwindelgefühl, das uns erfasst hatte.

»Schade, dass du gestern nicht auf dem Konzert warst. Das war echt unser bester Gig bisher«, sagte Tristan nach einer Weile.

»Wenn das Konzert nur halb so wild war wie das Nachspiel, bin ich beeindruckt.«

Tristan grinste und zündete den Joint an.

»Was für Musik macht ihr eigentlich?«

»Ich steh auf Hardcore, Anton ist der totale Trash-Metal-Fan und Günnie eher so der Grunger. Meistens spielen wir ein Crossover aus den unterschiedlichen Stilen.«

Tristan zog noch einmal, dann stieß er eine weiße Wolke aus und hielt mir den Joint hin.

»Magst du mal im Proberaum vorbeischauen? Wir treffen uns immer am Mittwochabend im Keller vom Homunkulus.«

»Klar, warum nicht?«, sagte ich, so lässig ich konnte. Ich griff nach dem Joint, zog daran und versuchte, mein dämliches Grinsen zu unterdrücken. Unglaublich. Ich saß mit dem coolsten Typen weit und breit in der Frühlingssonne, rauchte einen Joint und redete über das Homunkulus, eine Bar, die ich nur aus wilden Erzählungen kannte.

Tristan erzählte davon, wie er Anton, Günnie und Ediaxel beim Fußballtraining kennengelernt hatte. Dass sie später zu dritt die Band gegründet hatten und nun hin und wieder gemeinsam auf der Bühne standen.

Ich schaute abwechselnd in seine dunklen Augen und zu den Hirschkühen hinüber, die in einiger Entfernung mit ihren Kitzen hinter dem Gehegezaun lagen. Ich spürte die Geborgenheit des Hauses und seine muffige Enge. Und natürlich spürte ich die Einsamkeit. Ohne dass er es sagen musste, wusste ich, dass Tristan hier alleine aufgewachsen war. Ohne Nachbarskinder, ohne Geschwister. Die Horde Gartenzwerge im Vorgarten und der übrige Tiroler Kitsch deuteten darauf hin, dass seine Eltern nicht mehr jung waren und die Welt ihres Sohnes ihnen fremd war. Ich spürte, dass uns das Unverständnis und die Einsamkeit verbanden, wie ein Wiegenlied, das wir beide seit der Kindheit kannten. Hier oben, an Tristans Seite, verwandelte ich mich. Die Wärme seiner Zuneigung brachte etwas in mir zum Blühen. Zugleich spürte ich, wie sich der Abstand zwischen uns mit jedem Augenblick verringerte. Dann, endlich, legte Tristan seine Hand auf meinen Oberschenkel, seine Lippen kamen näher und wir begannen, uns mit Händen und Lippen zu erforschen.

~

Besoffen und außer mir vor Glück wankte ich kurz nach sieben bei der Küchentür herein. Meine Eltern saßen mit zusammengekniffenen Mündern am Tisch, je einen Teller mit Pellkartoffeln und einen in Essigsoße eingelegten Brathering vor sich. Unsere eigentlich helle, weite Stube erschien mir dunkel und eng. Ich musste geradezu den Kopf einziehen, um auf meinen Platz im Winkel der Eckbank zu passen. Sie hatten sich Sorgen gemacht. Und jetzt, wo sie mich sahen, wussten sie, dass ihre Sorgen berechtigt gewesen waren. Doch ich empfand kein Mitleid. Das Glück berauschte mich und machte mich über jeden Zweifel erhaben.

In der Mitte des Tisches stand eine große blaugemusterte Schüssel, in der sich die Pellkartoffeln häuften. Meine Mutter hatte sie, unbeeindruckt von der Tatsache, dass wir uns am Mittag allesamt gehörig überfressen hatten, fürs Abendessen gekocht. Plötzlich meldete sich bei mir der Hunger. Ich schnitt mir eine ganze Scheibe vom Butterblock ab und streifte sie auf dem Tellerrand ab. Dann griff ich ins Salzfass und streute mir eine viel zu große Menge Salz auf den Teller.

»Hast es nett g'habt mit diesem *Zivildiener*?«, knurrte Papa.

»Ja«, strahlte ich und stieß meine Gabel so tief in die dickste Kartoffel, dass sie brach.

SAMSTAG, 30. MAI 1998

Weltuntergang

Normalerweise schlief ich samstags aus, heute aber saß ich schon um kurz nach neun am Schreibtisch, um ein Referat für Kunst vorzubereiten: Bildaufbau und Bildkomposition. Vor mir lag eine Mappe mit Arbeitsblättern, die mir der Zeichenlehrer mitgegeben hatte. Herr Kindler war ein fröhlich verwilderter Mann, dem ich stundenlang zuhören konnte, wenn er über die Bedeutung einzelner Werke für die Kunstgeschichte sprach. Der Inhalt der Arbeitsblätter hingegen war unerträglich fad und der Ton hochgestochen. Lustlos unterstrich ich das Wenige, was mir wichtig erschien. Vordergrund, Mittelgrund, Hintergrund. Zentralperspektive. Goldener Schnitt und Isokephalie, die Gleichköpfigkeit. Es roch muffig im Zimmer. Ich sprang auf, ging zum Fenster, öffnete es und ließ frische Luft herein. Der Mai war in diesem Jahr ungewöhnlich warm. Und auch jetzt, am Vormittag, leuchteten die sonnenbeschienenen Berghänge schon neongrün. Selbst die Schneefelder, die sich in anderen Jahren unter schattigen Felsvorsprüngen bis zum Sommer hielten, waren in Windeseile weggeschmolzen. Überall summte und blühte es. Am Himmel keine Wolke. Ich hätte mich freuen können, doch etwas in mir sehnte sich nach einem Gewitter. Ich drehte mich um und starrte in das schwarze Loch meines Zimmers, aus dem sich nur langsam die gewohnten Konturen schälten. Ein Kinderzimmer. Nichts darin passte mehr zu mir, außer dem Blumentopf mit den Zigarettenstummeln unterm Bett und der Stereoanlage, aus der ich andere für mich brüllen ließ.

Meine Augen suchten nach der Zigarettenpackung, die ich am Abend auf dem Fensterbrett liegen gelassen hatte. Ich griff danach, überlegte es mir dann aber anders, legte die Packung zurück, setzte mich und beugte mich wieder über die Arbeitsblätter. Vorder-, Mittel-, Hintergrund, Figura piramidale, Symmetrie, Rhythmus. Herr Kindler hatte mir Goyas »Erschießung eines Aufständischen« als Übungsbeispiel zur Darlegung der Bildkonstruktion aufgetragen. Ich zog es aus dem Stapel und betrachtete den Mann im weißen Hemd, der im Zentrum des Gemäldes mit erhobenen Händen seiner Erschießung entgegenblickt. Drei Männer waren nötig, um ihn festzuhalten. Links neben ihm lagen die anderen Ermordeten, bildeten die blutige Kulisse, aus der sein kräftiger Körper geradezu herausleuchtete. Im Hintergrund das nächtliche Dorf, in dem man tatenlos zusah, wie ein Unschuldiger (das weiße Hemd) heimtückisch ermordet wurde. Ich stellte mir Tristan vor, wie er mit erhobenen Händen und stolzem Blick seinen Widersachern trotzte.

Der Körper und das weiße Hemd waren deutlich zu erkennen, sein ernstes Gesicht mit den markanten Brauen und einzelne Strähnen seines lockigen Haars. Die uniformierte Gruppe der Schächer zog sich wie eine diagonal gespannte Absperrung durchs Bild. Die Eltern, seine und meine, die Lehrer, die Dorfbewohner, die Bullen, der Staat. Alle waren sie gekommen, um über Tristan zu richten. Lange war ihm das Versteckspiel gelungen. Jetzt aber hatten sie ihn. Ein letzter Moment des Stillstands, des atemlosen Grauens, dann würden sie ihn niedermetzeln. Ich seufzte. Wie oft hatte ich Tristans Selbststilisierung stillschweigend zugehört? Er, ein Vertreter der Aufrechten, dessen Frieden und Freiheit in einer Welt der Spießbürger und Idioten permanent bedroht waren? Und ja, ich war mehr als bereit gewesen, in ihm genau diesen Helden und Märtyrer zu sehen. Ich hatte ihn dafür bewundert, bis mir aufgegangen war, dass er tatsächlich in ständiger Bedrohung lebte, nur dass die Bedrohung nicht in dem bestand, was andere ihm zufügten, sondern in all dem Hass, der sich über Jahre hinweg in ihm angestaut hatte. Entnervt stand ich auf. Kaffeepause.

~

An den meisten Wochentagen hatte ich bis zum Nachmittag den privaten Teil des Hauses für mich, da mein Vater seit dem frühen Morgen im Geschäft stand, meine Mutter ihre Vormittage im Schwimmbad oder im Buchführungskurs der Volkshochschule verbrachte und Tat'ka nur noch alle heiligen Zeiten zum Arbeiten in die Werkstatt kam. Heute aber hörte ich das Surren der Hobelmaschine, als ich aus dem Zimmer trat. Tat'ka! Seit Wochen hatte ich ihn nicht mehr gesehen. Ich eilte die Treppe hinunter und in die Küche, um für uns beide Kaffee aufzusetzen.

Tat'ka stand in seinem grünen Strickpullunder und mit aufgekrempelten Hemdsärmeln an der Hobelmaschine, dünner noch, als ich ihn in Erinnerung hatte, und so tief über die Maschine gebeugt, dass er aussah, als wollte er sich vornüber einrollen. Sein weißes, zurückgekämmtes Haar lag in wenigen dünnen Schnüren über der fleckigen Kopfhaut. Als die Tür hinter mir ins Schloss fiel, blickte er auf und lächelte mich fröhlich an. Ich brauchte einen Moment, bis ich verstand, dass Tat'ka seine Lesebrille nun auch zum Arbeiten trug.

»Servus, Illy! Was bringst' denn da daher?«

»Einen Kaffee, wennst' magst.«

»Reintei freintei! Ein' Kaffee kann i gut brauch'n!«

Ich trat vor ihn hin, stellte die Tasse auf dem Fenstersims ab und gab ihm einen Kuss auf die Wange. Dann setzte ich mich mit meiner Tasse neben ihn auf die Schnitzbank. Tat'kas Hand zitterte, als er nach dem Becher griff. Alles an ihm kam mir schmaler vor, welker, als ich es in Erinnerung hatte.

»I hätt' wetten können, du schlafst noch«, sagte er und grinste über den Rand der Brille zu mir her.

»Ich muss ein Referat vorbereiten, in Kunst«, sagte ich und seufzte.

»Worum geht's?«

»Bildaufbau und Bildkomposition.«

»Gutes Thema«, sagte Tat'ka und wischte über das in die Hobelmaschine gespannte Holz.

»Echt? Find'st du?«

»Ja, logisch! In der Kunst ist's wie im Handwerk. Man muss sich überlegen, wie man was macht, damit man das gewünschte Ergebnis bekommt. Bevor i ein Fassl mach, muss i wissen, was der Kunde damit vorhat. Für Wein oder Whisky braucht man Eichenholz, weil das die Gerbstoffe und Tannine abgibt, die den Leuten schmecken. Für Gartenfässer und Blumenkasteln kann man billigere Holzarten nehmen. Als Nächstes geht die Rechnerei los. Für jeden Fasstyp gibt's eigene Formeln. Ein Barrique, ein französisches Weinfass, fasst genau 225 Liter. Für das brauch i eine andre Formel wie ein Fünfliterfassl. Verstehst?«

Ich nickte.

»Und die Fassdauben für ein gutes Fassl müssen ja auch zwei Jahre getrocknet sein, bevor man die hernehmen kann. Heut' mach i ja keine großen Fassl mehr, aber früher hab i oft drei Jahr' vorher anfangen müssen mit meiner Planung. Das war schon fast Hellseherei!«

Tat'ka lachte auf.

»Deine Geschichten waren schon immer interessanter als die öde Theorie in der Schule. Vielleicht sollt' ich besser bei dir in die Lehre geh'n.«

»Mein Vatter hat immer ein Sprücherl g'sagt, wenn die Lehrer mich mit ihrem gestelzten Gerede ärgern wollten: *Wer es weiß, der lehrt es. Doch wer es kann, der tut es!*«

Belustigt schaute ich zu Tat'ka. So fröhlich und redselig hatte ich ihn lange nicht mehr erlebt.

»Was *machst* du da eigentlich?«, fragte ich, kaum dass ich die Kaffeetasse vom Mund genommen hatte, und zeigte in Richtung der Hobelmaschine.

Tat'ka schaute mich durch die dicken Brillengläser hindurch an. Ich hatte Mühe, beim Anblick seiner karpfenhaft vergrößerten Augen das Lachen zurückzuhalten. Zum Glück nahm er die Brille im nächsten Moment ab und wischte sich mit der freien Hand über den Nasenrücken. Als er wieder aufschaute, lag ein harter Ausdruck auf seinem Gesicht.

»Den gleichen Scheiß wie vor hundert Jahr'!«

Ich sah ihn überrascht an. Zur Erklärung deutete Tat'ka auf das in die Hobelmaschine gespannte Werkstück.

»Du weißt bestimmt nit einmal, was des is', oder?«

Ich stand auf und trat mit der Tasse in der Hand neben ihn. Die Spitze der Holzlatte war gleichmäßig zulaufend und leicht gebogen. Darunter prangte das Brandzeichen KH, mit dem Tat'ka jede seiner Arbeiten verzierte. In der Mitte eine rostige Metallhalterung.

»Ein Ski, ein alter«, sagte ich schließlich.

»Ja genau! Dieses Paar hab i als ganz junger Mann im Zweiundzwanziger-Jahr g'macht. Servus, Kasper, die haben's mir aus der Hand g'riss'n, damals. Aber heut'? Braucht kein Mensch mehr, den alten Scheiß! Carving-Ski würd' i gern mach'n, die mit der Sportverkleidung und der Sandwich-Technik, die Sandwich-Technik kennst' doch, oder?«

Ich nickte, doch der Gedanke, dass mein Uropa schon in den beginnenden Zwanzigerjahren Abfahrtsski gebaut hatte, beeindruckte mich weitaus mehr als alle neuen Technologien.

»Krass! Das war ja noch vor dem Zweiten Weltkrieg ...«

»Lang davor. In der kurzen Zeit, wo den Hiesigen die Lust aufs Kämpfen für ein paar Jahr' vergangen is'.«

Er musterte den Ski mit kritischem Blick.

»Damals war des alles nit schlecht, aber heut'? Viel zu lang und klobig, die Latt'n. Und das Holz is' zu dick. I hab denen g'sagt, dass i gern einen Ski machen würd' nach meinem heutigen Verständnis, nach dem, was i *jetzt* weiß. Aber die Trotteln ha'm g'sagt, dass sie nix Neues woll'n, sondern dass i ihnen bitt'schön die alten Ski herrichten und vorbeibringen soll.«

»Welche Trottel denn?«, fragte ich grinsend.

»S'Heimatmuseum von Kitzbichl. Die planen a Ausstellung. ›Hundert Jahre Skitourismus‹ oder so was in der Art.«

»Is' doch super! Hab gar nicht g'wusst, dass mein Uropa ein Skipionier war!«

Auf Tat'kas eingefallenen Wangen erschien eine leichte Röte. Jetzt war er es, der sich von meiner Begeisterung anstecken ließ. Mit Daumen und Mittelfinger der Linken rieb er sich das Kinn. Wie immer bemerkte ich den fehlenden Zeigefinger, den Tat'ka ausgerechnet beim ersten und einzigen Mal verloren hatte, als er aus Sicherheitsgründen Arbeitshandschuhe angezogen hatte, um an der Kreissäge zu hantieren. Das war lange vor meiner Geburt passiert. Tat'ka sprach nie darüber, aber Papa, der damals ein kleiner Bub gewesen war, hatte mir oft davon erzählt. Mit den verbliebenen vier Fingern strich Tat'ka nun über den Ski und warf der alten Latte einen neuerlichen, etwas liebevolleren Blick zu.

»Also Pionier war i keiner. Da hat's andere geben. Den Franz Reisch zum Beispiel. Des war a Pionier! Reintei freintei, hat der sich was traut. Der hat das Buch vom Fridtjof Nansen g'les'n von der Grönlanddurchquerung. Des is' heutzutage ja Schulstoff, aber für die Leut' damals war'n des haarsträubende Abenteuergschichtln. Des kennst' doch, oder?«

Ich wusste nicht, wovon Tat'ka redete, aber das Wort

Abenteuergeschichten weckte mein Interesse. Ich griff nach dem Zirkel, der auf der Werkbank lag.

»Wie hat das Buch denn g'heißen?«

»Ja, Illy. Wenn i des noch wüsst' ...«

Er strich sich noch einmal übers Kinn, machte einen Schritt zurück und dachte nach. Dann rief er laut: »In Schneeschuhen durch Grönland! Genau!«

Ich notierte mir den Titel und nahm mir vor, beim nächsten Mal in der Bibliothek danach Ausschau zu halten.

»Jedenfalls. Der Typ liest dieses Abenteuerbüchl, wo von so eigenartigen *Schneeschuhen* die Rede is' und von Planken, auf denen die bei der Expedition durchs verschneite Grönland gerutscht sind. Und da beschließt er: Des bau i nach. Schließlich ha'm mir in Tirol auch an guten Schnee und Berge gibt's, so weit das Auge reicht. Die ersten Bretteln hat er sich noch selber 'baut, und zwar aus einem alten Fassl. Da haben's den Reisch alle ausg'lacht im Dorf und für verrückt erklärt. Wie dann achtzehnhundertachtundneunzig aber die ersten Skitouristen 'kommen sind und ein gutes Geld dalassen haben in Kitzbichl, da haben's ihn nimmer aus'glacht. Stattdessen haben's den Franz Reisch zum Bürgermeister g'macht.«

Ein spitzes Lachen entfuhr Tat'kas Kehle.

»Der hat sich bald Unterstützung g'holt beim Skibau. Erst bei meinem Vatter und später dann bei mir.«

Er strich mit der Rechten über den Ski. Dann hob er ihn von der Hobelmaschine und stellte ihn zwischen uns auf. Die Spitze überragte uns beide bei Weitem.

»Ganz schön lang g'wes'n sind die damals.«

»Ja. Viel z'lang und unhandlich. Und heut' gibt's vorn, bei deinem Papa im G'schäft, die schönsten Ski.«

»Und Snowboards«, sagte ich, doch Tat'ka verzog das Gesicht.

»Blödsinn«, wetterte er, »Snowboards sind was für Kasperl, nit für echte Alpinisten. Da wird wieder mal s' Radl neu erfunden, mit möglichst viele Ecken … Wenn der Mensch nur einen Haxen hätt', würd' i ja nix sagen. Aber der Mensch hat zwei Haxen. Und die stecken einfach besser in zwei Ski drin als in einem *Snowboard*.«

Ich hätte widersprechen können, hätte Tat'ka erzählen können, dass die Leute in meiner Klasse alle Snowboard fuhren, dass ich selbst vor Kurzem damit angefangen hatte und dass im Geschäft derzeit mehr Snowboards verkauft wurden als Ski. Doch ich ließ es bleiben, denn mir kam ein anderer Gedanke: »Wenn du sagst, dass die Planung und das Nachdenken für die Kunst und das Handwerk so wichtig sind, kann dann eigentlich jeder Mensch ein Kunstwerk schaffen, wenn er nur lang genug drüber nachdenkt?«

Tat'ka schien sich über die Frage zu freuen. Er fuhr mit der Hand über die polierte Latte, klopfte zum Abschied ein paar Mal darauf, dann lehnte er die Latte gegen die Wand und ging mit sehr geraden Schritten im Zimmer herum.

»Nachdenken, Planen und eine gute Technik sind wichtig. Aber der Trick, damit aus einem gemachten Ding etwas wirklich Gutes wird, Kunstwerk oder Weinfass, egal, der Trick is' ein andrer.«

Einen Augenblick lang ruhten Tat'kas Augen auf den Innenflächen seiner Hand, dann blickte er mich scharf an.

»Ein Fassbinder braucht Hände, die hören, sehen und reden können. Der ganze Körper muss in Miniatur da drinstecken, die Kraft, aber vor allem das Sanfte und der Wille, etwas noch Schöneres aus dem Holz zu machen als das, was es eh' schon is'. Holz arbeitet. Des is' nit tot, nur weil's einer vom Stamm g'schnitten hat. Des muss in seiner neuen Form ja weiterleben.«

Tat'ka sah mich verschmitzt an. Ich lächelte ungläubig. Der an die Wand gelehnte Ski wirkte plötzlich wie ein unbekanntes Wesen.

»Am Anfang helfen Händ', Augen und Nase zusammen, damit sie das beste Holz für einen Auftrag finden, mit der rechten Maserung, dem rechten Geruch und dem rechten Abstand zwischen den Jahresringen. Dann übernehmen die Hände das Ruder. Oft kommt's mir vor, als hätt' i drinnen in den Handflächen kleine Ohren. Die horchen, was das Holz zum Sagen hat. Sobald i weiß, was i für ein Trumm vor mir hab und was des will, geht das Überreden los. Dann wachst auf der Innenseite von meiner Hand ein kleiner Mund. Und der flüstert dem Holz ein, was i mit ihm vorhab. Schau, i könnt' dich so biegen, dann wirst a Ski, oder so, dann wirst a Fassdauben. Und erst, wenn alles g'sagt is' und das Holz sich nimmer wehrt gegen des, was man mit ihm vorhat, wird die Technik wichtig und ein gutes Werkzeug.«

Wie oft hatte ich Tat'ka mit seinen Händen übers Holz fahren sehen? Jetzt ahnte ich, warum er sich so viel Zeit nahm dafür. Mein Blick fiel wieder auf den aufgestellten Ski. An seiner Form erkannte ich, dass das Holz mit Tat'kas Händen einen Pakt eingegangen war.

»I war einmal der Erste, der diese Art von Ski g'macht hat«, unterbrach Tat'ka meine Gedanken. »Jetzt bin i, mal wieder, der Letzte.«

Er seufzte und spannte die zweite Latte ein. Im nächsten Moment übertönte das Surren der Hobelmaschine jedes weitere Wort.

Ich ließ mich auf die Schnitzbank fallen und schaute Tat'ka zu, der den eingespannten Ski mit einem roten Lappen zum Glänzen brachte. Dann trank ich meinen Kaffee aus, verabschiedete mich von Tat'ka mit einem Kuss auf die Wange und ging wieder ins Zimmer hinauf.

~

Um kurz vor zwei saß ich auf einer Palette auf dem überdachten Parkplatz hinter der Brauerei und wartete auf Tristan. Den Eltern hatte ich gesagt, dass ich mit Markus und seinen Cousinen aufs Horn wandern würde und erst am nächsten Nachmittag, nach einer Übernachtung in einer Schutzhütte des Alpenvereins, heimkommen würde. Die Wanderung fand tatsächlich statt. Markus, Caro und Daniela waren kurz vor Mittag Richtung Gipfel aufgebrochen. Allerdings ohne mich. Ich schaute zum Horn hinauf, das in saftigen Grüntönen ins Tal leuchtete, und stellte mir die drei als winzige schwarze Punkte vor, die mit vollgepackten Rucksäcken auf den Schultern und Multifunktionsjacken um die Hüften fröhlich den Berg hinaufschwitzten. Markus und ich hatten ein Abkommen: Er deckte mich, wenn ich bei Tristan übernachten wollte. Ich deckte ihn, wenn er am Wochenende nach Innsbruck fuhr, um in den Bars abzutauchen, in denen sich Männer ungestört mit Männern treffen können. Meine Eltern und Markus' Mutter waren überzeugt, wir seien ein Paar, und da es uns das Leben leichter machte, beließen wir sie in dem Glauben. Wie immer hatte Markus versprochen, sich ein paar gute

Geschichten auszudenken, für den Fall, dass meine Mutter ihn nach unserem gemeinsamen Wochenende fragte. Um mein Alibi perfekt zu machen, hatte ich das Haus in Wandershorts und Bergschuhen verlassen. Ich zündete mir eine Zigarette an. Im gleichen Moment spürte ich, wie sich ein Holzsplitter durch die Hose in mein Sitzfleisch bohrte. Wie sehr ich diese Orte satthatte! Die Bank beim Schlachthof. Den toten Winkel in der Wartehalle des Bahnhofs. Die Telefonzellen hinter dem Postamt. Seit mir die Eltern den Umgang mit Tristan verboten hatten, traf ich ihn nur noch an solchen Plätzen. Und er, der sich ständig vor jemandem verstecken zu müssen glaubte, weil er ihm Geld schuldete oder aus Angst vor einer Prügelei, hatte sein Netz an Schleichwegen so gründlich ausgebaut, dass wir praktisch nicht mehr auf der Straße zu sehen waren. Was am Anfang aufregend gewesen war, kam mir nun erbärmlich vor. Wie eine Diebin drückte ich mich auf der ungehobelten Palette herum und wartete. So lange schon, dass es nichts Gutes verhieß. Wenn Tristan sich verspätete, war er entweder betrunken oder er hatte seine Freunde im Schlepptau. Beides war mir zuwider, aber die Freunde waren schlimmer. Wenn er mit ihnen unterwegs war, verwandelte er sich in einen Fremden, dessen Verhalten mir unerträglich war. Ständig musste er sich vor ihnen beweisen, sogar mit mir gab er an. Immer wieder zogen mich seine Freunde mit Einzelheiten aus unserem Sexleben auf, von denen er ihnen im Suff haarklein berichtete. Je besoffener er war, desto bereitwilliger ließ er sich von ihnen erniedrigen. Ich hasste mich dafür, dass ich meist stumm danebensaß und in mein Bierglas glotzte, wenn wieder ein Witz auf seine Kosten ging. Und während er, wenn ich ihn allein traf, geistreich war und fröhlich, schrumpfte er in ihrer Gesellschaft zur Karikatur zusammen. Ich hasste es, wie er ihre Erniedrigungen hinnahm. Ich hasste es, wenn ich ihn am Tag nach einer Sauftour besuchte und er keinen Groschen Geld mehr hatte, nur einen Kater, ein blaues Auge, ab und zu auch eine gebrochene Rippe. Ich hasste seine Anrufe auf meinem Handy in der Nacht, wenn er sich im Suff, befeuert von den Freunden, in eine Eifersucht hineingesteigert hatte, aus der er nicht allein herausfand. Ich hasste die Telefonate, in denen es darum ging, dass er nicht leben könne ohne mich. Ich hasste es, wie ich verstummte, wenn ich spürte, dass er mich nicht verstand. Ich hasste die Stille, die ihn so oft umgab, wenn der Selbsthass übermächtig wurde. Vom Alkohol genährt, wuchs der Hass ins Unermessliche und nahm den klugen Menschen, der er war, in Geiselhaft. Ich hasste es, danebenzusitzen, während er sich wortlos betrank, und darauf zu warten, dass ihm das Geld ausging oder schlecht wurde oder das Lokal zusperrte. Am meisten aber hasste ich mich dafür, dass ich dieser Selbstvernichtung tatenlos zusah.

Am Anfang war alles ganz anders gewesen. Damals hatte ich mein Glück kaum fassen können. Zuerst hatten wir uns heimlich getroffen, später mit dem Wissen meiner Eltern, die – wie ich nun wusste – insgeheim gehofft hatten, meine Verliebtheit würde bald vorübergehen. Aus der kurzen Phase, in der wir Hand in Hand über den Hauptplatz flaniert waren, stammte die Marlboro-Schachtel, die er an einem Frühsommertag, während ich auf der Terrasse unseres Lieblingscafés ein Eis aß, mit Herzen verziert hatte.

Kaum waren wir einander begegnet, hatte Tristan aufgehört zu trinken. Es schmeckte ihm nicht mehr. So stark wirkte die neue Droge, dass sie ihm Lust machte auf ein Leben jenseits der Gezeiten von Ekstase und Bereuen. Wir brauchten unsere Sinne doch, fürs Küssen, fürs Reden, fürs Spazierengehen. Unter Tristans Einflüsterungen weitete sich das Dorf. Überall tauchten neue Wege auf, *Monsterwege* nannte er sie. Dort konnten wir ungesehen flanieren, herumalbern, uns sagen, wie sehr wir uns liebten. Überall fand er etwas, erkannte er etwas, gab es etwas, das ich noch nie gesehen hatte. Das Holzlager hinter dem Bahnhof etwa, wo man hingehen konnte, wenn es regnete, und den Fernzügen nachschauen. Die Scheune mit dem Hirschfutter am Fuße des Idiotenhügels, wo wir zum ersten Mal miteinander geschlafen hatten, oder es zumindest versucht. Am liebsten hatte ich das verfallene Häuschen hinter dem Schuppen vom Wellnesshotel, in dem ein Landstreicher seine Kücheneinrichtung zurückgelassen hatte. Wir ignorierten die verrotteten Pornohefte und die Schmierereien an der Wand – Hakenkreuze, Runen, solches Zeug. Wir planten lieber unsere Zukunft, duckten uns unter eingestürzten Balken, tranken Wodka Orange und aßen Kekse dazu, besoffen vor Glück. Von einem Tag auf den nächsten hatte meine Welt Atemlöcher bekommen, ein frischer Wind wehte durch mein muffiges Leben.

Die erste Phase der Verliebtheit hatte wenige Wochen gedauert, einen Frühling lang nur. Mit dem Sommer kam die Zeit der Feste und mit ihr die Zeit der Freunde und des Rausches. Nachdem sie sich eine Weile zurückgehalten und unsere Zweisamkeit von den Rändern aus beäugt hatten, drängten sich Tristans Freunde eifersüchtig zwischen uns. Sie mochten es nicht, dass einer von ihnen ausbrach aus dem mit Leuchtschrift markierten Weg, eine Tür aufschlug, die nun auch ihnen offen stand. Und sie mochten mich nicht. Ich war ihnen zu nüchtern. Das Haus meiner Eltern war zu groß. Es war ein Haus. Ich war zu brav, zu gut in der Schule. Überhaupt noch in der Schule. Sie schleuderten mir eine Verachtung entgegen, die sie von mir zu spüren glaubten. Dabei war ich anfangs wirklich neugierig gewesen und auch ein wenig neidisch auf ihre Leben, die sich hinter Wohnungstüren abspielten, vor denen einige Paar ungeputzter Schuhe standen. Leben, in denen es eine Mutter gab, die mit einem Mann oder – was mir aufregend erschien – einem »Freund« dort wohnte und das Essen nicht jeden Tag um dieselbe Zeit auf den Tisch stellte. Ein Leben, in dem am Wochenende gegrillt wurde und nicht gearbeitet. Wo man auch einmal faul war, nicht immer nur fleißig, und sich lauthals über den Chef ausließ, der ja wirklich ein *Sklaventreiber* war. In meiner Familie lagen die Dinge anders. Meine Eltern hatten ein Sportgeschäft. Sie waren selbst der Chef. Und so kam es, dass überhaupt nie Feierabend war. Auch unser riesiges Haus, in dem ständig eine Putzfrau wischte, kehrte, saugte, war niemals gänzlich rein. Keine Arbeit war jemals getan, auch wenn man sich noch so viel Mühe gab. Eine ganze Kindheit lang und weit darüber hinaus spukten die Aufforderungen meiner Mutter durch mein Inneres: Illy, komm, geh mir zur Hand! Bitte geh, hol uns ein Holz! Räum den Geschirrspüler aus! Illy, geh zum Bäcker um zehn Semmeln. Hol eine Lage Eier aus dem Stall! Kannst du bitte staubsaugen? Den Müll hinaustragen? Das Skiwachs aufheizen? Illy, du stinkst nach Zigaretten! Jetzt zieh dich schnell an! Jetzt steh endlich auf! Jetzt komm endlich rein! Geh, red doch ein bisserl mit den Kunden. Lauf schnell um zwei Liter Milch! Jetzt halt einmal bitte den Schnabel! Du bleibst, wo du bist, wir essen ja gleich. Dreh die Musik ab! Komm raus aus dem Bad! Aus dem Klo! Unterm Tisch raus! Was machst du denn da? Geh, bitte bring den Herren Kuchen! Die Post. Die Wäsche herein. Geh, pflück mir eine Schale Beeren! Ein paar Blumen! Zwei Bund Schnittlauch! Geh Schnee schöpfen! Geh ins Bett. Geh hinein. Geh hinaus. Aber schnell! Bitte.

Das letzte Mal, dass Tat'ka ein großes Fass gezimmert hatte, war auch in diese Zeit gefallen. Und am Ende hatte es wortwörtlich gekracht. Damals hatte ich mich ständig durch die Werkstatt aus dem Haus geschlichen, damit die Eltern nichts mitbekamen. Natürlich hatte ich Tat'ka im Vorbeigehen gegrüßt, aber meist war ich so in Eile gewesen, dass ich ihn einsilbig abfertigte. Ich wusste, dass es ihn verletzte, wenn ich auf seine Frage *Dirndl, wo gehst' heut' hin?* immer dieselbe lustlos freche Antwort gab: *Hinaus.* Doch ich konnte nicht anders. Einmal hatte ich gerade aus dem Haus eilen wollen, als er ein neues Fass von der Werkstatt in die Einfahrt rollte. Es war riesig gewesen, ein Whiskyfass aus zweihundert Jahre alter französischer Eiche, so groß, dass es kaum durch das Werkstatttor passte. Dauben für Whiskyfässer zu schneiden, war unheimlich schwierig. Um die feinen, quer über die Jahresringe verlaufenden Gefäße des Holzes nicht zu beschädigen, musste man eine komplizierte Technik anwenden, den Sternschnitt. Tat'ka hatte mir oft davon erzählt und ich hatte aufmerksam zugehört. Als er mir nun stolz das fertig gebundene Fass zeigen wollte, nickte ich nur und eilte weiter, ohne mir seine Erklärungen anzuhören. Da hörte ich ihn zornig gegen das Fass treten, so fest, dass es krachte. Das Geräusch des splitternden Holzes versetzte mir einen Stich, doch der

Zeitplan für meine Heimlichkeiten mit Tristan war so eng gesteckt, dass ich mich nicht einmal umdrehte. Zum Glück kannte Tat'ka das Leben. Und er hatte geduldig gewartet, bis sich die Nebel um mich gelichtet hatten. Ich stellte mir vor, wie er, dicke Brillengläser auf der Nase, noch immer in der Werkstatt stand und mit seinem roten Lappen die Ski polierte. Vielleicht war es das, was Tristan als Kind gefehlt hatte, ein uralter Mensch, der ihn bedingungslos liebte.

In geduckter Haltung auf der Palette drängten diese Gedanken so vehement vorwärts, dass sie sich nicht mehr ausblenden ließen. Ich musste mit Tristan reden, bevor unsere Liebe unter all dem Nichtgesagten erstickte. Ich überlegte mir Worte, flüsterte sie vor mich hin, sprach mir Mut zu. Doch da hörte ich von der Bahnhofstraße her den Bass von Ediaxels Subwoofer. Im nächsten Moment rollte sein roter Ford über den Parkplatz und auf mich zu. Kicki streckte mir vom Beifahrersitz die Zunge entgegen. Ich seufzte, winkte dann aber doch.

»Steig ein oder ich stopf dich in den Kofferraum«, sagte Ediaxel statt einer Begrüßung und streckte mir die Hand zum Abklatschen durchs geöffnete Autofenster. Beim Einsteigen spürte ich die Druckwelle des Basses. Ich zwängte mich zu Tristan und einem langhaarigen Typen, dessen massige Gestalt fast den gesamten Innenraum ausfüllte, auf die Rückbank. Tristan gab mir einen Kuss auf den Mund.

»Den Anton kennst du, oder?«, brüllte er und deutete mit dem Kopf in die Richtung des Dicken.

Natürlich kannte ich Anton. Anton, den Schwabbelriesen, der sich bei meinen Besuchen im Proberaum immer hinterm Schlagzeug versteckt hatte und nach der Probe verschwunden war. Obwohl ich nie ein direktes Wort mit ihm geredet hatte, *kannte* ich Anton. Andererseits: Jeder im Dorf kannte Anton, seit er vor zwei Jahren aus der Psychiatrie abgehauen und eine Woche später in einem verlassenen Pferdestall gefunden worden war.

»Hallo, Anton!«, rief ich.

»Habe die Ehre!«, brüllte Anton und hob andeutungsweise die fleischige Hand. Der offizielle Teil des Kennenlernens war somit erledigt.

»Wo fahren wir denn hin?«, rief ich Tristan ins Ohr, während sich das Auto in Bewegung setzte und ein Song mit der Intensität eines Presslufthammers aus den Boxen dröhnte.

»Heut' ist doch der dreißigste Mai!«

Seine Augen leuchteten.

»Wir haben Holz mit und Bier und was zum Grillen. Das wird geil!«

»Der dreißigste Mai? Und deshalb gehen wir grillen?«

»Okay, mach mal kurz die Musik aus, Edi! Wir singen's ihr vor!«

Ediaxel drückte auf Stop. Im nächsten Moment grölten er und Tristan aus voller Kehle: »Am dreißigsten Mai ist der Weltuntergang! Wir leben nicht mehr lang, wir leben nicht mehr lang! Am dreißigsten Mai ist der Weltuntergang, wir leben nicht, wir leben nicht mehr lang.«

Kicki verdrehte die Augen. Anton schloss seine vor Rührung.

»Was soll denn der Scheiß?«, fragte ich.

»Daz war zein Lieblingzlied«, schniefte Anton.

»Der Edi, der Anton, der Günnie und ich. Wir waren doch früher zusammen im Fußballverein. Beim Fritz«, sagte Tristan.

»Gott hab ihn zelig«, warf Anton ein.

»Der Fritz war unser Trainer«, erklärte Tristan.

»Für mich war der Fritz viel mehr. Ein zweiter Vater«, fiel Ediaxel ihm ins Wort.

»Er hat ja auch mit deiner Mama gebumst«, höhnte Tristan und schlug sich lachend auf die Schenkel. Ediaxel riss mit zusammengepressten Lippen das Lenkrad herum und bog in eine Seitenstraße ein, die den Berg hinaufführte. Dann drehte er sich zu uns um und zischte: »Der Fritz war mit meiner Mama *zusammen*, du Wichser!«

»Ja eh. Wenn er nicht grad mit der Mama von Pfeffer Schorschl zusammen war. Oder mit der dicken Gitti vom Pferdehof.«

»Schluss jetzt, Triztan! Daz hat der Fritz nicht verdient!«, sagte Anton. Tristans Lachen verebbte. Ediaxel fixierte mich im Rückspiegel: »Der Fritz hat am dreißigsten Mai Geburtstag g'habt. Das haben wir immer groß gefeiert. In der Familie und im Club. Vor drei Jahren ist er dann g'storben. Seitdem treffen sich die ehemaligen Kicker vom FC Guggerbichl am dreißigsten Mai auf dem Kaiser und zünden kleine Feuer an. Damit wir den Fritz nicht vergessen.«

»Und wo ist der Günnie?«, hakte ich nach. »Der war doch damals auch dabei.«

Statt einer Antwort betroffenes Schweigen. Durch die verschmierte Fensterscheibe sah ich auf frühlingshafte Bergwiesen. Blütenstaub trieb in majestätischer Langsamkeit durch die Luft. Irgendwo ratterte ein Mähdrescher.

»Den Günnie«, setzte Anton schließlich an, »den hat'z erwischt. Der hockt zeit Ende März im Ziegelstadl.«

»Ziegelstadl?«, fragte ich.

»Zag bloß, du kennzt den Ziegelstadl nicht?«, sagte Anton, ehrlich erstaunt.

»Gar nicht so schlecht dort. Ich war auch schon zweimal drin«, grinste Tristan. »Auf Besuch natürlich!«

Als Ediaxel meinen ratlosen Blick im Rückspiegel auffing, sagte er höhnisch: »Ihr checkt es nicht! Die Illy kommt nicht aus der Gosse wie wir. Die geht aufs Gymnasium und danach zahlen Mama und Papa ihr Studium! Woher sollte so eine den Namen vom Knast kennen?«

Ediaxel war zweifellos ein Idiot, doch seine Einschätzung traf ins Schwarze. Von der Welt, in der die anderen lebten, hatte ich keinen blassen Dunst. Beschämt ließ ich mich noch tiefer in die Rückbank sinken.

»So, Leute, genug gelabert! Jetzt gibt's wieder ein bisserl Action!«, rief Kicki und schob eine neue CD in den Player. Im nächsten Moment prasselten Schlagzeugrhythmen wie Gewehrsalven auf unsere Gehörgänge ein. Tristan löste johlend das Haarband und begann, den Kopf im Takt der Musik so kraftvoll in alle Richtungen zu schleudern, dass ich fürchtete, er könnte abreißen und gegen die Windschutzscheibe knallen. Den Plan, mich mit ihm auszusprechen, konnte ich vergessen. Stattdessen peitschten drahtige Locken mein Gesicht, was bei jeder Wiederholung schmerzhafter wurde. Mir fiel die asiatische Foltermethode mit den Wassertropfen ein, bei der man über Wochen hinweg in den Wahnsinn getrieben wurde. Ich duckte mich unter Tristans Haaren weg und presste die Wange gegen die Fensterscheibe. Eine bleierne Müdigkeit zog an mir.

»SLAYEEEER!«, brüllte Tristan.

»*Reign in blood!* Mit dem Album ha'm sie den Trash Metal erfunden«, schrie Ediaxel und setzte hinterher: »Davor war nur das Kastraten-Gejaule von Iron Maiden.«

»Nix gegen Iron Maiden!«, brüllte Tristan und verpasste Ediaxel einen Schlag in den Nacken.

»Iron Maiden sind wichtig! Aber ohne Slayer kannst' den Trash Metal vergessen.«

»Trash Metal? Ich dachte, Slayer sind Speed Metal!«, kreischte Kicki.

»Echt jetzt, Kicki?«

Ediaxel seufzte, nahm die rechte Hand vom Lenkrad und fuchtelte durch die Luft, während die andere Hand den Wagen lenkte.

»Also eigentlich sind Slayer Trash Metal, weil Speed Metal ist ja nur so eine Untergruppe von Trash Metal.«

»Der Unterzaucher Hans«, fiel Kicki ihm ins Wort, »hat gesagt ...«

»Is' mir scheißegal, was der Unterzaucher Hans gesagt hat. Der war nicht mal beim Konzert! Also ...«

Während Ediaxel die Errungenschaften seiner Lieblingsband im Einzelnen ausführte, fiel mein Blick durch die Heckscheibe auf den Kreisverkehr an der Dorfeinfahrt, der hinter uns kleiner und kleiner wurde. Zum ersten Mal in meinem Leben war ich Teil einer Gruppe, wie ich es mir immer gewünscht hatte. Und da saß ich jetzt, mir selbst fremder als je zuvor.

»Und wie geht's dir, Kicki?«, fragte ich, nachdem Ediaxel seinen Vortrag beendet hatte, um auf andere Gedanken zu kommen.

Kicki zündete sich langsam eine an, ließ die elektrischen Fenster herunter, fand mein Gesicht im Rückspiegel und blies den Rauch hinein.

»Schlechte Leut' geht's immer gut.«

Während sich die Köpfe der anderen im Takt des Schlagzeugs durch die Luft bewegten, blieb Antons träge Masse in Erwartung einer Bestellung an ihrem Platz kleben. Er war unser Proviantmeister. Ich tat ihm den Gefallen. Eifrig zog er eine Flasche Stiegl aus dem Rucksack, biss mit Schwung den Deckel herunter und hielt sie mir grinsend entgegen: »Auf Ex oder nie wieder Sex.«

Mit dem Durst der Verzweiflung schüttete ich mir das Bier in den Kopf, in der Hoffnung, mich bald durch den Einfluss des Alkohols mit den Umständen anzufreunden. Doch ich freundete mich nicht mit den Umständen an. Ich saß im Auto wie ein schlecht gestochenes Piercing, das über kurz oder lang aus dieser fröhlichen Gemeinschaft herauseitern würde. Ich schloss die Augen und ließ den Kopf auf Tristans Brust sinken, der stillhielt und mir übers Haar strich. Unsere Küsse waren noch echt, das Drumherum schon nicht mehr. Tristans Lachen, seine Umarmungen, alles schien mich zu fragen: Was hast du denn? Und jede meiner Bewegungen antwortete ihm: Du langweilst mich. Du bist mir im Grunde zu blöd. Bis heute frage ich mich, wie manche Leute es schaffen, aus einem kurzlebigen Gefühl, das auf dem Austausch chemischer Botenstoffe beruht, ein ganzes gemeinsames Leben zu bauen. Bisher habe ich nach dem ersten Hochgefühl noch jedes Mal den Absturz erlebt.

~

Eineinhalb Stunden später saß ich, schon nicht mehr ganz nüchtern, auf einer abschüssigen Bergwiese in der prallen Sonne und schaute ins Tal. Hinter und neben uns das kühle Grau der Felswände. Wir waren ganz hinaufgefahren, bis unter die Baumgrenze. Die weiße Häkeldecke, die normalerweise bei Tristans Eltern auf der Couch lag, zeichnete kleine rötliche Rauten auf meine Unterschenkel. Neben mir auf der Decke hatte sich Anton ausgestreckt. Unter dem hochgeschobenen T-Shirt lugte sein Bauch hervor wie ein riesiger, behaarter Champignon. Seit ich ihm erzählt hatte, dass ich gerne las, dozierte er von der Zeitmäßigkeit des Nibelungenlieds. Ich hörte nur halb zu, beobachtete Tristan und Ediaxel, die mit kindlicher Begeisterung Holz sammelten, es aufschlichteten, Spiritus darübergossen und den Haufen anzündeten. Die Flammen breiteten sich erst als bläuliche Fläche aus, dann stoben sie in die Höhe. Seltsam, ein Feuer am helllichten Tag. Kicki kauerte neben der Kühlbox, biss mit den Zähnen die Packung mit den Würstchen auf. In der anderen Hand schwenkte sie eine Weinflasche.

»Hilfst du mir, die Kartoffeln einzuwickeln?«, fragte sie und spuckte einen Plastikfetzen ins Gras.

»Sicher.«

Ich nahm die Alufolie aus dem Korb und begann, einige quadratische Stücke abzureißen, die ich neben mich ins Gras legte.

»Die Brunhilde wird immer alz die Starke hingestellt«, sagte Anton, während er mich eingehend musterte. »Aber zie kann auch total zart zein.«

»Halt die Fresse, Anton«, fuhr Kicki dazwischen. »Die Illy hat schon 'nen Freund.«

»Zag ja bloß.«

Er wälzte sich auf die andere Seite und begann, mit dicken Fingern am Gettoblaster zu nesteln, den er vom Parkplatz herübergeschafft hatte. Mein Blick schweifte in den Talkessel hinunter zu den paar Dutzend Gebäuden des

Dorfkerns, der lächerlich klein und zerbrechlich wirkte im Kontrast mit den umliegenden Bergen. Der Gipfel des Horns schien von unserer Wiese aus zum Greifen nah. Markus, Caro und Daniela waren mittlerweile sicher schon oben angekommen. Ich bereute, nicht mitgegangen zu sein. Ich hatte mich mit Tristan aussprechen wollen, doch der war schon hinüber und wankte auf der Suche nach Brennholz über die Wiese. Und ich saß inmitten dieses Stumpfsinns und wickelte Kartoffeln in Alufolie.

Anton sprang auf und hielt den Gettoblaster in die Luft.

Rrootz, bloody rootz!, dröhnte der Schlachtruf aus den Boxen. Tristan und Ediaxel hielten in der Bewegung inne, warfen die Hölzer zu Boden, den Kanister ins Gras und grölten mit erhobenen Fäusten den Refrain. Im nächsten Moment rasten Tristans Finger den Hals einer imaginären Gitarre auf und ab. Seine Haare wirbelten durch die Luft wie Seeanemonen im aufgerauten Meer. Auch Kicki stand auf und begann, wenn auch nicht ganz so energiegeladen, mitzusingen. Nur ich blieb sitzen und starrte auf die Löcher in der Häkeldecke. Als der Kanister umfiel und der Spiritus Richtung Feuerstelle auslief, sprang ich auf.

»Scheiße! Da ist Spiritus ausgelaufen!«

»Keine Sorge! Ich pass auf dich auf«, lallte Tristan, schüttete grinsend einen Schluck Bier ins Gras, führte die Flasche zum Mund und trank sie in einem Zug leer.

Nach dem dritten Bier hatte ich ein Stadium der Gleichgültigkeit erreicht, das mir den Nachmittag erträglich werden ließ. Ich war beschwipst genug, um über Ediaxels Witze zu lachen, und strich Tristan, der den Kopf in meinen Schoß gelegt hatte, Strähnen aus dem Gesicht. Wie ein Baby lag er da, gab Laute der Zufriedenheit von sich, nuckelte an seiner Wodkaflasche. Seine Art zu schwitzen imponierte mir. Statt rot zu werden wie ich, wurde er noch blasser, obwohl ihm der Schweiß aus allen Poren trat. Und obwohl er schwitzte, roch er nicht schlecht. Im Gegenteil. Tristan roch nun sogar noch stärker nach frischem Thymian.

Kicki und Ediaxel waren ineinander verkeilt, rauchten, tranken, schauten in den Himmel, während Anton sich eine Wurst nach der nächsten in den Mund stopfte. Ich fuhr mit dem Zeigefinger über Tristans Augenbrauen. Wenn man sie zusammenschob, erinnerten sie an die nur aus Flügeln bestehenden Vögel, die ich in jedes Bild hineinmale, seit ich ein Kind bin. Seine hohen Wangenknochen. Der glänzende Ring in seiner Nase. Die Korkenzieherlocken, die ihm, wenn man sie langzog, bis zur Hüfte reichten. Ich spürte meine tiefen Gefühle für ihn und doch lag in jeder meiner Bewegungen ein Abschiednehmen. Ich war nicht gemacht für Saufgelage und dreckige Witze. Ich vertrug nichts, mochte die Musik nicht, langweilte mich. Und ich hatte keine Lust, vor den anderen zu strippen und meine Titten zu zeigen, wie Kicki es machte, wenn sie besoffen genug war. Was ich wollte, wusste ich nicht, doch es war etwas anderes.

»Zagt'z einmal, kann daz zein, dass ich hier daz letzte Bier in der Hand hab?«, fragte Anton plötzlich.

»Im Auto ist noch 'ne Kiste«, gab Ediaxel zurück.

»Du meinzt die, auf der ich grad' zitz'?«

Beim Anblick der Bierkiste fuhr Ediaxel entsetzt auf. Im nächsten Augenblick war unsere kleine Gruppe in hellem Aufruhr. Das Bier war alle, dabei war es erst kurz nach sieben.

»Also ich hab Geld, aber fahren kann ich nicht mehr«, sagte Ediaxel, der von dem ganzen Bier und der Sonne einen tiefroten Schädel hatte. Er rülpste und schwenkte die Autoschlüssel vor Tristans Augen.

»Ich fahr! Ich fühl mich topfit«, lallte Tristan.

»Nein«, widersprach ich. »Du hast schon eine halbe Flasche Wodka intus.«

»Bleibt nur noch einer«, krähte Kicki. »Der Anton!«

»Ich fahr nicht allein. Und Geld hab ich auch keinz.«

»Also, ob ich fahr oder mitkomm, is' eh schon wurscht«, sagte Tristan. »Wenn mich ein Bulle sieht, sind wir sowieso gefickt.«

Er blickte in Kickis Richtung und hob die Augenbrauen.

»Ich setz mich doch nicht allein zu dem Kinderschänder ins Auto!«

Ediaxel warf mir einen aufmunternden Blick zu. So freundlich hatte ich ihn noch nie gesehen. Ich schaute zu Anton. Gut, er hatte eine überhängende Wampe, Wurstreste um den Mund kleben und es gab die Story mit der Psychiatrie und dem Pferdestall, aber als Begleitung fand ich ihn trotzdem angenehmer als Ediaxel und Kicki. Ich schaute zu Tristan hinunter, dessen Kopf noch in meinem Schoß lag. Als er verstand, was ich vorhatte, richtete er sich auf und gab mir einen Kuss, der nach Verlangen schmeckte, warmer Milch und Schnaps. Dann warf er Anton einen drohenden Blick zu und sagte: »Wenn du ihr was tust, brech ich dir die Kniescheibe.«

»Kein Stress. Kennzt mich doch! Ich bin ein ganz ein Braver«, sagte Anton. Er gab ein seltsames Glucksen von sich, das mich nachdenklich werden ließ.

»Bis ihr wiederkommt, hab ich meinen eigenen Proviant!« Kicki kicherte und zog mit triumphaler Geste eine Plastikflasche mit Selbstgemischtem aus ihrer Umhängetasche.

»Gib sofort her, du Fotze«, rief Ediaxel.

»Hol's dir doch!«, rief Kicki, sprang auf und rannte mit der Flasche in der Hand den Berg hinauf. Ediaxel hinter ihr her. Kicki steuerte in Richtung Wald. Er erreichte sie und brachte sie kreischend zu Fall. Wir hörten es von oben lachen.

»Maaah, die zwei verzieh'n sich bestimmt gleich zum Bumsen und ich muss allein hierbleiben. Also echt, alle verlassen mich, nur der kleine Absolut steht mir bei.«

Tristan prostete sich selbst zu und nahm noch einen Schluck.

»Trink nicht so schnell, sonst bist du komplett dicht, wenn wir zurück sind.«

»Ey ey, Captain Illy! Einer muss ja aufs Feuer aufpassen und die Zelte aufbauen! Ich bleib hier! Roboti!«

Er grinste, setzte sich auf und deutete, plötzlich ernst geworden, mit ausgestrecktem Zeigefinger auf Anton.

»Ihr beeilt euch, verstanden? Und wehe, ihr kommt ohne Bier zurück!«

Wir küssten uns noch einmal. Anton starrte auf seine Füße, bis wir uns verabschiedet hatten. Dann marschierte er los. Ich stand auf und folgte ihm. Bei jedem Schritt spürte ich Tristans Blick in meinem Rücken.

Von allem, was danach geschehen ist, kenne ich nur meinen Teil der Geschichte, aber das ist im Leben ja immer so.

Anton setzte sich ans Steuer von Ediaxels Wagen, sprühte sich Odol-Mundspray in den Rachen und ließ den

Motor an. Er hatte zwei Bier getrunken, betrunken wirkte er aber nicht. In den Kurven drehte er das Lenkrad mit vor Konzentration eingerollter Zunge. In den Geraden hingegen entspannte er sich oder brüllte lautstark »Rootz bloody rootz«, das in Dauerschleife im Auto lief und wohl sein Lieblingslied war. Wir fuhren gute fünfzehn Minuten in Serpentinen den Berg hinunter, bis wir die ersten Häuser des Dorfes erreichten, langgezogene Bauernhöfe, von deren Balkonen die Pelargonien in dicken roten Trauben leuchteten. Einen Moment lang schien mir, als tropfe von den hölzernen Fassaden Blut.

Wir fuhren zur Jet-Tankstelle bei der Ortseinfahrt, als Anton mir einen seltsamen Blick zuwarf.

»Sag mal. Glaubst du, ez wär' okay, wenn wir schnell bei meiner Ma vorbeischau'n auf der Rückfahrt? Liegt auch auf dem Weg.«

»Warum denn?«

»Zie hat heute früh gezagt, ich zoll ihr Zigaretten mitbringen auz'm Dorf, hab ich biz jetz' nicht geschafft. Dauert auch nicht lang, ehrlich. Die kauf ich an der Tankstelle.«

»Echt? Muss das sein?«

»Hab'z versprochen«, sagte Anton und setzte eine entschuldigende Miene auf.

»Okay, aber lass uns schnell machen. Wenn Tristan zu viel Schnaps säuft ...«

»Dez hält keiner auz, ich weiß.«

~

Die Jet-Tankstelle war bis auf die drei, vier Gestalten, die an den kleinen Stehtischen neben der Kasse zu leben schienen, verlassen. Ich wartete vor dem Zeitungsregal, während Anton eine Kiste Stiegl hochstemmte und zum Schalter trug. In allen Tankstellen, in denen ich die Zeitungen bisher studiert hatte, fand sich dieselbe Sortierung. Auf Höhe der Kinderaugen reihten sich Mickey-Mouse-, Bussi-Bär und Yps-Hefte aneinander. Etwas höher befanden sich die Garten- und Frauenzeitschriften. Auf meiner Augenhöhe sah ich neben Motor- und Sportzeitungen schon die ersten Brüste blitzen. Im Regal darüber dann Sodom und Gomorrha. Und in der linken oberen Ecke gab es manchmal noch Amateurhefte, die wohl den Gipfel der Pornokunst darstellen sollten.

»Mischon accomplischt«, grinste Anton und schob sich mit der Kiste und drei Packungen Zigaretten an mir vorbei durch die Schiebetür.

»Jetzt noch schnell zu meiner Ma. Ich bin ein guter Junge«, sagte er.

Mir war nicht wohl bei dem Gedanken, Tristan mit Ediaxel, Kicki und der Flasche Wodka länger als nötig allein auf dem Berg zu lassen.

»Wie lange, glaubst du, wird das dauern?«

»Ein paar Minuten, länger nicht.«

Anton drehte den Zündschlüssel, drückte die Kupplung durch, legte den Rückwärtsgang ein und startete in Richtung Umfahrungsstraße. Seine Mutter wohnte tatsächlich nicht weit weg. Wir waren erst ein paar Minuten durchs Dorf gekurvt, als er in eine Seitenstraße einbog. An deren Ende stand ein zweistöckiges Haus mit gemauerten Türmchen, das von einer hohen Hecke umgeben war. Ich kannte das Haus gut. Im Vorbeifahren hatte ich es oft gesehen, hatte mir ausgemalt, dass wohlhabende Leute darin wohnten, Leute, die eine große Bibliothek besaßen und ein

Wohnzimmer mit einem Flügel, auf dem am Wochenende ein begabter Enkel Rachmaninow spielte.

»Das ist euer Haus?«, fragte ich ungläubig.

»Mhmm«, machte Anton, »bisschen groß für zwei Leute, ich weiß.«

Er klappte die Sonnenblende runter und schaute in den Spiegel.

»Kannzt du mir bitte den Kamm auz dem Rucksack holen?«

»Ernsthaft? Du frisierst dich für deine Mutter?«

»Gib her, verdammt.«

Er riss mir, kaum hatte ich ihn gefunden, den Kamm aus der Hand und fuhr sich damit durch die Haare, band sie hinten zu einem Knoten zusammen, nahm noch eine Dosis Mundspray und stieg aus. Unsicher warf ich nun selbst einen Blick in den Spiegel und sprühte mir etwas von dem Atemerfrischer in den Rachen. Dann stieg ich aus und folgte ihm. Durch eine prächtige Eingangstür traten wir in einen gefliesten Gang, der um einige Grad kühler war als die Temperatur draußen und von dem mehrere Türen abgingen. Durch eine Tür am gegenüberliegenden Ende fiel Sonnenlicht herein.

»Zie ist bestimmt auf der Terrasse«, sagte Anton und ging auf das Licht zu.

»Toni? Bist du das?«

Die Stimme klang warm und melodiös. Und sie war mir seltsam vertraut. Vor der halb geöffneten Tür hielt Anton inne und wischte sich mit dem Ärmelstück, das seine Schulter bedeckte, über die Stirn. Mein Blick fiel auf die zerlaufene blaue Tätowierung, die dort prangte. Ich erkannte das Logo der Band, die wir schon den ganzen Tag gehört hatten. Anton öffnete die Tür und trat hinaus auf eine grün umrankte Terrasse, in deren Mitte ein gedeckter Tisch stand. Eine weiß gekleidete Gestalt mit einer dünnen goldumrandeten Brille auf der Nase erwartete uns. Sie schob die Brille nach oben und sah zu uns auf.

»Hallo, Mama.«

»Endlich kommst du, Toni! Und wen hast du uns da mitgebracht?«

»Guten Tag, Frau Knolle«, sagte ich langsam, ehrlich überrascht.

Anton schaute mich verwundert an, dann blickte er zu seiner Mutter.

»Ach, sicher! Dich kenn ich ja. Manuela? Du bist es, nicht?«

»Nein. Die Illy.«

»Ja genau, Illy! Stimmt! An der Stimme hab ich dich sofort erkannt! Hast du dir die Haare gefärbt? Du warst doch früher blond, nicht?«

»Rothaarig, aber Schwarz mag ich lieber.«

»Na, ihr habt's ja heutzutage eure eigenen Vorstellungen, wie man ausschauen soll als junger Mensch. Stimmt's, Anton?«

Er verdrehte nur die Augen und verzog die Mundwinkel. In mir stieg ein warmes Gefühl auf. Frau Knolles zarte Gehässigkeit war mir noch immer vertraut. Sie hatte sich kaum verändert, seit ich sie als Grundschülerin im Religionsunterricht erlebt hatte. Ihr blonder Pagenkopf war mittlerweile weiß, doch die Leinenkleider trug sie immer noch. In den ersten Wochen nach der Einschulung hatten mich ihre hellen, weiten Gewänder mutmaßen lassen, sie wäre womöglich selbst ein Engel. So ein Schlösschen passte zu ihr, aber dieser Sohn? Ungläubig schaute ich zwischen den beiden hin und her.

»Ich wollt' dir die Zigaretten bringen«, sagte Anton und streckte ihr die Packung entgegen.

Sie machte ein peinlich berührtes Gesicht, schnappte sich die Zigaretten und ließ sie eilig in der Seitentasche des Kleids verschwinden.

»Danke, Toni«, sagte sie kurz und wandte sich mit einem Lächeln an mich.

»Ich hab natürlich längst aufgehört, aber ein, zwei Mal im Monat überkommt's mich halt.«

Sie räusperte sich wie früher, wenn sie das Thema wechseln wollte.

»Sagt's einmal. Seid's ihr hungrig? Ich hätte eine Knödelsuppe anzubieten.«

Ich blickte Anton in die Augen, schüttelte in winzigen Bewegungen den Kopf. Er nickte.

»Leider, Mama, wir müssen gleich loz«, sagte er. »Aber bitte lass mir waz über. Morgen ess ich zie gern.«

»Wo wollt ihr denn so dringend hin?«

»Daz weißt du doch! Wir zind heut' auf'm Berg zelten. In Erinnerung an unzren Fußballtrainer Fritz.«

»Ach, das ist heute? Komplett vergessen. Aber einen Schöpfer Suppe könnt's doch trotzdem essen, oder? Passiert ja nicht oft, dass ehemalige Schülerinnen auf Besuch sind.«

Sie warf mir einen auffordernden Blick zu.

»Setz dich doch kurz her, Illy. Ihr esst's was und dann könnt's gleich weiter.«

Frau Knolles Blick wanderte fragend zwischen uns hin und her. Anton schien längst überzeugt. Sein Gesichtsausdruck erinnerte an ein bettelndes Hündchen.

»Okay«, seufzte ich. »Aber wirklich nur kurz. Auf dem Hinterkaiser warten unsere Freunde.«

Freunde. Bei dem Wort tauchte in meinem Inneren das Bild einer formvollendeten, aus Sahne und Himbeeren gerührten Nachspeise auf, auf der sich aber, wie man bei genauem Hinsehen erkannte, eine dicke Schimmelschicht gebildet hatte.

»Ah, das freut mich! Der Anton weiß es, ich ess so ungern allein.«

Frau Knolle stand auf und ging ins Innere des Hauses, dicht gefolgt von Anton, der ohne Übergang vom Heavy-Metal-Psycho in die Rolle des verschrobenen, doch hilfsbereiten Sohnes geschlüpft war. Ich blieb sitzen und ließ den Blick über den gepflegten Garten wandern, in dem in buschigen weißrosa Kugeln die Pfingstrosen blühten. Frau Knolle kam mit einem Tablett heraus, das mit einem Suppentopf, einer Karaffe Wasser, Gläsern, Tellern und Besteck beladen war, und stellte alles in der Mitte des Tischs ab. Anton trug hinter ihr die Schüssel mit den Knödeln heraus. Nachdem seine Mutter die Suppe aufgetan hatte, platzierte er mit unendlicher Präzision zwei Knödel auf jedem Teller.

Während des Essens fielen mir zunehmend Ähnlichkeiten zwischen Mutter und Sohn auf. Die Kopfform, der Schwung der Brauen, selbst die Art, wie sie den Löffel hielten. Anton trug ein silbernes Kreuz um den Hals, seine Mutter dasselbe in Gold. Doch während sie sich Zeit nahm und jeden Bissen im Mund zerteilte, schlürfte und fraß Anton, als hätte er vorher tagelang gefastet.

»Sag einmal, Illy. Auf welche Schule gehst du denn jetzt? Und wie habt's ihr zwei euch eigentlich kennengelernt? Der Toni ist doch mindestens vier Jahre älter als du.«

Ich schluckte, alarmiert von den seligen Blicken, die Frau Knolle zwischen Anton und mir hin und her schweifen ließ.

»Ich geh in die siebte Klasse Gymnasium. Den Anton habe ich durch meinen Freund kennengelernt.«

»Ah.«

Es klang erstickt. Sie steckte sich den Löffel in den Mund und kaute gründlich, während sich die Kegel in ihrem Inneren neu aufstellten. Anton kam ihr zu Hilfe.

»Mit dem Triztan ist zie zusammen«, sagte er schmatzend, stieß den Löffel in die Schüssel und ließ im nächsten Moment ein langgezogenes Schlürfen hören.

Tristan. Wie eine Gewitterwolke zog der Name über der Gartenlaube auf. Frau Knolle warf mir einen besorgten Blick zu. In ihrem Inneren schien es nun noch mehr zu arbeiten. Schließlich sagte sie mit etwas mehr Distanz in der Stimme: »Gymnasium, nicht schlecht. Was ist denn dein Lieblingsfach?«

»Deutsch und Zeichnen.«

»Sehr schön. Eine musische Begabung. Bestimmt inspirieren dich unsere Tiroler Berge.«

»Ja, aber nach der Matura will ich nach Innsbruck oder Wien.«

»Das glaub ich gern«, sagte sie. »Aber die Berge kommen mit. Jeder trägt eine innere Landschaft mit sich herum. Und egal, wo du einmal leben wirst, Gefühle sind immer mit Kindheitsorten verknüpft.«

»Mama, die Patriotin«, grinste Anton.

»Blödsinn, Anton! Das hat nix mit Patriotismus zu tun, sondern mit frühen Prägungen. Eine fröhliche Kindheit brennt sich einem genauso unerbittlich ein wie eine schlimme. Wenn du in einem Kellerloch aufgezogen wirst und nichts anderes kennenlernst, dann ist es eben dieses Loch, das du in nostalgischer Erinnerung behältst.«

Wie zur Bestätigung ihrer Worte fiel mir ein, dass Tristan mir einmal erzählt hatte, dass seine Eltern ihn, wenn er als Kind nicht brav gewesen war, in den Hobbyraum im Keller gesperrt hatten. Und da er ständig etwas angestellt und viele Stunden dort unten verbracht hatte, fühlte er sich mit der Zeit nirgends so geborgen wie dort. Mittlerweile hatte er eine Souterrain-Wohnung für sich ausgebaut, mit eigener Eingangstür, worauf er sehr stolz war. Mich aber packte jedes Mal das Grausen, wenn ich an den vergitterten Fenstern vorbei zu ihm hinunterstieg.

Frau Knolle erzählte von ihrer Zeit als Lehrerin, der Pensionierung, fragte nach meinen Eltern, Markus und anderen Mitschülern, an die sie sich erinnerte, und nach Tat'ka, den sie anscheinend gut kannte und mochte.

»Den Holzbrunnen da hinten hat der Korbinian gemacht. Kannst ihm gern ausrichten, dass der noch immer seine Arbeit tut und auch nach über fünfzehn Jahren etwas hermacht.«

Nach dem Essen zog sie verstohlen die Zigaretten aus der Rocktasche, riss die Folie herunter und hielt uns die geöffnete Schachtel hin. Ich nahm eine heraus und zündete sie an. Milde Sorte hatte ich nie zuvor geraucht, aber sie schmeckte gar nicht schlecht. Frau Knolle steckte sich selbst auch eine an und lehnte sich im Korbstuhl zurück. Schweigend bliesen wir den Rauch in die Abendluft. Vor uns neigte sich der Tag dem Abend zu. Von den dunklen Silhouetten des Wilden Kaisers leuchteten mehrere winzige Feuerpunkte und riefen mir mahnend unser Versprechen in Erinnerung. Ich wäre gern sitzen geblieben, doch etwas in mir, etwas, das eine Entscheidung herbeiführen wollte, drängte zum Aufbruch. Ich drückte die halb aufgerauchte Zigarette aus und warf Anton, der im Beisein seiner Mutter den Sprachfehler nach und nach abgelegt und schon die längste Zeit wie ein intelligenter Mensch geredet hatte, einen auffordernden Blick zu. Er nickte, holte Luft, stieß sich mit den Händen vom Tisch ab und stand seufzend auf. Auch sein Blick wanderte über die Feuerpunkte. Eine gewisse Besorgnis lag darin. Eilig verabschiedeten wir uns und gingen zum Auto.

~

»Das da oben könnten sie sein«, sagte ich, als wir im Auto saßen, und zeigte durch die Windschutzscheibe auf einen hellen Punkt hoch auf dem Berg.

»Daz oberzte da«, wiederholte Anton und räusperte sich. »Ja, könnte zein.«

Seit unserem Aufbruch waren eineinhalb Stunden vergangen. Man konnte nicht gerade sagen, wir hätten uns beeilt. Andererseits waren Tristan und die anderen bestimmt schon so betrunken, dass es ihnen gar nicht auffallen würde, wie lange wir fortgeblieben waren. Und immerhin, wir hatten das Bier, und Anton hatte mir zwei Extrapackungen Zigaretten in die Hand gedrückt. Schweigend und ohne die Anlage einzuschalten, fuhren wir los. Von den Hängen leuchteten die Lichtpunkte der Feuerstellen, als wollten sie die Sterne ankündigen, die sich langsam über den Felsen abzuzeichnen begannen.

Seit dem Nachmittag waren überall entlang des Weges

Lagerfeuer dazugekommen. Hupend passierten wir Gruppen von drei, vier, manchmal auch mehr Typen, die trinkend, singend oder in beeindruckender Stille um die Feuerstellen saßen. Oft waren die Gesichter hell erleuchtet, der Rest ihrer Körper dagegen in Dunkelheit getaucht, wie auf den Gemälden von Caravaggio. Immer wieder kamen uns in den Kurven hupende Autos entgegen, schläfrige Halbwüchsige darin, die von müde dreinblickenden Eltern nach Hause gefahren wurden. Dieser Fußballtrainer war anscheinend wirklich ein Held gewesen in der Region. Auf dem letzten großen Parkplatz saß eine Gruppe in Fußballtrikots direkt vor ihren Autos und grillte Steaks auf mitgebrachten Bratrosten, deren Rauch den Weg vernebelte. Wir ließen sie hinter uns und schlängelten uns immer weiter den Berg hinauf. Mich beschlich eine leise Panik und das absurde Gefühl, wir führen immer weiter hinauf in die Hölle.

Schließlich erreichten wir die Ausweiche, an der wir das Auto am Nachmittag geparkt hatten. Anton stellte den Wagen im Gras vor einem Holunderbusch ab. Die nahegelegene Felswand leuchtete kupferfarben im Widerschein des Feuers. Platons Höhlengleichnis fiel mir ein. Wir hatten es in der vorletzten Religionsstunde durchgenommen. Plötzlich überfiel mich die Gewissheit, dass ich bei der Rückkehr zu Tristan und seinen ums Feuer versammelten Freunden die Dinge erstmals so sehen würde, wie sie waren. Der Gedanke jagte mir Angst ein. Ich horchte nach den Stimmen von Tristan, Ediaxel oder Kicki, aber da war nur der wummernde Bass eines Liedes, das ich an dem Tag schon mehrfach gehört hatte. Anton stellte den Motor ab. Ein paar Herzschläge lang blieben wir im dunklen Auto sitzen, unschlüssig, was uns erwarten würde.

»Packen wir'z«, sagte Anton schließlich und stieg aus.

Er lud sich das Bier auf die Schulter, schlug sich durch die Holunderbüsche und betrat als Erster den Trampelpfad, der zur Feuerstelle führte. Ich nahm die Zigaretten und stieg aus. Etwas Feindseliges wehte von dort drüben herüber. Ich spürte den Impuls, einfach wieder kehrtzumachen, doch das kam mir kindisch vor. Von Weitem sah ich unser Feuer, das eine hohe, flackernde Flamme in den Nachthimmel warf. Tristan, Kicki und Ediaxel saßen im Schneidersitz darum und warfen abwechselnd Verpackungsreste in die Glut. Ihre erleuchteten Gesichter sahen gleichzeitig gelangweilt und angespannt aus. Sie ignorierten uns, dabei mussten ihnen die Lichtkegel der Scheinwerfer doch aufgefallen sein. Als ich näher herantrat, erkannte ich, dass alle drei sich die Wangen geschwärzt hatten. Auf Tristans Gesicht lag ein bedrohlicher Ausdruck. Die beiden anderen saßen mit gekrümmten Rücken bewegungslos ums Feuer, wie stumme Gehilfen, die auf ein Kommando warteten. Anton hatte das alles offenbar auch bemerkt, seine Stimme klang gekünstelt, viel zu hoch und dünn, als er den anderen zurief: »Der Bierexpress izt da!«

Seine Worte fielen in ein Loch aus Schweigen. Jetzt war mir endgültig klar, dass die schlechte Stimmung nicht gespielt war. Neben Tristan im Gras lagen zwei leere Wodkaflaschen. Ich wurde panisch. Die konnte er unmöglich beide getrunken haben. Ich versuchte, seinen Blick aufzufangen, aber er starrte unverwandt in die Glut.

»Der Bierexpress«, wiederholte Tristan schließlich.

Seine Stimme war leise, doch der Ton so scharf, dass ich ihn durch das Schlagzeugsolo glasklar verstehen konnte.

»*Express*, hmm«, sagte er etwas lauter.

»Hallo«, sagte ich zaghaft.

Ich machte einen Schritt auf Tristan zu. Als ich seine Augen sah, war im Grunde alles klar. Wieder wäre ich am liebsten einfach gegangen, doch etwas in mir zwang mich, stehen zu bleiben und mich Tristans Wut zu stellen. Anton trat ans Feuer, stellte die Kiste vor sich ins Gras, als wollte er eine Barrikade errichten.

»Wir mussten noch etwaz bei meiner Ma abliefern«, setzte er an.

»*Etwaz abliefern*, so so«, sagte Tristan. Dann schrie er plötzlich: »Ja, was denn?«

»Milde Sorte«, sagte Anton mit erstickter Stimme.

»Ich hab auch Zigaretten für uns dabei«, sagte ich schnell, zog beide Packungen aus den Hosentaschen und streckte sie mit gespielter Fröhlichkeit in die Höhe.

Tristans Blick wanderte von Anton zu mir. Jetzt erst sah ich das ganze Ausmaß seiner Wut. Meine Hände mit den Zigarettenschachteln darin gefroren in der Luft. Tristan erhob sich unter den zustimmenden Augen der anderen. Obwohl er sturzbetrunken war, schwankte er nicht. Mein Körper aber begann, ausgehend von den Armen, die noch immer die Zigaretten in die Luft streckten, zu zittern. Ich starrte Tristan an, während er Schritt für Schritt auf mich zukam.

»Ihr wart bei ihm zu Hause!«, schrie er.

Seine Stimme überschlug sich fast.

»Hab ich dir doch gesagt«, sagte Ediaxel und gähnte demonstrativ. Dann streckte er den Arm in Richtung der Bierkiste und zog eine Flasche heraus.

»Frau Knolle wollte unbedingt mit uns essen«, sagte ich leise und ließ die Arme sinken.

Tristan sah mich aus zusammengekniffenen Augen an. »Sie wollte mit euch *essen*? Für wie blöd hältst du mich eigentlich?«

»Sie war früher einmal meine Lehrerin, ich hab sie seit der Volksschule nicht mehr geseh'n« sagte ich, so ruhig ich konnte.

Tristan schnaufte vor Wut.

»Logisch war sie früher deine Lehrerin!«, schrie er. »Das ist ein verdammtes Dorf. Wir sind doch alle aus dem gleichen Nest, du Schlampe!«

Eine lange Sekunde standen wir uns direkt gegenüber. In Tristans Augen blitzte eine vom Alkohol enthemmte Verzweiflung. Hätte er nicht so bedrohlich gewirkt, hätte er mir vielleicht leidgetan in seiner Kränkung. Nur das Prasseln des Feuers war zu hören, das Ploppen eines Bierdeckels und kurz darauf Ediaxels gierige Schlucke. Tristan wandte den Blick nicht ab, seine Augen waren hart, die Hände zu Fäusten geballt.

»Ich weiß, was die gemacht haben«, grölte Ediaxel und klatschte dreimal mit der flachen Hand auf die Öffnung seiner Flasche.

»In Tonis riesigem Zimmer, in seinem weichen Federbett! Da hat ihn dir der Fetti reingesteckt, stimmt's, Illy? War das geil? Du stehst doch auf Typen mit Psychoknacks. Und du, Tristan? Lässt dir einfach gefallen, dass sich deine Alte von einem Psycho ficken lässt.«

»Ihr zeid ja komplett wahnzinnig!«, brüllte Anton.

Tristans Gesicht veränderte sich. Ein irrer Zug lag jetzt darauf, etwas, das ich noch nie bei ihm gesehen hatte.

»Du Hure fickst mit diesem Stück Scheiße!«, brüllte er und stieß mich mit beiden Händen in die Dunkelheit.

Ich spürte, wie sich mein Körper unter der Wucht des Schlags krümmte, wie die Füße den Halt verloren, wie ich in einer Drehung nach hinten fiel. Weit weg hörte ich Antons Schreie, mehrere dumpfe Schläge, das Zerreißen von Stoff, Ediaxels Johlen, Kickis sich überschlagende Stimme. Der Boden war kalt. Mein Kopf lag auf einem Stein und schmerzte. In meinem Mund der Geschmack von Eisen. Etwas bohrte sich in meine rechte Schläfe.

Das Prasseln des Feuers weckte mich. Die Musik war verstummt, niemand sprach ein Wort. In meinem Kopf dröhnte es. Ich drehte ihn, so weit ich konnte, schaute in die Glut, dieses lodernde Paralleluniversum, in dem es unablässig knisterte und knackte. Hinter dem Feuer stand Anton. Kicki und Ediaxel hielten ihn fest. Er sah riesig aus neben den beiden. Zwei, drei Schläge hätten gereicht, um die streichholzdünne Kicki und den schlaksigen Ediaxel abzuschütteln. Doch Anton stand da wie gelähmt. *So sehen Opfer aus*, kam es mir in den Sinn. Sein T-Shirt hing ihm in Fetzen vom Bauch. Die Gesichter konnte ich nicht sehen, doch ich roch die Angst, ich sah Kickis schwarzlackierte Nägel, die sich in Antons Oberarm gruben. Tristan stand abseits. An einem verästelten Stock hielt er etwas Silbernes ins Feuer. Alle Aufmerksamkeit lag auf ihm. Ich wollte ihm etwas zurufen, aber meine Lippen öffneten sich nicht. Den Kopf auf dem Stein lag ich da und starrte wie hypnotisiert in die Glut, in der die rotgoldenen Holzstücke zu immer neuen Formen zerfielen, zu Landschaften, Stillleben, höhnischen Gesichtern.

»Du weißt doch, was in den Zehn Geboten steht«, hörte ich Tristan mit ruhiger Stimme zu Anton sagen.

»Du sollst nicht begehren deines Nächsten Frau. Hat die dir das nicht beigebracht, *deine Ma*?«, höhnte er, während er den Stock drehte und das Metall, das er in die Astgabel geklemmt hatte, zum Glühen brachte.

Antons Stimme war ein Flehen.

»Ich hab nichtz gemacht mit ihr! Gar nichtz! Glaub mir daz doch! Wir zind doch Freunde!«

Tristan ging nicht darauf ein.

»Der Fritz hat immer gezagt, wir zind Kameraden und müssen zuzammenhalt'n!«, versuchte Anton es noch einmal.

Tristan spuckte ins Feuer. Dann sagte er mit einer Stimme, so kalt, dass es mir Angst machte: »Zu mir hat der Fritz was andres g'sagt. ›Es gibt zwei Sorten Menschen‹, hat er g'sagt. ›Auf die einen kannst du bauen. Die stehen auch zu dir, wenn du am Boden bist. Das sind deine Kameraden. Bei den anderen aber ist der Verrat nur eine Frage der Zeit.‹«

Seelenruhig zog er den Stock aus dem Feuer. Ich erkannte Antons Halskette mit dem Kreuzanhänger. Blutrot hing die Kette von der verkohlten Astgabel. Blutrot tanzte das Kreuz durch die Dunkelheit. Als Anton das glühende Metall sah, konnte ich ein Winseln hören.

»Halt dein Maul«, fuhr Tristan ihn an.

Ich konnte ihre Gesichter nicht sehen, nur Antons Bauch, der aus dem zerrissenen schwarzen T-Shirt ragte wie ein von Wolkenschleiern umhüllter Vollmond. Ich wollte etwas rufen. Ich wollte aufstehen und mich dazwischenwerfen. Doch mein Körper gehorchte nicht. Das glühende Kreuz schwang bedrohlich durch die Dunkelheit, kam näher und näher an Antons Bauch heran. Mitten in der Bewegung hielt Tristan ein letztes Mal inne. Der Irrsinn wich aus seinem Gesicht und machte einer Wut Platz, die zwar hässlich war, aber klar. Jetzt kommt er endlich zur Besinnung, dachte ich noch. Doch da stieß Tristan einen Schrei aus und rammte das Kreuz mit voller Wucht in Antons Fleisch. Zischend fraß sich das Metall durch die Haut. Es qualmte und dampfte und stank. Im selben Moment erhob sich ein Heulen, ein uralter, elender Schrei, so tief und so qualvoll, als stammte er aus dem Mittelpunkt der Erde. Da sprang ich auf. Und rannte, rannte, am ganzen Leib zitternd, an der Felswand entlang in die Dunkelheit. Ich mied die Feuer der anderen und stürzte, verfolgt von Antons Geheul, das ich noch Wochen im Ohr haben sollte, talwärts. Ich fiel über Steine, zwängte mich unter elektrischen Zäunen hindurch. Begleitet vom allgegenwärtigen Bimmeln der Kuhglocken watete ich durchs kniehohe Gras. Ich schlich an schlafenden Tieren vorbei, schlug mich durch eine abgeholzte Schlucht, rutschte ab, schürfte mir die Haut am Knie und den Beinen auf. Wie Wasser nahm ich den schnellsten Weg ins Tal, der leichteste war es nicht.

Weit nach Mitternacht erreichte ich eine Hütte, vor der noch eine Gruppe Touristen um ein Lagerfeuer saß. Dort brach ich erschöpft zusammen. Eine ältere Frau gab mir zu trinken, versorgte meine Schläfe und die aufgeschürften Knie. Zwei aus der Gruppe fuhren mich nach Hause, wo mich die Mutter im Nachthemd, mit von Sorge und Müdigkeit zerschlagenem Gesicht in die Arme nahm.

SAMSTAG, 15. MAI 2004

Das Glück is' ein Vogerl

Sechzehn Stunden Fahrt hatte ich bereits auf dem Buckel, als der Zug den Innsbrucker Bahnhof verließ und seine Räder auf direktem Weg in meine Vergangenheit drehte. Achtzehn Stunden seit meinem Aufbruch aus Marseille, einem überstürzten, drei Tage zu früh. Geschlafen hatte ich kaum in dieser Nacht, was an Gerüchen und Geräuschen gelegen hatte, an quengelnden Kindern, dem Knacken der Lautsprecheranlage und einer generellen Unruhe, die mich schon kurz nach der Ausfahrt aus Marseille befallen hatte. Seit wir, aus der Schweiz kommend, die Grenze zu Österreich passiert hatten, war ich allein im Abteil. An Schlaf war trotzdem nicht zu denken.

Mein erster Besuch seit zwei Jahren. Und auch davor war ich meist auf der Durchreise gewesen. Abgesehen von sporadischen, pflichtschuldigen Telefonaten an meinen und ihren Geburtstagen, hatte ich kaum mit den Eltern geredet. Hier und da eine Postkarte, das schon. Tat'kas Stimme hatte ich dagegen sehr vermisst, doch er besaß kein Telefon. Wer mit mir reden will, soll bitt'schön anklopfen, hatte er immer gesagt und dabei wohl nicht bedacht, dass mich das Studium in ein anderes Land führen könnte. Innsbruck war vor fünf Jahren meine erste Station gewesen auf dem Weg in die Welt. Als ich mit hochrotem Kopf in der Woche nach der Matura zum ersten Mal am Bahnhof ausgestiegen war, hatte mich die Flut der Menschen – jeder Einzelne mit einem ganzen mir unbekannten Leben – sprachlos gemacht. Mit jedem Besuch war der Bahnhof übersichtlicher geworden, bis er schließlich auf seine tatsächliche Größe geschrumpft war. Meine Augen tanzten über das Messezentrum und die Altbauten der Ingenieur-Etzl-Straße. Dann ratterte der Zug über den im Mondlicht glitzernden Inn. Reflexartig schaute ich nach Mühlau hinauf, wo hinter dem Dorfkirchlein das Grab von Georg Trakl lag, dem Dichter meiner Teenagerjahre. Und wie so oft kam mir auch jetzt eine der Zeilen in den Sinn, die ich als Jugendliche auswendig gelernt hatte wie Zaubersprüche. *Nachts blieb er mit seinem Stern allein.*

Der Zug ließ die Nordkette mit ihren weiß leuchtenden Gipfeln hinter sich. Andere Bergspitzen tauchten auf, die sich so klar vom schwarzen Himmel absetzten, als hätte sie jemand dort hineingestanzt. Wolken zerrissen daran, stoben über den Himmel davon. Bald flog der Stadtturm von Hall vorbei, dann Jenbach und das Gleis der alten Zillertalbahn. Langsam dämmerte der Morgen heran. Die vertrauten Berge im Gletscherblau zwischen Nacht und Tag. Einen Moment lang hoffte ich, mich wie eine Fremde nähern zu können, die über alles staunte. Dann aber spürte ich umso deutlicher: Alles war noch da, auch jetzt noch, fünf Jahre danach. Wie auf Knopfdruck legte mein Körper beim Blick auf die vertraute Landschaft den Panzer an, von dem ich geglaubt hatte, ihn längst abgestreift zu haben. Es begann mit einem flauen Gefühl im Magen, einer leichten Übelkeit. Dann hoben sich die Schultern und rollten sich ein wie welke Blätter. Die Brust ging in Deckung, verschanzte sich hinter den Muskeln, die den Panzer Stück für Stück hochzogen. Ich hustete, versuchte mich dagegen zu wehren, doch die Kehle verengte sich und schloss den Übergang zwischen Körper und Geist. Trübe Gedanken umfingen mich, machten meine Bewegungen erst langsam, dann fahrig. Wie Gregor Samsa kauerte ich am Fenster des Zugabteils und schaute beklommen auf die vorbeifliegenden Äcker. Etwas in mir war zum Stillstand gekommen und roch ranzig wie die Haut unter einer zu selten abgelegten Uhr, während die Zeit einfach weiterlief und der Schaffner einen Halt nach dem nächsten ankündigte.

Wozu die vielen Reisen, die Aufbrüche, das Studium? Berlin, Paris, Marseille? Wozu das alles? Wozu all das angehäufte Wissen und die Heldentaten in der Ferne, wenn es mir nicht einmal gelang, als aufrechter Mensch heimzukehren? Schmerzlich wurde ich mir der Schranken bewusst, in die mich die Landschaft und alles, was ich mit ihr verband, verwies. Und doch lag in meiner Käferhaltung eine Vertrautheit, die ich gierig einsog wie den süßlichen Gestank aus einer vollgekotzten Ecke.

Der Zug nahm eine letzte Kehre vor dem Tal. Hinter dem Felsmassiv krochen bereits die ersten Sonnenstrahlen hervor und verliehen den Bergen einen Heiligenschein. Trotz meiner kümmerlichen Situation berührte mich die Schönheit dieses Anblicks und für einen Moment öffnete sich in mir ein Fenster, durch das frische Luft hereinwehte. Keine halbe Stunde mehr, und ich würde meine Eltern und bald darauf auch Tat'ka in die Arme schließen können. Davor allerdings mussten wir an der Stelle vorbei, an der es damals geschehen war. Beim Gedanken daran stockte mir der Atem. Ich spannte jeden Muskel an und starrte in die vorbeifliegenden Haselnussbüsche, auf der Suche nach etwas, das hier an ihn erinnerte. Braun, grau, beige. Wie oft hatte ich im Traum diese Stelle aufgesucht. Im Traum hatte ich jedes Mal etwas gefunden, einen ausgelatschten Turnschuh oder einzelne Locken, die wie Engelshaar in den Haselnusssträuchern hingen. In Wahrheit aber war da nichts. Der Zug raste einfach vorbei. Nur mein Herz hämmerte in der Brust, als könnte es die dunklen Erinnerungen von innen heraus zertrümmern.

Kaum war die Lautsprecheransage verklungen, packte ich meine Sachen und verließ das Abteil. Erst jetzt sah ich wieder Menschen im Zug, der sich im Laufe der Nacht Station für Station geleert hatte. Ich stellte mich an die Tür und wartete. Trotzdem wunderte es mich, dass der Zug am Bahnhof wirklich hielt. Und dass diese winzige Zeitspanne – es war weniger als eine Minute – lang genug für mich war, um auszusteigen. Den Rucksack auf den Schultern, ging ich die ausgeklappten Stufen hinab. Die Luft trug noch die Kälte der Nacht. Ich atmete ein, blinzelte, seufzte. Außer mir hatte nur eine Handvoll Menschen den Zug verlassen. Pendler, sagte mein Gefühl. Stumm verflüchtigten sie sich in alle Richtungen. Aus dem Nachbarwagon war ein älterer Wanderer gestiegen, in kurzen Hosen und mit an den Rucksack geschnallten Teleskopstöcken. Wie ich stand er jetzt auf dem Bahnsteig und schaute sich um. Auch mich hätte man für eine Touristin halten können, wenn nicht die Schwermut gewesen wäre, die ich im Gesicht trug. Dieser Ort und ich, wir hatten eine Geschichte. Ich zündete mir eine Zigarette an und ging Richtung Bahnhofsgebäude.

Die große Uhr zeigte zehn nach sechs. Ich blickte die Bahnhofstraße hinunter, die menschenleer und still vor mir lag, wie nach einem schweren Unwetter. Ich stellte mir vor, wie meine Eltern in diesem Moment wenige Straßen entfernt am Frühstückstisch saßen. Wahrscheinlich erzählten sie einander gerade von den Vorhaben, die sie heute angehen würden, nicht ahnend, dass ich jetzt schon, drei Tage zu früh, am Bahnhof stand und auf dem Weg zu ihnen war, um ihre Pläne über den Haufen zu werfen. Ihre Lebenstüchtigkeit setzte mir zu. Ich blieb stehen, zog an der Zigarette. Was hatte ich denn vorzuweisen? Meine Diplomarbeit war immer noch nicht über das Skizzenstadium hinaus. Die Festanstellung, die sie sich für mich wünschten, nirgendwo in Sicht. Und auch sonst fiel mir nichts ein, was ich ihnen erzählen konnte, um sie stolz zu machen. Ich stellte mir ihre Gesichter vor, ihr Lächeln, das sich immer mehr verkrampfte, je länger ich von Marseille erzählte, meinen Studienfortschritten, den Sprachschwierigkeiten, den losen Bekanntschaften. Ich sah, wie sie aufmunternd nickten und einander schon im nächsten Moment besorgte Blicke zuwarfen.

Wenn ich nur die drei Typen nicht getroffen hätte. Ich hätte das Wochenende am Strand verschlafen können, statt mir hier, zwischen zugigen Bergen, die Sinnfrage zu stellen. Plötzlich kam mir meine Reaktion überzogen vor. Dass ein flüchtiges Zusammentreffen mit diesen Idioten gereicht hatte, um alle meine Reisepläne umzuwerfen, hatte mich selbst überrascht. Gleichzeitig spürte ich noch die Ausläufer der Wellen, die die Begegnung in mir geschlagen hatte. Hungrig und müde war ich gewesen nach der Vorlesung und hatte mir im Kiosk vor der Faculté de Droit eine Dreierpackung Pocket Coffee gekauft. Draußen auf der Straße war ich stehen geblieben, hatte die Packung geöffnet und mir die drei Pralinen in die Handfläche gleiten lassen, als mich eine Stimme aus den Gedanken riss: »Ça va, mademoiselle? Tu es triste?«

Ich ignorierte die Stimme und ging weiter die Canebière hinab.

»Tu veux aller à la plage avec nous?«

Ein Typ. Jünger als ich. In Begleitung zweier Freunde, die genauso aussahen, genauso gestylt waren wie er. Alle drei ein löchriges Grinsen auf den Lippen, die kurzen, krausen Haare blondiert. Alle drei in den weißvioletten Trainingsanzügen von Olympique Marseille. Ich schüttelte den Kopf – ein gefauchtes *Laissez-moi* auf den Lippen –, bereit weiterzugehen, doch der Rechte stellte sich mir in den Weg.

»Pourquoi pas?«

Er schaute stolz an seinen Beinen hinunter, die in weißer Ballonseide steckten. Dann wanderten seine Augen über meinen Körper, musterten abwägend meine Brüste und meine Hüften im schwarzen Kleid.

»Tu es belle. Et nous aussi, on est beaux.«

Er schnalzte mit der Zunge und zeigte auf die Pralinen in meiner Hand.

»Donne-moi un bonbon.« Er grinste.

Ich schüttelte den Kopf, spürte, wie eine leichte Angst in mir hochkroch.

»S'il te plaît.«

Er sah mich herausfordernd an. Ich atmete ein, sammelte meine Kräfte, dann herrschte ich ihn an: »Va te faire foutre!«

Doch es genügte nicht. Die drei bildeten einen Halbkreis um mich, ließen mich nicht weitergehen. Der Junge, der mich angesprochen hatte, wurde laut.

»Donne-moi ça!«, schrie er und griff nach meiner Hand.

Ich wich aus. Blitzschnell ließ ich zwei Pralinen in der winzigen Paspeltasche meiner Lederjacke verschwinden. Die dritte passte nicht hinein, also steckte ich sie mir, noch in der Verpackung, in den Mund und kaute wild darauf herum. Der Typ bog mir das Handgelenk um. In der anderen Hand blitzte eine Klinge auf. Ich erstarrte und sah im glänzenden Metall einen Film, in dem ich die Hauptrolle hatte.

Ein dunkles Zimmer in einem Wohnblock im dreizehnten Arrondissement. Ich auf einer am Boden liegenden Matratze. Um mich die drei, unsicher, wie weit sie gehen konnten. Ich stellte mir vor, wie ich alle Gefühle ausblenden würde, wie ich erst später weinen würde, wenn alles vorbei war. Und wie sehr ich mich dafür schämen würde, dass ich mich nicht stärker gewehrt hatte. Wieder einmal.

»Donne-moi ça immédiatement!«, befahl der Junge und machte eine kleine Bewegung mit dem Messer. Da würgte es mich. Ich hustete und kotzte, an Stelle einer Antwort, einen mit Schokolade verschleimten goldglänzenden Batzen Plastik gegen seine Stirn. Er schrie auf, während die beiden anderen einen Satz von mir weg machten, in so überzeugender Synchronität und mit demselben angewiderten Gesichtsausdruck, dass ich einen Moment lang den Eindruck hatte, tatsächlich in den Filmdreh eines Hip-Hop-Videos geraten zu sein.

»Cette fille est folle«, sagte der Rechte schließlich, klappte sein Messer ein und wischte sich über die Stirn. »On y va!«

Er zog die anderen hinter sich her in Richtung der Marktstände von Noailles, wo sie kurz darauf von einem Meer wogender Köpfe verschluckt wurden. Ich war inmitten der Menschen, die rechts und links an mir vorbeieilten, stehen geblieben, bis das Zittern nachgelassen hatte. Dann war ich nach Hause gegangen, hatte Hals über Kopf meine Koffer gepackt und ein Taxi zum Bahnhof genommen.

Die Zigarette in meiner Hand war fast verraucht. Ich zog noch einmal daran, dann schnippte ich sie angewidert in den Straßengraben und schaute am Kleid hinunter auf meine Doc Martens, an denen noch der Staub der Canebière klebte. Ich folgte mit den Augen dem Verlauf der Straße, an deren Ende sich mein Elternhaus befand. Ich sah das überraschte Gesicht meiner Mutter vor mir, das riesige Hirschgeweih im Treppenhaus und mein Zimmer, in dem noch immer die Trauer hing wie kalter Rauch. Dann spürte ich, wie meine Beine sich in Bewegung setzten und in die entgegengesetzte Richtung davongingen.

~

Die Straße, an deren Ende Tat'kas Haus lag, roch nach Holunder. Jetzt waren die Häuser mitsamt ihren Vorgärten noch von Schatten bedeckt, doch in ein, zwei Stunden würde hier alles lichtdurchflutet sein. Ich blickte in die Gärten, nickte jedem Haus zu wie einem alten Bekannten. Der Asphalt schimmerte dunkel in Erinnerung des nächtlichen Regens. Erst jetzt fiel mir auf, wie klar die Luft hier war im Vergleich zu Marseille. Gierig sog ich sie ein. Vor dem Haus von Tat'kas Nachbarn Franz stand ein kleiner, heruntergekommener Peugeot. Unwillkürlich musste ich lächeln. Natürlich wusste ich es nicht, aber ich war mir ziemlich sicher, dass ins Haus von Ritas Mutter mal wieder ein neuer Mann gezogen war.

Als ich das Gartentor aufdrückte, quietschte es und hinterließ einen rostigen Abdruck auf meiner Hand. Tat'kas Garten wirkte sonderbar fremd. Der Katzenstrick fehlte. Zwischen den Steinplatten wucherte das Unkraut. Doch erst der Anblick der Äpfel, die wie faulig gewordene Christbaumkugeln noch immer an den Ästen des schiefen Bäumchens neben dem Haus hingen, beunruhigte mich. Was trieb Tat'ka den ganzen Tag, dass er keine Zeit mehr fand, sich um den Garten zu kümmern? Normalerweise begann sein Tag früh um sechs, aber heute brannte nirgends Licht. Hätte ich mich ankündigen müssen? Ich verlangsamte meinen Schritt und blieb schließlich ganz stehen. Da sah ich, dass sich der Store im Küchenfenster bewegte. Im nächsten Moment ging das Fenster auf, und Tat'ka reckte den Kopf heraus wie ein angriffslustiges, gerupftes Huhn. Sein Blick war so stechend, dass ich mich keinen Schritt weiter traute.

»Wo wollen's denn hin, Fräulein, so früh am Tag?«, zischte er mich aus seinem zahnlosen Mund heraus an.

Vor Schreck bekam ich keinen Ton heraus. Tat'ka war

nur noch Haut und Knochen. Seine Augen lagen tief in den Höhlen, die Wangen waren eingefallen, der früher dichte Haarschopf feinen Spinnweben gewichen, die in alle Richtungen von der fleckigen Kopfhaut abstanden. Aber das Schlimmste war: Er hatte mich nicht erkannt.

»Servus, Tat'ka«, sagte ich vorsichtig.

Er kniff die Augen noch fester zusammen und fixierte mich argwöhnisch. Dann – endlich – öffnete sich sein Gesicht mit dem Ausdruck höchster Überraschung, und hinter der verschrumpelten Hülle kam der Mensch zum Vorschein, den ich so lange vermisst hatte.

»Ja Illy!«, rief er aus und klatschte freudig in die Hände. »Was treibst du denn da, in aller Herrgottsfrüh?«

»Überraschungsbesuch«, sagte ich mit belegter Stimme, doch Tat'ka hatte sich schon eilig umgedreht und das Fenster geschlossen. Im nächsten Moment ging in der Küche das Licht an. Dann hörte ich den Schlüssel in der Haustür und schon stand Tat'ka, barfuß, im löchrigen Schlafanzug und mit einem breiten Grinsen im Gesicht in der geöffneten Haustür.

»Fürs Zusammenrichten hab i jetzt noch keine Zeit g'habt«, sagte er.

Ich sprang auf ihn zu, küsste seine hohlen Wangen und schlang die Arme um seinen Körper.

»I hab mir so g'wünscht, dass du früher kommst«, sagte er fröhlich und dirigierte mich ins Haus.

Ich freute mich so über unser Wiedersehen, dass ich die unschönen Veränderungen willentlich übersah. Stattdessen ließ ich mich in der Küche auf die Eckbank fallen und begann sofort, aufgeregt zu erzählen, während Tat'ka mit dem Arm über die klebrige Plastiktischdecke wischte,

Butter, Marmelade und Brot auf den Tisch stellte und Kaffee aufsetzte. Trotzdem nahm ich den säuerlichen Geruch wahr, den jeder Winkel im Haus verströmte. Als ich den Kühlschrank öffnete und den von Schimmel überwucherten Käse sah, nahm ich ihn schweigend heraus und warf ihn in den Müll, bevor Tat'ka, der sich im Nebenzimmer ankleidete, wieder bei der Tür hereinkam. Natürlich bemerkte ich die Flecken auf dem »frischen« Hemd, das er sich angezogen hatte. Obwohl ich kein Wort sagte über den Zustand, in dem er und das Haus sich befanden, sagte er, ein verlegenes Lächeln auf den Lippen: »Je älter i werd, desto weniger schau i auf Sauberkeit. So bin i näher beim Staub, zu dem der Mensch ja werden soll.«

»Kommt die Mama manchmal her zum Aufräumen? Oder der Papa?«

»Des wär' ja noch schöner! Jedes Mal, wenn i nur in die Nähe von der Werkstatt komm, geht der Zinnober von vorn los. Reintei freintei. Dei' Mama versteht einfach nit: I bin ein uralter Mann, aber doch kein Schwammerl. I brauch nix mehr. Meine letzten Tag auf der Welt will i einfach mei' Ruh' haben. Und jetz', wo du auch noch da bist, Illy, ist mein Glück perfekt.«

Wir tranken Kaffee und aßen mit Marmelade und Butter bestrichene Brote, die Tat'ka in dicken Scheiben vom Laib geschnitten hatte. Für mich war es die erste Mahlzeit seit Langem und die beste.

»Ich hab gesehen, dass der Strick nicht mehr von der Regenrinne hängt«, sagte ich, nachdem wir eine Weile schweigend gegessen hatten.

»Den brauch i nimmer. Der neue Freund vom Franz seiner Tochter ist ein anständiger Mensch. Und das Recht ist jetzt eh auch auf meiner Seit'n.«

Er lachte leise in sich hinein. In dem Moment fielen die ersten Sonnenstrahlen in die Küche und tauchten das schäbige Zimmer in ein warmes Licht. Als sich unsere Augen trafen, hatte ich zum ersten Mal an diesem Tag wirklich das Gefühl, zu Hause angekommen zu sein. Ich spürte, wie sich der starre Panzer etwas löste und verdrängten Gefühlen Platz machte.

»Dir tut's Heimkommen immer noch weh, stimmt's?«

Der Satz traf mich so unvorbereitet, dass mir augenblicklich Tränen in die Augen stiegen.

»Is' scho' gut, Illy. Bist bestimmt müd' nach der langen Fahrt.«

Ich nickte nur.

»Hau di a Stünderl aufs Ohr. I bin draußen. I muss was herrichten.«

Er legte mir seine reisigdürre Hand auf den Arm und lächelte verschmitzt.

»I hab eine Idee, was wir machen können.«

Ich nickte wieder, ging zum Fenster und streckte mich noch in Schuhen auf Tat'kas zerschlissener Couch aus. Hinter ihm schloss sich die Tür. Ich drehte mich zur Seite und im nächsten Moment schon fielen mir die Augen zu. Im Inneren spürte ich noch die Bewegung des Zuges, ein Ruckeln und Reißen, das mich tiefer und tiefer in den Schlaf wiegte. Bunte Bilder tanzten schon über die Netzhaut, Fragmente künftiger Träume, da schob sich eine Erkenntnis in mein Bewusstsein: Ich war noch immer ein Scherbenhaufen. Die Katastrophe war damals so unerwartet gekommen, dass kein Millimeter meines Körpers heil geblieben war. Doch statt anzuhalten, um meine Wunden versorgen zu lassen, war ich davongelaufen. Und jetzt, fünf gehetzte Jahre später, war der Schmerz immer noch da und die Wunde klaffte wie am ersten Tag.

In den Stunden, nachdem ich es erfahren hatte, war ich in einen verzweifelten Aktionismus verfallen, war in den Schreibwarenladen gerannt und hatte wie eine Irre Postkarten gekauft. *Herzliche Grüße aus Tirol. Happy Holidays! Und: Tyrol by Night.* Auf die Karten hatte ich seinen Namen geschrieben, die Eckdaten seines Lebens und in allen möglichen Varianten, ohne zu begreifen, was das hieß, die immer gleichen Sätze: Gestern Abend unter den Zug gekommen … Gegen zehn. Vom Zug überrollt … Am Vorabend unter den Zug … Vor den Zug … Gegen den Zug. Ist er … Am Abend. Gedonnert. Gesprungen. Geknallt. In den frühen Nachtstunden … Vom »Intercity 309, Mozartstadt Salzburg« … Zerrattert, zerhäckselt, zermalmt. Geschmissen. Am Abend. Zerrissen. Ins Gleisbett. Am Abend. Ein tragisches Unglück … Näheres ist nicht bekannt. Ich hätte mir nicht träumen lassen, wie lange die Überraschung im Körper stecken bleibt, ehe sie vom Schmerz geflutet wird.

Die Postkarten schickte ich an alle Leute, deren Adresse ich kannte. Dann ging ich heim und erzählte es den Eltern, beiläufig, eine Randnotiz nur, aber eine, die alles Gewesene umdeutet. Sie hatten gemeinsam vor dem Fernseher gehockt, erschöpft von einem langen Tag, vor sich die Reste einer Tafel Schokolade. Meine Mutter fing augenblicklich zu weinen an. Papa starrte mich an, minutenlang, unfähig, etwas zu sagen oder zu tun. Schließlich stand er auf, umarmte mich so fest und so lange, dass es weh tat. Die

Ohnmacht, mit der wir der Ungeheuerlichkeit der Geschehnisse begegneten, breitete sich wie ein Tintenfleck auf dem weißen Laken meines Lebens aus. Wie ein Tintenfleck, der sich in Raum und Zeit hineindehnt, ein blutroter Tintenfleck, der die Zukunft mit Vergangenheit tränkt. Er wirkt bis heute nach.

Wenige Wochen vor der Matura stand ich erstmals wieder aus dem Bett auf. Ich lernte wie in Trance, ohne Hunger, ohne Angst, ohne Erinnerungen, bis zum Morgen der Prüfung. Dann ging ich hin und glänzte, matt. Doch während meine Klassenkameraden in den Tagen nach der Prüfung durch die Gegend sprangen wie Kälber auf der Frühlingsweide und ihre neue Freiheit auf der Maturareise auslebten, schaffte ich es gerade mal nach Hause, in mein Zimmer, das für die nächsten Monate zur Festung wurde, in der ich mich verschanzte. So still wurde es um mich, ich hörte nicht einmal mehr die Vögel. Nachts blickte ich rauchend vom Balkon in die Rücklichter vorbeifahrender Autos, trank Wodka Orange aus der Thermoskanne, bis ich endlich, vom Alkohol beschwert, in mein Bett kroch.

Obwohl mir die Trauer ins Gesicht geschrieben stand, obwohl ich sie aus jeder Pore schwitzte, wagte niemand, mich darauf anzusprechen. Meine Eltern, die Nachbarn, die Freunde. Ihre hilflosen Versuche, mich aufzuheitern. Und wenn ich an einem Tag genug Kraft dafür hatte, spielte ich eine Zeitlang für sie mit. Das alles nur, um dann mit noch größerer Verzweiflung wieder in der Stille zu versinken.

Ich hätte gerne über andere Dinge gesprochen, Politik, Kunst, Literatur. Doch in meinem Inneren war nur für diese eine Sache Platz. Und da mich niemand danach fragte, nach dem Einzigen, was mir im Kopf herumging, verlernte ich nach und nach das Reden. Alles, was ich hörte, war Getuschel. Wo ich hinging, folgte es mir. *Schau, da geht sie. Die Arme. Schau, wie sie geht. Ganz in Schwarz. Das muss schlimm für sie sein, für die Arme.*

Mama hatte mir gleich, nachdem es passiert war, einen Walkman gekauft, mit riesigen schwarzen Kopfhörern, die ich nun pausenlos trug, selbst wenn ich gar keine Kassette eingelegt hatte. Und da ich auch die Gesichter nicht ertrug, die sich tuschelnd von mir weg- oder in tiefer Betroffenheit zu mir herdrehten, verlernte ich bald das entspannte Schlendern durch die Gassen und hetzte von einem Zufluchtsort zum nächsten. Selbst im Supermarkt raste ich durch die Regalreihen, so schnell, dass ich gar nichts mehr fand. Immer weiter war ich gerannt, nach Innsbruck, Berlin, Marseille. Und jetzt, fünf Jahre nach dem Beben, war ich wieder zurück.

~

Als ich die Augen aufschlug, war es helllichter Tag. Ich stand auf, um mir ein Glas Wasser zu holen, da kam Tat'ka leise pfeifend bei der Tür herein. Vom hinfälligen Greis, dem ich am Morgen begegnet war, war nur die gebückte Haltung geblieben, der abgemagerte Körper und die wenigen verbliebenen Federn auf dem Kopf. So kraftvoll und energiegeladen kam er mir auf einmal vor, dass ich mich anstecken ließ.

»I hab das Moped repariert«, grinste er, »magst' eine Runde mit mir drehen?«

Natürlich wollte ich! Als Kind hatte es nichts Schöneres

für mich gegeben als die Mopedausflüge auf Tat'kas Puch Maxi. Doch da fiel mir ein, dass Papa die Nummerntafel von Tat'kas Moped schon vor Jahren abgeschraubt und versteckt hatte, um ihn vor der eigenen Courage zu schützen.

»Schon. Aber können wir ohne Nummerntafel fahren?«

»Nummerntafel?«

Das Wort klang wie eine Beleidigung.

»Ob i mit einer Nummerntafel fahr oder nit, des is' doch wurscht! Fünfzig Jahre Erfahrung hab i mit der Puch Maxi. *Fünfzig Jahre!* Da braucht mir keiner mehr mit einer *Nummerntafel* kommen. Außerdem fahr'n wir auf'n Berg, Illy! Da braucht ma' so was schon einmal überhaupt gar nit.«

Ich lächelte halb entschuldigend, halb belustigt.

»Reintei freintei«, murmelte Tat'ka ärgerlich, während sein gebeugter Rücken im Türrahmen verschwand. Kurz darauf kam er mit einem kleinen weißen Kübel und zwei Eimern in die Küche zurück. »Die jungen Mammutbäume würd' i gern noch mal einkalken. Hilfst' mir?«

Ich nickte. Die Mammutbäume waren eines der Projekte, denen sich Tat'ka, seit ich denken konnte, mit großer Hingabe widmete. Er pflanzte sie auf den sonnigen Lichtungen der umliegenden Berge. Wem der Wald gehörte, spielte für ihn dabei keine Rolle. Die Bäume waren ein Geschenk, nicht an die Grundbesitzer, sondern an den Wald selbst. Und obwohl die meisten Mammutbäume wegen des rauen Klimas sofort eingingen oder von Rehen abgefressen wurden, machte Tat'ka unermüdlich weiter. Er hegte und pflegte diese Bäume, als hinge die Zukunft der Tiroler Wälder von ihnen ab. Einige Dutzend haben sich bis heute gehalten und werden weiter wachsen, jahrhundertelang. Er vergewisserte sich, dass der Deckel gut auf dem Kübel saß, dann verstaute er ihn und die Pinsel im Rucksack, lud ihn sich mühsam auf die Schultern und setzte zum Zeichen, dass es losging, seinen Filzhut auf. Beim Hinausgehen fiel mein Blick auf einen goldenen Bilderrahmen, der im Gang hing: eine Kopie des Grundbucheintrags für sein Haus. Schmunzelnd trat ich ins Freie. Tat'ka stand vor dem Haus und kämpfte gegen das Gewicht des Rucksacks an. Wieder kamen mir Bedenken, ob es eine gute Idee war, ihn noch einmal aufs Moped zu lassen. Als ich sah, wie schwer der große, gusseiserne Haustürschlüssel in Tat'kas rechter Hand lag, streckte ich die Hand danach aus.

»Sollt' vielleicht besser ich ...«

Tat'kas Blick ließ mich mitten im Wort verstummen. Erhobenen Hauptes nahm er den Schlüssel in beide Hände und drehte ihn mit verbissenem Gesichtsausdruck im Schloss. Dann versteckte er ihn hinter dem grünen Fensterladen, wie er es immer getan hatte, und steuerte auf den Schuppen zu. Ich seufzte und folgte ihm. In der offenen Tür stand blank geputzt Tat'kas grüne Puch Maxi. Uralt, doch strahlend und einsatzbereit. Ich half ihm beim Aufsteigen. Statt wie früher, als wir mit Karacho direkt aus der geöffneten Schuppentür losgebraust waren wie Batman und Robin aus ihrem Geheimversteck in Wayne Manor, rollte ich meinen Uropa nun auf dem Moped aus dem Schuppen auf den Vorplatz, behutsam, damit er nicht schon vor dem Start mit seinem Gefährt umfiel. Als ich mich nicht schnell genug rührte, klatschte er schallend in die Hände.

»Tür zu und aufsitzen!«

Schnell nahm ich hinter ihm Platz und schlang wie früher die Arme um ihn.

»Bis zum Bichl geb ich Gas wegen der Gendarmerie. Dann

wird's gemütlich!«, rief Tat'ka laut, obwohl der Motor noch gar nicht lief. Dann drehte er den Zündschlüssel und mit einem Ruck setzte sich die Puch Maxi in Bewegung.

Bald schon hatten wir das Haus, Tat'kas Straße und schließlich auch das Dorf hinter uns gelassen. Abgesehen davon, dass Tat'ka dünn war wie ein abgefressenes Hühnerbein und ich ihn mittlerweile im Sitzen um einen halben Kopf überragte, war alles wie immer. Die Sonne schien, der Wind blies uns um die Ohren. Tat'kas Pfeifen mischte sich mit dem Fahrtwind zu einer Melodie, die so schön und wärmend war, dass ich einen Moment lang meine Not vergaß und lediglich Ohr war, Auge, von Wind und Sonne umgebene Haut. Auf einem Feldweg durchquerten wir den Talkessel. Zu beiden Seiten des Weges blühten die Wiesen. Die Wolle der Pappeln trieb in dichten Flocken durch die Luft, als träumte der Frühling vom Dezember. Es roch nach gemähtem Gras und einer Freiheit, die weder der Körper einzugrenzen vermochte noch das Denken und das Alter schon gar nicht. Seit Tristans Tod hatte ich hier, in Tirol, keinen so ungezwungenen Moment mehr erlebt. Eine Träne rollte mir die Wange hinab, die der Fahrtwind gnädig trocknete. Jeder Atemzug lockerte den tief in mir vergrabenen Schmerz. Je mehr ich davon spürte, desto mehr Tränen liefen mir übers Gesicht. Zum Glück war kein Mensch zu sehen, und das Moped knatterte so laut, dass ich nicht einmal sagen konnte, ob Tat'ka meinen Gefühlsausbruch bemerkte. In Serpentinen ging es bald über einen gewundenen Kiesweg den Berg hinauf, durch kleinere Wälder, vorbei an Ameisenhaufen, Sträuchern, Farnen, auf Lichtungen aufgestellten Bienenstöcken, Moosbeerbüschen, abgesägten Baumstümpfen und einem Meer knotiger Stämme. Ich schmiegte mich an meinen Uropa, und es war egal, dass ich beim Festhalten seine Knochen spürte, Tat'ka war noch immer eine Sonne, die Kraft und Zuversicht ausstrahlte.

»Wenn ich das vorher gewusst hätte«, flüsterte ich ihm zu, »ich hätte das alles nie gesagt. Ist es ein Verbrechen, Gefühle zuzugeben, die man nicht mehr hat?«

Der Wind trug den Ruf eines Kuckucks an mein Ohr. Aus dem Wald drangen das Heulen von Motorsägen und immer wieder ein einzelner menschlicher Laut. Von der Felswand gegenüber hallten das Knattern unserer kleinen Maschine und mein Gemurmel, das immer leiser wurde und bald von einem stillen Weinen abgelöst wurde. Beim Blick in die Landschaft beschlich mich das Gefühl, dass der Schmerz, den ich fühlte, nicht aus meinem Inneren emporstieg, sondern aus der Landschaft ringsum. Er dräute aus den Rücken der Berge. Er wuchs mir in tiefgrünen Blättern entgegen. Er tropfte als traniges Harz aus den offenen Stellen der Bäume.

Einmal waren wir, Tristan und ich, zusammen hier hinaufgewandert. Im Frühjahr war das gewesen, kurz bevor die Sache mit dem Feuer passiert war. Das überall keimende Leben, das Wachstum, die in Blüte stehenden Obstbäume hatten mich den Abschied hinauszögern lassen, obwohl ich längst gespürt hatte, dass meine Liebe zu ihm nachgelassen hatte. Der Blick ins Tal auf das in der Ferne liegende Dorf. Wir hatten uns auf eine Bank gesetzt und die Häuser unserer Familien gesucht. »Von hier oben sind sie sich ganz nahe«, hatte Tristan damals gesagt.

Ich klammerte mich noch fester an Tat'ka. Der Anblick der winzigen Häuser löste ein Schuldgefühl in mir aus, das mich zu überwältigen drohte. Irgendwo da unten saßen sie jetzt, seine Eltern, seine Familie, die Freunde, und lebten mit der Lücke, die sein Tod gerissen hatte. Und das nur, weil ich aufgehört hatte, ihn zu lieben. Ich trug die Schuld an Tristans Tod. Die genauen Umstände liegen im Dunkeln und doch weiß ich, was geschehen ist. Der Draht, der sich zwischen uns spannte, riss nach unserer Trennung nicht ab. Auch wenn ich versucht hatte, die Signale zu überhören, fanden sie doch ihren Weg zu mir. Am Abend, an dem es passierte, lief ich auf dem Nachhauseweg von einer Freundin durch die vom Laternenlicht beschienenen Gassen. Als Tristan auf den Schienen vom anrollenden Zug geblendet wurde, sah ich ein gleißendes Licht. Im nächsten Moment erfasste der Zug auch mich, raste gegen die Hülle meines Körpers, ratterte durch mich hindurch. Ich konnte es noch nicht wissen und doch ahnte ich, dass das Gleichgewicht meines Lebens bis auf Weiteres zerstört war. Ein schwarzes Loch klaffte mit einem Mal in meinem Inneren. Als ich am nächsten Tag erfuhr, was geschehen war, von sensationshungrigen Spatzen, die es über den Pausenhof pfiffen – *Da hat sich einer umgebracht, endlich ist was los!* –, begann an den Rändern dieses Lochs die Schuld zu jucken. Erst nur leicht, dann immer stärker, bis meine ganze Aufmerksamkeit auf sie gerichtet war, auf meine Schuld, die immer weiter anwuchs und ein Meer wurde und grenzenlos.

Tat'ka hob den Arm und blieb in der nächsten Kurve auf dem knirschenden Schotter stehen. Ich sprang vom Moped und half ihm beim Absteigen. Obwohl ich sicher war, dass er mich nicht gehört hatte, lag Mitgefühl in seinem Blick. Mit steifen Beinen machte er einige zittrige Schritte auf den Wald zu, ließ den Blick über dessen ausgefranste Linie streifen. Dann fand er den ersten von ihm gepflanzten Mammutbaum und stieß einen langgezogenen Pfiff aus.

»Halt aus, Kaspar! Groß bist' g'word'n, Bua!«

Da die Wildtiere nichts lieber fraßen als die zarten Triebe von Tat'kas Mammutbäumen, mussten die Wipfel immer wieder, meist im Herbst, mit einer Kalklösung eingestrichen werden. Das Bäumchen vor uns war lange nicht behandelt worden. Ich half Tat'ka dabei, den Rucksack abzunehmen, stellte ihn auf den Boden, kniete mich hin und öffnete den Kübel. Tat'ka blieb mit durchgestreckten Beinen stehen und deutete auf den Pinsel.

»Magst du den für mich eintauchen, Illy?«

Erst jetzt verstand ich, dass Tat'ka Arbeiten wie diese nicht mehr allein ausführen konnte. Ich nickte und bückte mich, tauchte den Pinsel in die Farbe und reichte ihn ihm.

»Auf die Kerle muss man ein bisserl aufpassen«, sagte Tat'ka, während er mit konzentrierter Miene den Baumwipfel bestrich. »Bäume sind fast wie Menschen. Die brauchen den Halt der Familie. Deshalb muss man immer gleich ein paar Mammutbäume pflanzen und nicht zu weit voneinander entfernt, damit sie aufeinander schau'n. Wenn sich die Wurzeln erreichen können, dann ist's gut.«

»Warum pflanzt du überhaupt Mammutbäume und keine einheimische Art, wenn es so schwer ist?«

Tat'ka warf mir einen irritierten Blick zu. Dann zwickte er die Augen zusammen und fragte: »Hast du schon einmal einen ausg'wachsenen Mammutbaum g'sehn?«

»Ja, aber nur auf'm Foto«, erwiderte ich.

»Dann solltest' eigentlich wissen, warum. Echte Größe und Schönheit gibt's selten. Im Wald und bei den Menschen. Aber das heißt noch lang nit, dass diejenigen, die das Zeug zu wahrer Größe haben, keine Hilfe brauchen. Die brauchen sogar ganz besonders viel Hilfe, aber dafür is' das Ergebnis dann spektakulär, Illy. *Spektakulär.*«

Er ließ den Pinsel in den Kübel gleiten und machte Anstalten, sich wie in Zeitlupe hinunterzubeugen. Ich kam ihm zu Hilfe, schulterte den Rucksack, schnappte mir den Kübel und hielt Tat'ka den freien Arm hin. Obwohl er sich widerstandslos bei mir unterhakte, war doch er es, der die Richtung vorgab. Tat'ka kannte den Wald und wusste genau, wo seine Mammutbäume wuchsen. Ich klemmte mir den Pinsel zwischen die Zähne, während wir immer tiefer in den Wald eintauchten. Auf dem feuchten Nadelboden war Tat'ka erstaunlich trittsicher. Sobald wir eine Lichtung erreichten, auf der er mehrere Bäume gepflanzt hatte, setzte ich den Kübel ab und tauchte die Pinsel ein. Mein Kopf wurde angenehm leer. Zum ersten Mal seit Langem schien die Membran, die mich von der Welt trennte, durchlässig.

Als wir fertig waren, suchte sich Tat'ka in der Nähe des Mopeds ein sonniges Plätzchen, streckte die Beine aus und blickte zufrieden ins Tal. Ich setzte mich neben ihn. Er seufzte tief und lächelte mich dankbar an.

»Das Einzige, was wir vergessen haben, is' ein guter Proviant«, sagte er lachend. Mir fielen die Pocket Coffee ein, die ich am Vortag in die Tasche meiner Lederjacke gegeben hatte. Ich zog eines heraus und servierte es Tat'ka auf meiner Handfläche.

»Servus, Kasper! Das is' aber nett«, sagte er und griff nach der Praline. Im Augenwinkel sah ich zu meinem Entsetzen, dass er sich das Ding – wie ich selbst am Tag zuvor – mitsamt der Verpackung in den Mund steckte. *Tu es belle. Et nous aussi, on est beaux.* Mir stellten sich die Nackenhaare auf, doch Tat'ka saß mit friedlichen, ins Tal gerichteten Augen da und kaute auf dem Plastik herum. Angespannt beobachtete ich jede der ausladenden Bewegung seines Kiefers, traute mich aber nicht, etwas zu sagen. Tat'ka kaute und kaute, bewegte die Verpackung mit der Zunge hin und her. Dann spitzte er die Lippen, öffnete sie einen Spalt und zog mit hochgezogenen Brauen, als vollführte er einen Zaubertrick, erst die Plastikfolie und dann das Goldpapier aus dem Mund.

»Man muss alles mitnehmen aus dem Wald«, sagte er. »Jeden Partikel, verstehst du, Illy? Jeden einzelnen«, sagte er und wies mit dem Kopf auf seine geöffnete Handfläche.

Ich nickte. Tat'ka ließ die Verpackung im Hosensack verschwinden. Dann schaute er mir ernst in die Augen.

»Im Herbst, Illy, wenn der erste Schnee auf die Gipfel g'fallen is', musst du noch einmal herkommen und nachschauen geh'n. Der Winter is' für die Mammutbäume hart g'nug. Wenn das Rotwild auch noch die frischen Triebe abbeißt, ist's aus. Wo die Bäume stehen, weißt' ja jetzt.«

»Ja sicher.«

»Die Farb' müsst' noch reichen für den kommenden Herbst. Und wenn's doch nit reicht, schau im Büchel nach, bei mir im Schuppen. Da hab i das Mischverhältnis für die Verbissfarbe genau notiert.«

»Keine Sorge, Tat'ka. Das schaffen wir schon. Wir machen im Herbst einfach noch einen Ausflug«, sagte ich.

Er reagierte nicht, blickte nur stumm und mit glasigen Augen in den Talkessel hinunter. Auch meine Augen wanderten über die Baumwipfel ins Tal, suchten immer wieder das winzige, rot gestrichene Haus von Tristans Eltern. Obwohl es im Grunde unmöglich war, sich in einem so kleinen Dorf nicht zu begegnen, hatte ich Tristans Eltern seit dem Unglück nicht mehr getroffen. Der Gedanke daran, ihnen eines Tages gegenüberzustehen, löste Übelkeit in mir aus. Auch Tristan hatte ich seit der Feuernacht nicht noch einmal gesehen, als Lebenden nicht und nicht als Toten. Nach diesem Abend war ich mit sofortiger Wirkung von meiner Liebe geheilt. Ich nahm das alte Leben wieder auf, traf mich mit Markus und alten Schulfreundinnen und saß wieder nachmittageweise bei Tat'ka in der Werkstatt. Die Gegend um den Bahnhof mied ich, um Tristan auszuweichen. Ich ging nicht mehr in die Lokale, in denen er sich aufhielt, traf auch Kicki und ihre Freunde nicht mehr und stürzte mich mit ungeahnter Leidenschaft auf das letzte Schuljahr vor der Matura, vor allem auf den Latein- und Kunstunterricht. Beim Betrachten der Gemälde Botticellis vergaß ich alles und jeden um mich her. Wenn trotzdem etwas zu mir durchdrang, vor allem in Tristans zahllosen Briefen, die von seiner nicht abflauen wollenden Sehnsucht handelten, fühlte sich das jedes Mal an wie ein Kapitel, das ich vor ewigen Zeiten geschlossen hatte. Dutzende Briefe hatte er geschickt, handschriftliche zunächst, die er mir vor die Balkontür geworfen hatte. Mit flehenden Worten versuchte er seine Liebe in mich hineinzupressen, doch vergebens. Mein Kopf war bis oben hin voll mit Zukunftsplänen, in denen er nicht vorkam. Als er merkte, dass ich nicht mehr reagierte, begann er seine Texte am Computer zu schreiben, in bunten Farben, auf teures Papier und gar nicht mehr wirklich an mich. Je klarer das Schriftbild, desto wirrer wurde die Botschaft. Ich bekam Tristans Briefe mit der Post. Sie steckten in den Speichen meines Fahrrads. Ich fand sie im Turnbeutel in der Garderobe, im Skiständer vor dem Geschäft und sogar unter unserer Fußmatte. Überall fürchtete ich bald, eines der faulen Eier zu entdecken, die Tristan für mich versteckt hatte. Ostersonntag, ein ganzes Jahr. Nach anfänglichem Flehen und Bitten um Versöhnung hatte sich der Ton seiner Briefe geändert. Drohungen, Schimpftiraden, *du Drecksau, du widerliche Fotze.* Kurz nach Silvester hatten die Briefe ganz aufgehört, stattdessen traktierte er mich und meine Familie jetzt mit Anrufen. Tagsüber und in der Nacht. *Für wen hältst du dich eigentlich? Glaubst wohl, ich renn dir ewig hinterher?* Wenn jemand anders den Hörer abnahm, legte Tristan sofort auf. Bald traute ich mich gar nicht mehr, ans Telefon zu gehen, und zuckte bei jedem Klingeln zusammen.

Eines Abends, fast ein Jahr nach der Trennung, als ich gerade ins Bett gehen wollte, hatte mir Mutter mit fragendem Blick den Telefonhörer hingehalten.

»Servus, Dirndl. Bleib bitte kurz dran. Neben mir steht ein junger Mann, der muss dir unbedingt was sagen.«

Sofort hatte ich Bleistift-Freds vom Alkohol ausgeleierte Stimme erkannt, die gegen den Gasthauslärm anschrie. Verdattert war ich stehen geblieben und hatte gelauscht.

»Ich kann nicht mehr leben ohne dich«, hatte Tristan ins Telefon geflüstert.

Eine Wut hatte mich ergriffen, die den ganzen Körper beben ließ.

»Dann bring'st dich halt um«, hatte ich geschrien und den Hörer auf die Gabel geknallt.

Als ich das nächste Mal aufblickte, war der Platz neben mir leer. Tat'ka war allein aufs Moped geklettert und blickte mich mit einer Mischung aus Sorge und Ungeduld an.

»Reintei freintei! Illy, jetzt komm endlich her! Und schau nit immer so trüb! Davon wird keiner lebendig.«

Ich rappelte mich auf und ging zu ihm hin. Als ich aufsitzen wollte, griff Tat'ka nach meinem Arm und blickte mich einen Moment lang abwägend an. Dann nickte er mehrmals wie zu sich selbst und sagte schließlich: »Halt aus, Illy! I hab eine Idee. Wir machen einen Einkehrschwung. Einen *Einkehrschwung*, wie nach'm Skifahren. In ein Gasthaus unten im Tal. Wirst schau'n! Und da erzähl i dir was. *Einen Einkehrschwung* ...«

Er wiederholte das Wort noch einmal leise für sich, wie er es häufig tat, wenn ihm ein Wort besonders gefiel. Dann fuhren wir los. Um Benzin zu sparen, ließ Tat'ka das Moped im Leerlauf die Serpentinen hinunterrollen. Das war wie Rodeln, nur ohne Schnee, und ich genoss Tat'kas jugendlichen Übermut. Während auf dem Hinweg das Knattern der Puch Maxi den Tieren des Waldes Zeit gegeben hatte, sich in Sicherheit zu bringen, sprang nun ständig irgendein Vieh in letzter Sekunde vor den anrollenden Reifen in den Straßengraben. Als wir nach zahllosen Kurven unten zum Stehen kamen, hielt Tat'ka kurz an und drehte sich zu mir um.

»Alte Wege öffnen keine neuen Türen«, sagte er grinsend und startete den Motor. Ich verstand erst, als er bei der Kapelle nicht den Weg nahm, auf dem wir gekommen waren, sondern in die entgegengesetzte Richtung davonbrauste. Ich protestierte nicht. Was hätte es auch geholfen? Ich hoffte einfach, dass die Polizei an diesem Tag Besseres zu tun hatte, als zwei Reisende aufzuhalten.

Wir fuhren über die Landstraße in Richtung Salzburg, vorbei an Feldern, leerstehenden Fabrikhallen und blumengeschmückten Bauernhöfen. Zur Linken begrenzte der Niederkaiserkamm die Sicht, zur Rechten grün überwucherte Hügel. Mein Haar flatterte und der Rücken meines Kleides bauschte sich im Wind. Im Gesicht spannte es. Ein Sonnenbrand kündigte sich an.

Das blauweiße Ortsschild des Nachbardorfes. Hier hatten Tristan und ich uns zum ersten Mal gesehen, in einer Frühlingsnacht vor acht Jahren. Später waren wir öfter hergekommen. Zum letzten Mal im Herbst vor der Matura, als wir Tristans Onkel besucht hatten, der im engen Knäuel der Gassen, die sich um den Kirchturm zurrten, ein Haus besaß. Tristans Onkel war ein fröhlicher Mann mit schiefen Zähnen und dichtem Bart. Er hatte keine Frau, dafür saß jeden Nachmittag, wenn er von der Arbeit kam, ein Freund in seinem Garten, um sich mit ihm zu betrinken. Wir hatten auch ein paar Mal dort gesessen und obwohl ich mich beim Alkohol zurückhielt, hatte es mir bei Tristans Onkel jedes Mal gefallen. Trotz der Trinkerei war er ein geistreicher Mann und nahm das Leben leicht. Immer wieder hatte er uns nachgeschenkt am Nachmittag unseres letzten Besuchs, hatte den Graben zwischen Tristan und mir mit Wein zugeschüttet, bis ich zahm geworden war, anschmiegsam. Dann hatte es Fisch gegeben, den er in der Früh aus dem Teich gezogen hatte. Wir hatten in seinem Altweibersommergarten gegessen, unter einem riesigen, herbstlich bunten Ahornbaum, in dem der Wind so laut rauschte, dass man das eigene Wort nicht verstand.

Schmerzlich wurde mir nun, während wir durch den Ortskern fuhren, bewusst, dass ich nicht nur Tristan, sondern auch den Onkel und seinen wunderschönen Garten nie wiedersehen würde. Und wahrscheinlich bereute er es mittlerweile, mich damals bewirtet zu haben. Nie wieder würde ich in dieser Gegend einen unbekümmerten Schritt machen können.

Mich schauderte und ich klammerte mich hastig an Tat'ka, duckte mich, drückte mein Gesicht gegen seinen Rucksack. Als ich Minuten später aufsah, fiel mein Blick auf die hellblaue Rutsche des Freibads. Tat'ka bog links ab und fuhr eine Straße entlang, die mir bekannt vorkam. Ein mehrstöckiger Bauernhof lag neben der Straße im Feld wie ein blumengeschmücktes Tankschiff in einem Meer aus Seegras. Das konnte doch nicht ... Nein. Von all den Gasthäusern der Gegend ... Doch eigentlich war mir längst alles klar. Es gab nur ein Gasthaus auf der gesamten Strecke, ein Gasthaus, in dessen Keller sich eine Disko befand ... Ich vergrub das Gesicht noch tiefer in Tat'kas Rücken, so tief, dass mir eine metallene Schnalle seines Rucksacks in die Wange ritzte.

Als die Maschine nach endloser Fahrt zum Halten kam, wollte ich gar nicht aufsehen. Ich wusste auch so, wo wir gelandet waren. Wie ein angestochener Luftballon glitt ich von der Maschine, versuchte, irgendwie die verlorene Balance wiederzufinden. Jeder Schritt kostete mich so viel Kraft, dass ich wie eine Gleichaltrige neben meinem fast hundertjährigen Uropa ging.

Ich drückte die hölzerne Eingangstür auf. Als Tat'ka eingetreten war und in automatisierter Geste erst den Hut abgenommen, dann seine Federn glattgestrichen hatte, folgte ich ihm ängstlich ins Innere, setzte mich neben ihn an einen Fensterplatz und bestellte, als könnte es mich gegen die Erinnerungen schützen, einen Bananensplit. Tat'ka orderte Kaffee, Strudel und ein Weißbier, dann sank er auf die gepolsterte Lehne der Eckbank zurück und ließ den Blick durch den Raum schweifen. Als ich erkannte, dass wir die einzigen Gäste waren, löste sich der Krampf in meinem Inneren etwas, und ich nahm meine Umgebung genauer wahr. Die Zirbenholzstube, in der wir saßen, die nikotinfarbenen Vorhänge mit den dunkelroten Blumenstickereien, die mit Tierhaut bespannten Lampenschirme, den über allem schwebenden Geruch nach Frittierfett, Rauch und eingeschlossener Frühjahrsluft. Auch Tat'kas müde gewordenes Gesicht, das sich schlagartig mit weißen Bartstoppeln überzogen hatte und erst aufhellte, als die Kellnerin Kaffee und Kuchen vor ihm abstellte. Er nickte zum Dank, nahm die Tasse in beide Hände und trank sie in wenigen Schlucken leer. Und auch beim Essen erinnerte Tat'ka noch immer mehr an einen nicht satt zu kriegenden Teenager als an einen Greis. Ich hatte meinen Bananensplit noch nicht bekommen, da hatte er seinen Strudel schon weggegabelt und schaute ungeduldig zur Bar, wo die Kellnerin konzentriert die Weißbierflasche über die Anrichte rollte.

»Das hier war früher das Gasthaus zur Blutigen Hand«, begann er plötzlich und wischte sich mit der Serviette die letzten Krümel des Strudels von den Lippen. »Die Tische steh'n noch wie anno dazumal, aber vergleichen kann man das nit. Früher ist das ganze Dorf hier g'sessen. Servus, Kasper, war das ein Betrieb! Der Stammtisch war schon in der Früh voll und ab Mittag war's hier wie in einem Bienenstock, einem *Bienenstock* mit faulen Bienen wohlgemerkt!«

Er lachte laut auf, verstummte aber sofort, als er die Kellnerin sah. Sie kam mit dem Weißbier auf einem Tablett an unseren Tisch und warf Tat'ka ein Lächeln zu. Er erwiderte es, prostete vor sich in die Luft und nahm, während sie das Geschirr abräumte, einen ersten großen Schluck. Er stieß einen Laut des Wohlgefallens aus, wartete, bis sie außer Hörweite war, ehe er weitersprach.

»Die Betreiber heut' verlassen sich ja nur noch auf Feriengäste, aber Feriengäste werden keine mehr kommen, wenn der Schnee erst wegbleibt. Und das wird früher sein, als die Leute glauben. Viel früher. Dann müss'n s'sich nach anderen Einnahmequellen umschau'n.«

»Die haben seit ein paar Jahren eine Disko im Keller«, sagte ich mit belegter Stimme.

Tat'ka verzog leicht den Mund, ging aber nicht darauf ein, sondern eilte gedanklich zu seiner Erzählung zurück.

»Die Blutige Hand hat so g'heißen, weil der Wirt selber g'schlachtet hat. Einmal die Woche haben's Viecher abg'stochen. Reintei freintei, das Fleisch war zart. Heute gibt's so was ja nit mehr. Ihr Jungen heute esst's ja sowieso nur noch *Chicken Wings*, gell? Chicken Wings ... Damals aber war das Gasthaus bekannt fürs Gröstl und die exzellente Blutwurscht. *Exzellent* war die, Illy. Das hättet's sogar ihr Vegetarier zugeben müssen ... Und im ganzen Unterland hat's keine schönere Wirtsfrau gegeben als wie die Karoline Krummbiegl ... Die Karoline hat mit ihrem Mann, dem Franz, zwei Töchter g'habt, die Berna und die Ursel. Die Berna hab i leider nie wirklich kenneng'lernt. Sie ist vor ein paar Jahren erst g'storben, aber die Ursel. Die hab i gut 'kannt ...«

Er wandte den Blick in Richtung Fensterbrett und schaute an den Kakteen vorbei in die Ferne.

»Ja, die Ursel. Sie hat vielleicht keinen schönen Namen g'habt, aber sie war mindestens so schön wie ihre Mama. I würd' heut' vielleicht sogar sagen, die Ursel war die Schönere.«

Die Kellnerin trat erneut an unseren Tisch. Auf ihrem Tablett thronte mein Eisbecher.

»Lass dir's schmecken, Dirndl«, sagte sie, als sie mir den Becher hinstellte, und drehte sich zum Gehen.

Ich hatte mir schon lange nichts mehr *schmecken lassen*, doch zu meiner Überraschung meldete sich nun wirklich der Hunger. Falls mich Tristans Onkel oder ein anderer rachelüsterner Verwandter hier aufstöbern sollte, wäre ich ihm wenigstens nicht hungrig ausgeliefert. Ich stieß den Löffel in eine mit Schokosauce übergossene Bananenhälfte und wandte mich kauend Tat'ka zu, der noch immer zum Fenster hinausschaute. In seinen Augenwinkeln glänzte es.

»Was war denn jetzt mit der Ursel?«, fragte ich schließlich.

»I hab sie sehr gerng'habt, die Ursel«, sagte Tat'ka nach einer endlosen Pause. Dann schwieg er wieder.

Eine Zeitlang war nur das Klappern meines Löffels zu hören, der sich scheinbar ohne mein Zutun über das Eis hermachte. Bissen um Bissen führte ich in den Mund, kaute, schluckte, blieb hungrig. Als ich den Löffel schließlich niederlegte und die Hand sinken ließ, legte Tat'ka seine, vierfingrig und sonderbar warm, darauf. Plötzlich war das Leben erträglich. Minus und Minus gibt Plus.

»Die Eltern von der Ursel waren rechtschaffene Leut', wohlhabend, gottgläubig. Das war hier früher eine lukrative Gastwirtschaft. Aber wie es oft geht mit den rechtschaffenen Leuten, hatten's den Bürgermeister gegen sich. Der Bürgermeister, der *damalige* natürlich, hat selber ein Gasthaus g'habt, den Goldenen Adler, gleich neben der Kirche. Und da hat's immer eine gewisse Konkurrenz 'geben. Weil sie sich nit verstanden haben mit ihm, is' die Ursel nit hier in die Volksschule g'gangen, sondern bei uns im Dorf. Und so ist's gekommen, dass i die Ursel schon 'kannt hab, da hat sie grad' buchstabieren g'lernt.«

Er stieß einen Seufzer aus, drückte meinen Handrücken, dann ließ er los und griff nach dem Bierglas.

»Die Ursel und i war'n seit der Kindheit Freunde«, fing er wieder an. »Aber bei mir war da von Anfang an mehr. Immer, wenn im Märchen von einer Prinzessin die Rede g'wesen is', hat diese Prinzessin in meiner Vorstellung das Gesicht von der Ursel g'habt, von der Ursel mit ihren blonden Zöpfen.«

Wieder kam die Erzählung ins Stocken. Ich wollte hören, wie es mit den beiden weitergegangen war, gleichzeitig sehnte ich mich nach einer Zigarette. Neben Tat'ka wollte ich nicht rauchen, also biss ich auf meinem Daumennagel herum und schaute ihn erwartungsvoll an.

»Die Eltern von der Ursel haben natürlich g'merkt, dass der kleine Korbinian in ihre Tochter verschossen g'wes'n is'. Und die Ursel hat wohl auch oft genug daheim von mir g'redet. Jedenfalls waren wir von Kindesbeinen an unzertrennlich und weil i als Sohn eines Tischlers zumindest einen gewissen gesellschaftlichen Rang g'habt hab, is' es bald eine ausg'machte Sache g'wes'n, dass die Ursel einmal meine

Frau wird. Und i bin im Glauben, dass i bald Wirt hier sein werd, dass die Blutige Hand einmal mein Gasthaus wird, älter g'worden und schließlich ein junger Mann.«

Ich schaute mich in der Gaststube um. Tat'ka als Wirt? Er, der die meisten Leute mied? Er hob den Kopf, zuckte nicht ohne Stolz mit den Schultern und schnalzte leise mit der Zunge.

»Im Laufe eines Lebens tun sich viele Wege auf, Illy. Man kann nit zwei auf einmal gehen. Aber aussuchen kann man sich viel.«

Mein Blick fiel auf Tat'kas Ehering, den er auch jetzt noch, zwanzig Jahre nach dem Tod seiner Frau, trug. Meine Erinnerungen an die Uroma waren blass, doch ich wusste, dass sie nicht Ursel, sondern Maria geheißen hatte.

»Kaum dass i fünfzehn g'worden bin,« setzte er wieder an, »war der Krieg zu Ende und der Vater tot. Mein älterer Bruder hat die Werkstatt übernommen. Mich hat die Mutter auf die Handelsakademie geschickt. Ein Wirt muss schließlich was vom Geld versteh'n. Meine Wochenenden hab i damals mit der Ursel verbracht. Meistens sind wir wandern 'gangen, in größeren Gruppen, alles recht harmlos. I hab nit einmal Alkohol 'trunken, damit ihre Eltern nix in der Hand haben gegen mich. Die Mutter hat sich auch sehr gut verstanden mit der Ursel und ihren Eltern. Bestimmt hat sie schon von ihr als Schwiegertochter geträumt. I bin jedenfalls durch die Gegend wie ein verliebter Ochs und hab ihr nach Strich und Faden den Hof g'macht. Einmal bin i sogar bis zum Ellmauer Halt hinauf, um ein Edelweiß zu pflücken für sie. Servus, Kasper, da hat's g'staunt! An dem Tag hat die Ursel mir versprochen, dass s'mich nimmt.«

Auf Tat'kas Gesicht erschien ein verwegener Zug. Und

mich erfüllte ein seltsamer Stolz, die wahrscheinlich letzte in einer Reihe geliebter Mädchen in Tat'kas Leben zu sein. Als hätte er meinen Gedanken erraten, tastete er nun mit schuldbewusster Miene nach dem Ehering und drehte daran. Er seufzte, ließ den Blick einen Moment lang auf dem Feld vor dem Fenster ruhen, dann erzählte er mit leiser Stimme weiter.

»Vier Jahre nach Kriegsende hat mein angeberischer Cousin, der Alpenburger Steff, am Achensee Hochzeit g'feiert. Die Eltern von der Ursel war'n einverstanden, dass wir zusammen auf die Hochzeit geh'n, aber nur, wenn wir die Berna mitnehmen, die Schwester von der Ursel, die zwei Jahre jünger war als sie. I wär' natürlich lieber allein g'fahren mit meiner Ursel, aber das waren halt die Bedingungen. Reintei freintei, war das ein schöner Tag, fast so ein blauer Himmel wie heut'! Die Stimmung war fröhlich und die Hochzeitsgesellschaft munter beisammen. Nach der Kirche haben sich alle in Pertisau 'troffen, zu einer Bootsfahrt auf dem See. Die Ursel und i war'n wie verzaubert von dem weißen Dampfer. So einen hat's seit vor dem Krieg nit mehr 'geben. Und damals war es auch nit so, dass die Jugend Geld g'habt hat und sich alles leisten konnte. Auf einem Dampfer war i überhaupt noch nie davor und soweit i weiß, war es für die Ursel auch das erste Mal auf einem Schiff. Die Ursel hat sich gut um die Berna 'kümmert, aber richtig verstecken konnten wir nit, dass wir verliebt war'n und sie uns ein bisserl lästig.

Auf dem Dampfer hat's Schaumwein 'geben. Servus, Kasper, richtigen *Schaumwein*. Ausgeschenkt von Kellnern in weißer Livree, *mondän* war das damals. Sehr mondän. Wie die meisten Gäste haben die Ursel und i keine Ahnung von

Schaumwein g'habt. Wir war'n ja Kinder von Landmännern, keine Bürgerkinder. Wir hab'n den Schaumwein 'trunken wie Saft. Und es is' so schnell nachg'schenkt word'n, da ist man mit dem Trinken gar nit hinterhergekommen.«

Ich spürte Tat'kas Aufregung so deutlich, dass ich auf meinem Platz herumzuzappeln begann, bis Tat'ka mir einen ermahnenden Blick zuwarf.

»Der Berna ha'm wir nur einen Schluck geb'n, aber da is' sie schon munter auf'm Deck herumg'sprungen und hat reihum Freundschaft g'schlossen. *Reihum.* Die Berna war wirklich ein aufgewecktes Mädel. Später dann leider nimmer so ... An dem Tag aber hat sie ein leuchtend rotes Sommerkleid ang'habt mit einer großen hellen Schleife auf der Brust. I weiß noch, wie sie immer wieder von einer Seite des Bootes zur andern geflitzt is'. Bei jedem Schritt hat die Schleife gewippt. Das hat ganz komisch ausgeschaut. Das Kleid von der Ursel hat mir besser g'fallen, weil es zarter war. Reintei freintei, sie war eine Schönheit in dem Kleid! Ein blasses Gelb wie die Flügel von einem Zitronenfalter. Du weißt, wie der ausschaut, der Zitronenfalter, gell?«

Ich nickte, doch Tat'ka sah mich gar nicht an. Er starrte mit verklärtem Blick an mir vorbei durchs Fenster und lächelte bitter.

»Wie wir g'sehen haben, dass die Berna sich gut unterhält, hab'n wir endlich ein bisserl Zeit gehabt für Zweisamkeit. Die Ursel in meinen Armen, so sind wir auf dem Deck g'standen und hab'n auf die umliegenden Berge g'schaut und aufs Wasser, in dem sich der Himmel g'spiegelt hat und die bauschigen Wolken, *Cumuluswolken* waren das. Dann is' die Tanzfläche eröffnet word'n und nachdem wir erst scheu am Rand g'standen sind, ist's auf einmal los'gangen. Reintei freintei, haben wir uns gedreht! Die Ursel war eine gute Tänzerin und dass i gerne tanz, weißt' ja.«

Das wusste ich allerdings, da ich seit Jahren Tat'kas einzige Tanzpartnerin war. Alle anderen hatten die Nase voll von ihm, schließlich war er gebrechlich wie ein poröser Ast, doch er musste immer noch führen und tanzte sich ständig in einen Schwindel hinein, der ihm nicht guttat.

»Die Berna«, setzte er wieder an, »hat auch immer wieder 'tanzt mit dem Sohn vom Bäckermeister Egon und einem anderen Burschen, von dem i den Namen nimmer weiß ...«

Tat'ka brach ganz plötzlich ab und ließ einen Seufzer hören.

»Illy, das Glück is' ein Vogerl.«

Sein Blick wanderte von den Kakteen auf dem Fensterbrett zur Wiese hinaus, auf der in einiger Distanz zwei schwarz gefleckte Kühe in der Sonne lagen. Er nahm sein Glas, führte es zum Mund, trank aber nicht, sondern hielt es sich gedankenverloren an die Lippen. Nachdem er seine Sätze im Geiste vorbereitet hatte, setzte er es ab, holte Luft und sprach weiter.

»Bestimmt zwei Stunden lang sind wir kreuz und quer über'n See g'fahr'n. Dann hat der Kapitän 'dreht und wir sind Richtung Pertisau zurück, wo man im Seegasthof Webern schon die Tafel gedeckt hat für uns. Alles stellt sich also drauf ein, dass es jetzt bald Essenszeit is' und wir gleich von Bord gehen müssen. I seh schon den Landungssteg vom Gasthof Webern auf uns zukommen und bin insgeheim ein bisserl traurig, dass die Fahrt so schnell vorbei sein soll, da steigt mir Rauch in die Nase. Unten, in der Küche vom Schiff, muss etwas angebrannt sein. Das wundert mi, weil es gar nix zum Essen geb'n hat auf'm Schiff. Bald murmeln alle durcheinander, manch einer glaubt, jetzt gibt's ein Feuerwerk, aber das scheint mir um die Tageszeit komisch. I überleg noch, woher der Rauch kommen könnt', da springen schon die Ersten, zwei junge Burschen, johlend ins Wasser. In Anzügen, die waren viel feiner gekleidet als wir, und schwimmen die paar Meter, vielleicht fünfzehn, vielleicht zwanzig, zum Steg. Die anderen Gäste schau'n mit offenem Mund hinterher. Halt aus, Kaspar! Wie die aus dem Wasser gestiegen sind in ihrer tropfnassen Abendgarderobe! Die war wirklich *tropfnass.* ›Wir hol'n gleich die Feuerwehr‹, hat der eine g'schrien, i bin nit sicher, ob das ein Scherz gewesen is'. Die Ursel jedenfalls hat geglaubt, dass das ein Witz war. Sie hat noch lachend gesagt: ›Bei dem Blödsinn, da mach i nit mit. Mein Kleid war so teuer. Wenn das nass wird. Und wer will schon wie ein begossener Pudel beim Festmahl hocken!‹ Mir geht's wie den meisten, i bin einfach verwirrt. Der Schaumwein wirkt noch immer nach. Die Stimmung is' aufgeheizt, die Gäste reden durcheinander und sind übermütig. Immer wieder springen welche. Reintei freintei, das macht ein ganz eigenes Geräusch. I find's lustig. In schönen Kleidern hüpfen die ins Wasser, die Männer im Anzug, die Frauen in teurer Seide. Ja, in *teurer Seide.* Auch mir is' vom Alkohol und der Sommerhitze viel zu heiß ...

Dann springt das Brautpaar von Bord. Und das ganze Schiff klatscht dazu. I seh noch genau vor mir, wie die Ursel und i uns anschau'n und dann den beiden hinterher, wie sie die paar Meter zum Ufer schwimmen und der weiße Schleier der Braut auf'm Wasser treibt wie ein viel zu teures Fischernetz. Da hat mich zum ersten Mal das Grausen

’packt. I bin richtig zusammen’zuckt vor Schreck. Das is’ kein Scherz, wird mir klar. Und der Rauch um uns wird immer dichter. ›Feuer!‹, rufen die Ersten. ›Feuer!‹ Und jetzt is’ wirklich ein Feuer auf dem Schiff. ›Wir müssen springen‹, hab i zur Ursel g’sagt. ›Aber die Berna‹, schreit die Ursel zurück. ›Wo ist die Berna?‹ ›I schau gleich nach ihr‹, sag i, ›aber du, bitte spring mit den andern!‹ Sie schluckt und sie nickt, und wir geben uns zum Abschied ein Busserl. Und dann bin i los, die Berna suchen. I bin auf’m Deck herum und hab sie g’sucht, die Berna. Überall! Immer mehr Paare springen in schönster Montur ins Wasser, in Seidenkleidern, mit Schleifen und Rüschen, in teuren Anzügen. Und sobald sie das Ufer erreichen, lachen sie laut. Reintei freintei, was für ein Spaß! ›Die Ratten verlassen das sinkende Schiff!‹, schreit einer johlend hinterher. ›Von dieser Hochzeit werd’ ma lang no red’n.‹ Jetzt sind schon die meisten Leute von Bord. In der Ferne klingt das Martinshorn. Eine Aufregung! Ein Krawall! ›Berna!‹, schrei i immer wieder und renn verzweifelt in den Schiffsbauch hinunter. Und da, auf einmal, seh i durch ein Bullauge, das halb im Wasser liegt, das Zitronenfalterkleid von meiner Ursel vorbeisegeln. I seh ihre schönen nackten Füße in den blauen Sandalen ins Wasser stechen, die Beine und für einen winzigen Moment ihr Gesicht, wie sie hinter den roten Lippen die Luft anhält, die Augen sind schon zu. Zumindest in der Erinnerung schaut das so aus. Wunderschön. Wie im Wasserballett. Jetzt is’ sie sicher, denk i mir noch und such auch schon weiter nach der Berna. ›Berna!‹, schrei i jetzt wieder. Und – Servus, Kasper! – da seh i sie. Mit wippender Schleife und rotem Kopf kommt sie direkt auf mi zu. ›I war doch nur auf’m Klo!‹, schreit sie mir entgegen und lacht. I bin aber nimmer zum

Spaßen aufg'legt. ›Berna, wir müss'n jetzt springen‹, schrei i und reiß sie die Stufen hinauf. Oben klettern alle auf die Reling hinauf. Alle gleichzeitig hüpf'n von Bord. ›Reintei freintei, komm, halt dich fest!‹ Hinter uns lodern die Flammen. Die paar Meter, das schaff'n wir leicht ... Dann sind wir g'sprungen, die Berna und i, Hand in Hand. Mein' Lebtag hab i den Anblick behalten, das Kleid von der Berna, das sich im Fall gebauscht hat wie ein Blutschwamm. Im nächsten Moment sind wir ins Wasser 'taucht, ins Kalte, weit runter, der See ist ja tief, und dann schleunigst herauf und den Kopf in die Luft. Wie i den Kopf von der Berna hab auftauchen seh'n, war i erleichtert. Dann hab i zum Steg g'schaut und da sind alle g'standen, alle außer der Ursel. Sie wartet bestimmt am Ufer auf uns, hab i mir g'sagt und bin schleunigst, die Berna im Schlepptau, zum Steg. Überall Köpfe und schwimmender Stoff. I hab die Berna an Land g'hievt und bin dann selber aus'm Wasser. Und wirklich, da sind sie alle g'standen, lachend und tropfnass. Alle sind sie da g'standen außer meiner Ursel, die sie erst zwei Wochen später aus'm Wasser g'fischt hab'n.«

Tat'ka ließ die Arme auf die Oberschenkel sinken und blieb einige Augenblicke lang mit hängenden Schultern sitzen. Dann hob er den Kopf und schaute durchs Fenster aufs Feld hinaus. Ich folgte seinem Blick, der immer weiter wanderte, immer weiter hinaus, einem Ort zu, an den man beim besten Willen nicht gehen kann, zu dem Ufer, an dem die Ursel schon so lange auf ihn wartete.

»Jetzt wein nit, Illy. So is' das Leben manchmal halt«, seufzte Tat'ka, wischte sich eine Träne von der Wange und legte den Arm um mich.

Erst jetzt spürte ich meine heißen Wangen, sah die beiden Flecken, die sich auf meinen Oberschenkeln ausbreiteten. Tat'kas Arm lag um meine Schultern wie ein Rettungsreif, in den ich mich dankbar sinken ließ. Ich wischte mir mit dem Ärmel übers Gesicht, versuchte zu verstehen, was ich gehört hatte. Wie war es Tat'ka nach dieser Geschichte gelungen, der Mensch zu werden, den ich kannte? Hatte er sich schuldig gefühlt an Ursels Tod? Wie hatten ihre Eltern reagiert? Ich hatte viele Fragen.

»Das muss schwer gewesen sein, die Zeit danach«, sagte ich stattdessen. Wieder kamen mir die Tränen. Ich wehrte mich nicht dagegen.

»Leicht war's nit.«

Tat'ka führte die Hände vor dem Körper zusammen, faltete sie, legte sie in den Schoß, betrachtete sie nachdenklich.

»Die Mutter, die viel gesehen hat und eine große Pragmatikerin g'wesen is', hat nur g'sagt: ›Dann nimmst halt die Berna.‹ Aber i bin immer ein Mensch g'wesen, keine Maschine. Und die Berna, in der is' an dem Nachmittag auf dem See was gerissen. Die war nimmer zum Brauchen, bis zum Ende nit.«

Er seufzte noch einmal, dann straffte sich etwas in ihm und er blickte mir entschlossen in die Augen.

»Du kannst niemand anders beschützen. Nit wirklich. Sicher, du kannst's probier'n, aber helfen tut's nit. Für dich und dein Leben musst' verantwortlich sein! Das klingt nach keiner Heldentat, i weiß. Aber es is' eine. Die meisten schaffen nit einmal das. Für die hat immer jemand anders Schuld. Nach dem Tod von der Ursel hab i beschlossen, dass in meinem Leben kein anderer mehr schuld sein soll. Nie wieder.«

»Darf's bei euch noch was sein?«, schaltete sich die Stimme der Kellnerin ein.

»Nur die Rechnung«, sagte Tat'ka und griff nach seinem Hut.

Tat'ka zahlte. Dann standen wir auf und verließen schweigend die Gaststube. Die Sätze meines Urgroßvaters hallten in mir nach. Ich hielt ihm die Tür auf, trat hinter ihm ins Freie. Obwohl kaum eine Stunde vergangen war, fühlte es sich an wie ein neuer Tag. Der Parkplatz vor uns lag mittlerweile im Schatten. Im Vorbeigehen konnte ich nicht anders, als auf den Eingang zur Disko zu schielen. Beim Anblick der braunlackierten Tür versetzte es mir einen Stich. Ich schaute zu Tat'ka, der an meinem Arm einen Schritt vor den nächsten tat. Dann über den leeren Parkplatz und zu den Bergen hinüber. Die Dramen meiner Familie waren auf seltsame Art mit diesem Gebäude verzahnt, diesem hinfälligen Bau, der wie ein angebackener Pfannenrest am Fuße des Berges klebte. Ich spürte, dass Tat'ka von hier wegwollte. Fast zog er mich hinter sich her über den knirschenden Kies.

Ein Auto rollte auf den Parkplatz, ein roter Ford. Als ich den Mann hinterm Steuer erkannte, senkte ich den Blick. Der Wagen hielt, der Motor verstummte. Im nächsten Moment hörte ich – unerträglich laut – das Surren elektrischer Fensterheber, das Schnalzen eines Gasfeuerzeugs. Ich kehrte Ediaxel, der in seinem Auto auf Kundschaft wartete, den Rücken zu und ging seltsam verdreht an ihm vorbei. Ich betete, dass er mich nicht sah. Endlich erreichten wir das Moped. Ich nahm Tat'kas Hand und legte sie auf den Lenker, in der Hoffnung, dass er dadurch schneller aufsteigen würde. Er aber ließ sich Zeit.

»Es is' noch nit lang' her, vielleicht drei Jahr', vielleicht vier«, sagte er angestrengt, während er sein rechtes Bein über den Sattel schwang. »Da war i auf der Beerdigung von der Berna. Is' alt geworden, die kleine Berna.«

»Habt ihr nie über die Ursel geredet?«, flüsterte ich.

In einer winzigen Bewegung, die Augen auf den Lenker gerichtet, schüttelte Tat'ka den Kopf.

»Im Leben geht's nit so zu wie in diesen amerikanischen Filmen, Illy, wo sich immer alles auflöst und gut wird am Ende. Für manche is' das Leben wie eine Hühnerleiter, *eine Hühnerleiter*. Kurz und beschissen.«

Ich schwang mich hinter Tat'ka aufs Moped. Als er den Motor angeworfen hatte und die Maschine Fahrt aufnahm, hob ich die Lider, wagte einen Seitenblick auf Ediaxel in seinem Wagen. Doch da war nichts. Kein Auto und auch Ediaxel nicht, nur meine Angst pfiff über den Kies. Wir fuhren auf die Landstraße hinaus. Benommen löste ich die Augen vom Parkplatz und zwang mich, geradeaus zu schauen.

~

Auf dem Rückweg nahmen wir die Höhenstraße. Wir brausten an weidenden Kühen vorbei, deren fleckiges Fell mich an Schwarzweißversionen des bewölkten Himmels denken ließ. Mehrfach durchquerten wir kleine Wälder, tauchten für Momente ein in ihre moosige Kühle, dann nahm uns die Sonne wieder in Empfang. Die längste Zeit ging es an Felswänden entlang, von denen in hunderten dünnen Fäden das Schmelzwasser tropfte. In den schattigen Winkeln roch es nach feuchter Erde. Ich sog den Geruch ein, als wäre ich zum ersten Mal hier oben unterwegs. Jetzt, im Fahrtwind, meldete sich die kleine Wunde in meinem Gesicht als brennender Schmerz. Trotzig hielt ich das Gesicht in den Wind.

Nach einer halben Stunde, in der es zunächst bergauf gegangen war, dann einige Minuten auf einem bewaldeten Plateau geradeaus, bis sich die Straße wieder ins Tal hinunterschlängelte, erreichten wir die ersten Häuser des Dorfes. Tat'ka manövrierte das Moped durch die Gassen, immer wieder eine Hand zum Gruß an den Hut tippend. Kurz darauf kamen wir vor dem Gartentor seines Hauses zum Stehen.

Ich sprang vom Moped und half Tat'ka, den unser Ausflug sichtlich mitgenommen hatte, beim Absteigen. Während er mit zittrigen Schritten aufs Haus zusteuerte, schob ich das Moped in den Schuppen. Dann eilte ich hinter ihm her und bot ihm auf den letzten Metern den Arm. An der Haustür angelangt, holte ich den Schlüssel hinter dem Fensterbalken hervor, schloss auf, ließ Tat'ka den Vortritt und trat hinter ihm in den kühlen Hausflur, wo ich am Morgen mein Gepäck abgeworfen hatte. Seit zwei Tagen trug ich ununterbrochen das schwarze Kleid, einen ausgewaschenen Fetzen, den ich vor Jahren in Innsbruck gekauft hatte. Doch statt mich umzuziehen, bevor ich zu meinen Eltern ging, behielt ich es an und zurrte den Rucksack zusammen. Als ich mit geschultertem Gepäck in die Küche trat, lag Tat'ka mit geschlossenen Augen auf der Couch. Alt wie das Meer sah er plötzlich aus und so schwach und hinfällig, wie er mir am Morgen erschienen war. Ich wollte ihn schlafen lassen, beugte mich lautlos hinunter, um ihm einen Kuss auf die Wange zu drücken, da schlug er noch einmal die Augen auf, streckte die dürren Arme aus und legte sie um mich. Wir umarmten uns lange. Tat'ka wollte mich gar nicht mehr auslassen, doch der Rucksack wog so schwer auf meiner Schulter, dass ich mich bald aus der vorgebeugten Haltung befreite.

»Freust dich auf die Feier nächsten Dienstag?«, fragte ich zum Abschied.

Er schaute mich überrascht an.

»Deine Geburtstagsfeier zum Hunderter«, setzte ich hinterher, »das wird bestimmt ein Riesenfest.«

Tat'ka antwortete nicht sofort, sondern schaute beim Fenster hinaus, wo sich ein in Zeitlupe verblassender Kondensstreifen über den Himmel zog.

»I freu mich auf das, was kommt«, sagte er schließlich und schloss die Augen.

Einen Moment lang blieb ich vor ihm stehen und schaute auf seine geschlossenen Augen. Dann bemerkte ich, dass auf der karierten Plastiktischdecke des Tisches noch immer das Frühstücksgeschirr stand. Damit wollte ich Tat'ka nicht allein lassen. Also lud ich den Rucksack wieder von den Schultern, lehnte ihn gegen die Küchenzeile, räumte den Tisch ab und ließ heißes Wasser ins Spülbecken. Tat'ka schien tief und fest zu schlafen, während ich den Abwasch machte, und zuckte nicht einmal mit den Lidern, als ich mit den gespülten Tellern klapperte. Tat'ka kannte meinen Schmerz. Er hatte ihn selbst erlitten. Ich sah ihn vor mir, wie ich ihn von alten Fotos kannte: gutaussehend, wohlhabend, glücklich verheiratet mit meiner Uroma. Und doch hatte er Schmerz und ein Gefühl der Schuld an Ursels Tod ein Leben lang mit sich herumgetragen. Ich stellte mir vor, wie er sich Jahrzehnte später noch am Jahrestag ihres Todes im Zimmer einschloss und heimlich betrank. Ursels

Tod, so schlimm er auch gewesen war, hatte Tat'ka nicht zu Fall gebracht. Trotzdem hatte ich den Eindruck, als wäre die Geschichte erst jetzt, nachdem er sie mir erzählt hatte, auch für ihn abgeschlossen. Ich trocknete das Geschirr ab, räumte alles weg und hievte den Rucksack zurück auf meine Schultern. Nach einem letzten Blick auf den schlafenden Tat'ka öffnete ich die Küchentür. Da hörte ich ihn mit erstaunlich klarer Stimme sagen: »Richt' deinem Papa aus, dass er mich morgen um acht abholen soll. I bräucht' bitte einen Chauffeur.«

»Ja, sicher«, antwortete ich. »Wo willst denn hin?«

Doch Tat'ka antwortete nicht und öffnete auch seine Augen nicht mehr. Ich verließ die Küche, schlich über den Flur und zog die Haustür hinter mir zu. Zum ersten Mal seit Langem beschleunigte ich nicht den Schritt, als ich in die Hauptstraße einbog, sondern spazierte wie früher mit offenem Blick. In den kleinen Läden und Lebensmittelgeschäften waren zahlreiche Leute unterwegs. Die Türglocken klingelten, Menschen begrüßten einander und verabschiedeten sich. Irgendwo bellte ein Hund. Etwas Feierliches lag in den Geräuschen des Alltags. Im Vergleich zu Marseille schienen die Menschen hier Zeit für Gespräche und das Betrachten der Auslagen zu haben. Plötzlich spürte ich, wie sich mir das Dorf zuwandte, wie es sich mir erneut öffnete. Häuser, Menschen und die im Hintergrund liegenden Berge hatten ihre feindliche Wirkung verloren. Immer wieder erkannte ich ein bekanntes Gesicht und grüßte vorsichtig. Vielleicht war es auch mir möglich, allen Verwundungen zum Trotz Hoffnung zu haben.

Von Weitem sah ich unser Haus mit der erleuchteten Fensterfront und dem Neonschriftzug SPORTMODEN HOFER. Den hölzernen Balkon vor meinem Zimmer zierte ein Schwall roter Pelargonien. Im seitlich angeschlossenen Gärtchen blühten die Pfingstrosen und auch die Auslage des Geschäfts wirkte festlich herausgeputzt. Ein Berg aus Styropor war darin zu sehen, in dem einige Plastikedelweiß steckten. Auf dem Gipfel war ein Karabiner samt Seil eingeklinkt, dessen Ende eine Schaufensterpuppe im Kletteroutfit in Händen hielt. Dahinter konnte ich die Umrisse der großen Gestalt meines Vaters erkennen, der hinter der Kasse stand, vornübergebeugt, um einem Kunden den Schraubmechanismus eines Teleskopstocks zu erklären. Ich ging die Einfahrt hinunter in Richtung der kleinen grünen Holztür von Tat'kas Werkstatt, durch die ich fast zwanzig Jahre lang täglich mehrmals aus- und eingegangen war. Aus dem Inneren des Hauses drang die überraschte Stimme meiner Mutter. Ich machte einen großen Schritt auf die Haustür zu. Auf einer der Pfingstrosen saß ein zitronengelber Falter.

DIENSTAG, 18. MAI 2004

Holz arbeitet

Von Weitem schon sah ich die Menschenmenge, die sich auf dem sonnengefluteten Kirchplatz drängte wie ein Schwarm herausgeputzter Krähen, dicht beisammen und doch jeder mit sich und der Trauer allein. Glänzendes Schwarz, mattes Schwarz, mit Perlen besticktes Schwarz, samtene Borten, auf halbmast wehende Krawatten, flatternde Tücher. Sogar ein paar Schleier wehten im Wind. Nur die Taschentücher, mit denen die Anwesenden sich die Gesichter abtupften, und die Augäpfel hinter den Pupillen, die verstohlen in unsere Richtung spähten, waren weiß. Wir kamen im Oval zum Stehen, mitten im Zentrum der Arena. Wir, das waren Mama, Papa, Tante Beatrix, Onkel Martin und meine Cousinen Klara und Karola, die mittlerweile kurz vor der Matura standen. Ihre dünnen, buckligen Nasen waren seit unserer letzten Begegnung noch ein Stück gewachsen und ließen sie aussehen, als zeigten sie einem immer ihr Profil. Onkel Martin sah besonders unglücklich aus. Ich glaube, dass es nicht nur an Tat'kas Beerdigung lag, sondern daran, dass der Anlass ihm verbot, zu filmen. Jetzt wusste er nicht, wohin mit seinen Händen, und zog hektisch am Knoten seiner Krawatte, um ihn im nächsten Moment wieder zu lockern.

Aus dem Augenwinkel beobachtete ich die Gestalten, die aus Richtung des Gasthofs Bären auf den Kirchplatz strömten. Rechtecke, Trapeze, Ovale. Manch ein Gesicht schien wie für Begräbnisse gemacht. Mühelos strahlte es die nötige Würde aus und einen Stolz, der im normalen Leben unangebracht wirkt. Andere Gesichter hatten mehr Mühe mit dem Schmerz, etwa das von Tat'kas Freund Ernstl, der sichtlich getroffen in seinem Rollstuhl saß und trotzdem gequält lachte. Die Trauer strich über die Falten, die der Schmerz vorgestanzt hatte. Viele der Jungen, Behüteten, Gesunden hatten noch keinen Ausdruck dafür. Unsicher ruckelten ihre Gesichtszüge hierhin und dorthin auf der Suche nach einer Position, die ihr Inneres spiegelte. Ich dagegen war in meinem Element. Endlich konnte ich meinen Schmerz offen zur Schau tragen. Da ich wusste, wie sehr Tat'ka meine weiten schwarzen Klamotten gehasst hatte, hatte ich mich für ihn hübsch gemacht. Ich trug ein kurzes nachtblaues Kleid und darüber meine Lederjacke. Mama sah in ihrem Kleid mit Wasserfallkragen wie immer sehr anmutig aus, war nur leicht geschminkt, die wässrigen Augen in die Ferne gerichtet, die Lippen zusammengepresst, um das Zittern zu kontrollieren, das in ihren Mundwinkeln lauerte. Papa dagegen wirkte niedergeschlagen in seinem eng anliegenden Anzug mit der schwarzen Krawatte und zugleich feierlich wie ein Thronfolger. Onkel Martin nestelte noch immer mit rastlosen Fingern am Hemdkragen herum. Seine Töchter Klara und Karola standen wortlos und mit langen Nasen daneben. Tante Bea hingegen schaute sich mit wachen Augen in der Menge um. Sie schien am Konkreten interessiert: Wer war zur Beerdigung gekommen? Wer fehlte? Wer schwätzte? Wer trug den schönsten Anzug? Wer das teuerste Kleid?

Den meisten Anwesenden, meine Mutter und die entfernteren Verwandten eingeschlossen, stand die Überraschung über Tat'kas Tod noch ins Gesicht geschrieben. Am schlimmsten hatte es die Mitglieder des Männergesangsvereins erwischt. Papa hatte sie für den Geburtstag engagiert, aber nach Tat'kas Tod vergessen, ihnen die neue Situation zu erklären. Jetzt drückten sie sich in schlecht sitzenden Traueranzügen vor dem Dorfwirt herum und stellten mit angespannten Gesichtern ihr Programm um.

Papa und mich hatte Tat'kas Tod natürlich auch getroffen. Überrascht hatte er uns nicht. Am Abend meiner Ankunft bei den Eltern war Tat'kas Geburtstag schnell Thema gewesen. Ich hatte ihnen erzählt, dass ich tagsüber bei ihm gewesen war, den Ausflug und die Geschichte von Ursel und Berna aber natürlich verschwiegen. Als ich Papa Tat'kas Wunsch ausrichtete, am kommenden Morgen abgeholt zu werden, war eine Beunruhigung über sein Gesicht geflackert, die sofort in mir widerhallte.

»Weißt du, wo er hinwill?«, hatte Papa gefragt.

Ich hatte den Kopf geschüttelt und das Thema gewechselt.

Am nächsten Morgen war Papa mit roten Augen in der Zimmertür gestanden. Mama hinter ihm starr vor Schreck.

Obwohl sie kein Wort gesagt hatten, war mir sofort klar gewesen, was los war. Und im ersten Moment hatte ich mich sogar für Tat'ka gefreut. War er dem runden Geburtstag tatsächlich entkommen? Hatte sich das Schlitzohr gerade rechtzeitig davongemacht? Doch nach diesem ersten Moment der Großzügigkeit schnürte es mir umso heftiger die Kehle zu. Ich hatte mich im Bett aufgesetzt und einen Blick auf das Wasserglas daneben geworfen, kam aber nicht dazu, meine Hand danach auszustrecken, denn Papa hatte begonnen, den Wahnsinn in Worte zu fassen.

»Du, Illy, der Tat'ka ist heut' in der Früh ...«

»Was?«

»Er ist in der Früh ...«

Mit jeder Silbe war seine Stimme undeutlicher geworden, hatte sich in Tränen aufgelöst wie eine Brausetablette.

»Die Stiege hinunter.«

»Gefallen?«

»Mhm.«

Der Gedanke, dass mein Uropa tot sein sollte, kam mir vollkommen abwegig vor. Eine Weile hatte eine gewaltige Stille über allem gelegen, wie nach einer Naturkatastrophe. Tat'ka, hatte ich mir eingestehen müssen, war der konsequenteste Mensch, den ich kannte.

»Er hat es also wirklich gemacht ...«

»Er hat überhaupt gar nix *gemacht*«, hatte Mama mich angeherrscht. »Er ist die Stiege hinuntergefallen! Im Halbschlaf!«

»Die Stiege in seinem Haus«, hatte ich entgegnet. Jedes Wort war einzeln aus meinem Mund getropft. »Die Stiege, die er ein halbes Leben lang jeden Tag hinuntergegangen ist.«

»Es gibt Leute, die ersaufen im Waschbecken, Illy«, hatte Mama gezischt.

Tat'ka war tot. Der Satz platzte in meinem Kopf wie eine Rauchbombe. Der austretende Staub vernebelte mein Hirn. Ich hatte ihn doch noch am Vortag lebendig und fröhlich gesehen. Im nächsten Moment rollte eine riesige Welle durch meinen Körper und setzte den Schmerz frei. Mama räusperte sich heftig, als sie mich weinen sah. Sie war nicht für Sentimentales gemacht. Während Papa und mir die Tränen übers Gesicht liefen, konnte sie sich nur räuspern. Immer und immer wieder. Als wäre es möglich, den Schmerz auszukotzen, der sich in uns festgebissen hatte. Und wie um ihr zu zeigen, dass auch ihre Form der Traurigkeit in Ordnung war, begann auch ich, mich zu räuspern, bis mir ein verzweifelter Lacher entfuhr.

»Wann beerdigen wir ihn?«, fragte ich irgendwann.

»Am Dienstag«, sagte Mama tonlos und warf mir einen verzweifelten Blick zu. Papa horchte bei den Worten auf, als hörte er sie zum ersten Mal. Er warf erst mir, dann Mama einen entgeisterten Blick zu. Im nächsten Moment begann er zu lachen.

»Ich hab sogar schon zwei Linzer Torten gemacht«, sagte Mama und musste plötzlich auch lachen.

»Und der Ernstl hat den Ochsen schon hergerichtet für ihn«, sagte Papa und prustete los. Er schüttelte sich so vor Lachen, dass seine Tränen bis auf mein geblümtes Kopfpolster spritzten. Als sein Lachanfall verebbte, wurde es um uns noch finsterer und leerer als zuvor. Wir hatten alles gesagt und suchten doch weiter verzweifelt nach Worten.

»Magst du die Rede halten?«, fragte Mama schließlich.

»In der Kirche?«

»Ja.«

Mama, die keine Minute stillhalten konnte, wandte sich als Erste zum Gehen. Als Papa mit einer Niedergeschlagenheit, die ich noch nie bei ihm gesehen hatte, die Tür hinter sich schloss, kam es mir so vor, als wäre Tat'ka gerade ein zweites Mal gestorben. Ich stand auf, trat ans Fenster und rauchte im Schlafanzug die erste Zigarette des Tages, während meine Gedanken sich an den Strohhalm klammerten, den Mama mir hingestreckt hatte: die Rede.

~

Entfernte Verwandte, Freunde, einige Nachbarn scharten sich in engem Kreis um uns. Dahinter standen Tat'kas frühere Auftraggeber, Geschäftspartner, der Bürgermeister mit Entourage. Den äußersten Ring der Trauernden bildeten mehrere Grüppchen alter Damen, die gewohnheitsmäßig zu Beerdigungen gingen, um den Tod freundlich zu stimmen oder sich an ihn zu gewöhnen. Eine von ihnen stach mir besonders ins Auge. Ihr Gesicht war dunkel und zerfurcht wie ein Zwetschgenkrampus. Der Kopf im schwarzgemusterten Tuch hing so tief vom krummen Rücken, dass dessen Zipfel fast den Boden berührten. Sie ging am Arm ihres jüngeren Begleiters, eines achtlos gekleideten Mannes, an dessen Schuhsohlen noch der Kuhmist klebte. Auch sein Rücken begann sich schon zu beugen und ließ mich an die abgehobelten Fassdauben in Tat'kas Werkstatt denken, die dem Druck nach gewisser Zeit nachgaben und sich in die gewünschte Form bogen. Die anderen Begräbnisgänger machten den beiden ehrfürchtig Platz und musterten sie. Ich hatte weder die Frau noch ihren Begleiter je zuvor im

Dorf gesehen und vielleicht war ich mir deshalb so sicher, dass es die Stocker Th're und ihr Sohn waren. Sie, die sonst Jahr und Tag hoch oben im Himmelmoos lebte, war ins Tal gekommen, um Tat'ka die letzte Ehre zu erweisen und ihren Platz als älteste Person im Dorf einzunehmen.

Ich schaute zu Markus hinüber, der mit seiner Mutter und den Tanten bei der Friedhofsmauer stand und wie immer aus der Menge ragte. Ihm hatte ich als Erstem eine Mail geschrieben, am Sonntag noch. Und er hatte es sich nicht nehmen lassen, extra aus Wien anzureisen, wo er mit seinem Freund, einem erfolgreichen Theaterregisseur, und zwei französischen Bulldoggen in einer großen Wohnung in der Josefstadt lebte. Er nickte herüber, sichtlich angeschlagen, deutete ein Lächeln an. Dann griff er in den Hosensack und reichte seiner Mutter, die mit roten Augen in die Ferne blickte, ein Taschentuch.

In den Kirchtürmen setzten sich die Glocken in Bewegung. Fast lautlos schwangen sie einige Male hin und her, bis die beiden Klöppel weit genug ausgeholt hatten, um gegen die massiven Bronzekörper zu schlagen, und ein minutenlanges, feierliches Geläut anhob. Von allen Seiten strömten jetzt Menschen auf den Kirchplatz. Zuletzt marschierten die Kameraden von der Feuerwehr ein und blieben in Reih und Glied stehen. Kaum dass die Glocken, begleitet von einem feinen metallischen Oberton, zum Stillstand gekommen waren, trat der Pfarrer aus dem Pfarrhof gegenüber und eilte mit wehendem Talar, ein halbes Dutzend Ministranten wie ein Gespann kleiner weißer Pferde vor sich, auf die Kirchentür zu. Während Mama und Tante Bea noch einzelne Trauergäste begrüßten und mal hierhin, mal dorthin nickten, drängte Papa in Richtung des Pfarrers.

Er wollte die Beerdigung hinter sich bringen, wollte nicht, dass die Leute ihn noch länger so sahen, mit wässrigen Augen, die riesigen Hände vor dem Körper verschränkt. Wir reihten uns hinter dem Pfarrer ein und traten in die Kirche, wo im selben Moment der Organist zu spielen begann.

In der Kühle des Kirchenraumes erfasste mich Aufregung. Ich tastete nach dem Zettel in der Seitentasche meiner Lederjacke. *Trauer, Todesfall, Erinnern, Vermächtnis und Abschluss.* Bis morgens um vier hatte ich an der Rede geschrieben und mir die wichtigsten Stationen von Tat'kas Leben notiert. Besonders weit gekommen war ich dabei nicht. Natürlich, ich hatte ihn wirklich gut gekannt. Doch von den fünfundsiebzig Jahren, die er vor meiner Geburt gelebt hatte, kannte ich nur die Geschichten, die andere mir über ihn erzählt hatten. Mir dämmerte schon, dass Erinnern immer auch Erfinden heißt. Doch weil ich nicht wusste, wie ich sie mit dem Bild des geliebten Urgroßvaters zusammenbringen sollte, hatte ich in meiner Rede nicht nur die dunkleren Stellen in Tat'kas Biografie weggelassen – etwa die Sache mit dem beim Kartenspiel gewonnenen Haus, seine sich im Alter dramatisch häufenden Anfälle von Jähzorn oder den Katzenstrick, dem den Dorfgerüchten zufolge gleich mehrere Katzen zum Opfer gefallen waren. Ich hatte auch einige Ruhmestaten unterschlagen, die ich immer wieder über Tat'ka gehört hatte, von allen Seiten, nur nicht von ihm selbst. Vor allem die Geschichte mit dem *Anschluss* war mir immer wieder in bestimmt einem halben Dutzend Variationen zu Ohren gekommen. Den Kern der Geschichte bildete ein Datum: der zehnte April neunzehnachtunddreißig. An diesem Tag, einen Monat nachdem Hitler in Österreich einmarschiert war, sollte im ganzen Land nachträglich über den Anschluss Österreichs an Hitler-Deutschland abgestimmt werden. Es war ein offenes Geheimnis, dass es bei dieser »Abstimmung« nur eine richtige Antwort gab. Jeder, der ihn kannte, wusste, dass Tat'ka Legitimist war und als glühender Anhänger der Königlich-Kaiserlichen Monarchie nie von sich aus für den Anschluss Österreichs an das nationalsozialistische Deutsche Reich gestimmt hätte. Und dass er nie mit seiner Meinung hinterm Berg hielt. Meine Uroma hatte tagelang auf ihn eingeredet. Mit allen Mitteln hatte sie versucht, ihn zu einem *Ja* zu überreden. Er aber winkte ab und zitierte lieber Goethe: *Wer in der Demokratie schläft, wacht in der Diktatur auf.* Da wurde es meiner Uroma zu bunt. Sie lockte Tat'ka am Vorabend der Wahl in den Keller und verriegelte die Tür. In der Volksschule, wo man am nächsten Tag die Wahl abhielt, behauptete sie, ihr Mann liege schwerkrank im Bett. So wachte mein Uropa, nachdem er drei Tage später mit vom Schreien heiserer Stimme aus dem Keller gelassen worden war, tatsächlich in der Diktatur auf. Meine Uroma hat ihm auf diese Art vermutlich das Leben gerettet, und doch hat Tat'ka ihr diese Heldentat zeitlebens nicht verziehen. Lange hatte ich darüber nachgedacht, die Geschichte in meine Rede einzubauen. Letztendlich entschied ich mich dagegen. Für mich war Tat'ka keine sagenumwobene Gestalt, der man dieses oder jenes andichten konnte. Für mich war er ein Mensch, der täglich in seiner Werkstatt mit Holz gearbeitet hatte, ein Mensch, der oft lachte und Starkbier trank, einer, der gern Knödel aß und in Essig eingelegte Heringsfilets. Einer, der, lange bevor das Wort »Recycling« erfunden wurde, alles, was er an Müll produzierte, in etwas Neues verwandelte. Einer, der mir vorbehaltlos seine Liebe und seine Zeit schenkte und der mein stürmisches, kindliches Schwärmen nicht nur duldete, sondern mit jeder Pore genoss. Vor allem aber war Tat'ka ein Vorbild für mich, ein Lehrer und Leitstern auf meinem Weg. Noch am allerletzten Tag seines Lebens hatte er mir ein Fenster gezeigt, das ich öffnen konnte, um den Muff in meinem Inneren auszulüften. Doch im Grunde lag das, wofür ich ihm dankbar war, jenseits der Grenzen meiner Sprache.

Der Anblick des Sarges vor dem Altar riss mich aus meinen Gedanken. Viel zu groß schien er mir. Zu massiv. Als müsste man Tat'ka immer noch einsperren, damit er nicht auf gefährliche Gedanken kam. Der Deckel war mit einem Bouquet weißer Lilien geschmückt. Immer wieder in den letzten drei Tagen hatte ich mir sein totes Gesicht vorgestellt, ich hatte ihn im Sarg liegen sehen wie zuletzt im Leben. Mit geschlossenen Augen. Ich hatte den zu groß gewordenen Nadelstreifenanzug vor mir gesehen, den grauen Filzhut. Ich hatte mir vorgestellt, dass der Bestatter sein Gesicht rosiger geschminkt hatte, frischer, als ich es in Erinnerung hatte. In meiner Vorstellung hatte mich der Anblick von Tat'kas totem Körper auf eine seltsame Art zugleich kaltgelassen und gepackt. Der Anblick des geschlossenen Sargdeckels hingegen traf mich. Nichts gab es zu sehen, außer dem Holz, mit dem er sich stets umgeben hatte. Nun umgab es ihn. Wieder schossen mir die Tränen in die Augen. In den amerikanischen Vorabendserien, die mir mein Wissen über Beerdigungen vermittelt hatten, hatte es immer eine letzte Gelegenheit gegeben, dem Toten ins Gesicht zu sehen. Hier nicht. Hier war der Tod eine geschlossene Kiste. Und eine Tatsache, die einen Rattenschwanz an

Arbeit nach sich zog – Nachlassverwaltung, Abokündigungen, Wohnungsauflösung. Alles Weitere musste man mit sich selbst ausmachen.

Wir setzten uns in die erste Bankreihe, die für Angehörige reserviert war. Ich konnte die Augen nicht vom Sarg nehmen, dieser Truhe, die angeblich Tat'kas Körper enthielt und vor dem Altar genauso deplatziert wirkte wie mein Uropa selbst, den ich kein einziges Mal in meinem Leben freiwillig in eine Kirche gehen gesehen hatte. Ich ließ meinen Blick über das honiggelbe Holz wandern. *Holz arbeitet*, hatte Tat'ka oft gesagt. Der Sarg war solide gemacht und mit Blumenschnitzereien verziert. Bestimmt hätte er ihm gefallen. *Totenbäume* hatte Tat'ka Särge genannt. Wieder hatte ich seine Stimme im Ohr: *Totenbäume mach i nit.* Ausgehend von Farbe und Maserung, tippte ich auf Eichenholz. Tirols letzter Fassbinder war tot. Das Holz aber lebte weiter.

Meine Hand tastete wieder nach dem Zettel. Die fünf Stationen einer gelungenen Trauerrede hatte ich im Internet recherchiert: *Trauer, Todesfall, Erinnern, Vermächtnis und Abschluss.* Beim Schreiben hatte ich mich daran angelehnt und jedem Punkt nur ein paar Sätze gewidmet. Ich wusste, Tat'ka hätte mich gebeten, mich aufs Nötigste zu beschränken. Sowieso schien mir die Rede im Grunde unnötig, war doch die ganze Kirche zum Bersten voll mit Tat'kas Leben. Hunderte Erinnerungsfetzen stiegen wie Wasserdampf aus den Köpfen der Anwesenden ins Kirchengewölbe hinauf, wo sie sich zusammenballten, verdichteten und in immer neuen Zusammensetzungen auf uns alle zurückregneten. Szenen aus Tat'kas Leben, erlebte und nicht erlebte, flackerten in rasender Geschwindigkeit in mir auf, mischten sich mit Werbeslogans, Fetzen aus Tiroler Sagen und Volksliedern, Bibelzitaten, dreckigen Witzen und den Abbildungen aus meinem Kunstbuch. Ich drehte mich um. Hinter uns strömten immer noch Menschen in die Kirche, ließen sich auf die Bänke nieder oder stiegen zur Empore hinauf. Es knackte, klackerte, krachte. Immer wieder hörte ich ein Geräusch, das mich an die sommerlichen Ausfahrten auf Tat'kas Moped erinnerte. Immer wieder ragten Kinderstimmen aus dem Chorgesang, die Szenen meiner eigenen, mit Tat'ka verbrachten Kindheit wachriefen. Als der Organist sein Spiel beendete, verstummte die Gemeinde allmählich und saß bald still auf den Bänken. *Reintei freintei, so ein Zinnober*, dachte ich, griff wieder nach dem Zettel und spürte, wie beim Betasten des Papiers zwischen meinen Fingerspitzen auch mein von Erinnerungen aufgerautes Hirn langsam zur Ruhe kam.

Der Pfarrer trat, begleitet vom Geläut der Ministranten, aus der Sakristei und begrüßte die Gemeinde, die sich Tat'ka zu Ehren versammelt hatte. Uralt war der Pfarrer geworden und schlohweiß. Das Alter hatte sich auch auf die Stimme gesetzt, doch ihr Klang war noch immer versöhnlich. Während er sprach, schaute der Pfarrer uns Angehörige einzeln an. Dann wanderte sein Blick weiter und weiter über die Köpfe der Anwesenden, bis er in den letzten Bankreihen angekommen war. Tat'ka war kein religiöser Mensch gewesen. Er hatte die Kirche wie alles, was von außen kam und stärker war als er, als notwendiges Übel akzeptiert. Ich erinnerte mich, dass ihm manch vergoldete Holzstatue gefallen hatte, besonders die gotische Madonna mit Kind auf dem Seitenaltar, die er mir schon als Kleinkind bewundernd gezeigt hatte. Hin und wieder hatte er auch selbst für die Kirche gearbeitet. Fässer und Tröge hatte er gemacht, für Weihwasser und kleinere Brunnen. Whiskyfässer waren ihm lieber gewesen, das wusste ich. Doch wenn er einen Auftrag angenommen hatte, hatte er mit ernstem Fleiß gearbeitet, bis er fertig war, ganz gleich, worum es ging. Unwillkürlich wanderte mein Blick zum Weihwasserbecken beim Seiteneingang. Mit einer milden Enttäuschung registrierte ich, dass es aus Stein war.

Wieder hatte ich Tat'kas Stimme im Ohr. *Bis zum Hunderter spiel i euch mit.* Er hatte sein Versprechen wahr gemacht. Der Gedanke, nicht mehr bei ihm in der Werkstatt sitzen zu können, nicht mehr mit ihm Kaffee zu trinken, ihm nicht ausführlich von Marseille erzählen zu können, schmerzte mich. Aber ich wusste auch, wie müde er zuletzt gewesen war. Das warme Gefühl seiner Zuneigung hatte ihn überlebt und erfüllte mich auch, wenn ich nur an ihn dachte. Sein Tod war nicht gegen mich gerichtet oder gegen irgendjemanden. Es lag keine Anklage darin. Er war einfach das Ende eines langen Weges, die letzte seiner vielen mit Weitsicht getroffenen Entscheidungen. Und irgendwie tröstete es mich, dass Tat'ka ausgerechnet heute, am hundertsten Geburtstag, beerdigt wurde, diesem Tag, den er nicht mehr hatte erleben wollen. Meine Gedanken schweiften ab zu Tristan. Auch er hatte sein Versprechen wahr gemacht, seine Drohung, die mir, als er sie ausgesprochen hatte, so lächerlich erschienen war. Er hatte sich in sie hineingesteigert, bis er so tief darin verstrickt war, dass er nicht mehr lebend herausgefunden hatte. Seine Anklage lebte bis heute in mir fort. Und die Mumie, in die er sich für mich verwandelt hatte, zeigte auch fünf Jahre nach seinem Tod noch mit knochigen Fingern auf mich und meine Schuld. Meine Schuld, meine große Schuld. Ich spürte, wie sich mein Körper unter ihrer Last zusammenkrampfte. Wie sich jeder Muskel auf den ihm zugewiesenen Platz bewegte und sich anspannte, bis ich, steif wie eine Salzsäule, mit krummem Rücken und flacher Atmung in der Bankreihe saß. Wie viele Jahre trug ich das Korsett nun schon, in das mich Tristans Tod gezwungen hatte? Tat'ka hatte sich für den Tod entschieden, obwohl er gewusst hatte, dass er mir das Liebste gewesen war auf der Welt. Er hatte sich meinem Willen entzogen und war der Müdigkeit gefolgt, einer Müdigkeit, die seit zehn Jahren an ihm gezerrt hatte. Auch an mir zerrte die Müdigkeit, doch hatte meine Erschöpfung nichts mit dem Alter zu tun. Ich war einfach müde davon, die Schuld am Tod eines anderen zu tragen, immer und überallhin. Ich schaute an meinem Körper herunter, sah meine Beine, die in schwarzglänzenden Sandalen steckten, aus denen meine Zehen hervorwuchsen. Ich spürte die enge Zelle, in die mich Tristans Tod getrieben hatte, und zum ersten Mal hatte ich den Wunsch, diese Zelle zu verlassen. Ich hatte meinen Panzer satt. Und während mich der Unwille packte, so weiterzuleben wie bisher, stieg noch ein anderes Gefühl an die Oberfläche, das jahrelang, gut verschlossen, in mir geruht hatte: Tristans Tod hatte ein Loch gerissen. Er fehlte mir. Sein euphorisches Lachen, bei dem seine Mähne hin und her geschaukelt war, seine wilde Energie, die er in die absurdesten Dinge stecken konnte, seine Hände mit den plattgedrückten Nägeln, seine Augen, seine wunderschönen Augen. Ich hatte ihn wirklich geliebt. Aber hieß das, dass ich mein gesamtes restliches Leben die Schuld tragen musste für eine Entscheidung, die er allein getroffen hatte? Plötzlich dämmerte mir, dass die Schuld nur der Stein war, der die Pforte zu viel größeren Gefühlen verschlossen hielt, und dass ich mich in all den Jahren wie wahnsinnig an diese Schuld geklammert hatte, um dem tatsächlichen Schmerz auszuweichen, den Tristans Tod in mir verursacht hatte.

Der Pfarrer sprach das Kyrie. *Herr, erbarme dich unser*, antwortete die Gemeinde im Chor. Einen Moment lang fürchtete ich, vergeblich auf ein altbekanntes Echo zu warten. Doch da war es. *Unser*, krähte Norbert wie immer einen ganzen Schlag zu spät. *Christus, erbarme dich unser*, sagten die Anwesenden im Chor. *Unser*, plärrte Norbert. *Unser*, plärrte auch ich. Und zum ersten Mal in meinem Leben spürte ich eine Dankbarkeit dafür, dass ich nicht in Kalkutta, Brasília oder New York zur Welt gekommen war, sondern an diesem übersichtlichen Ort, an dem man sich auch noch zurechtfand, wenn man ein paar Jahre fort gewesen war. *Herr, erbarme dich unser.* Ich spürte, wie sich mein Atem im Körper ausdehnte, wie er die schmerzenden Stellen berührte und sanft dagegendrückte. Ich spürte, wie ich mit jedem Atemzug ein winziges Stück weiter wurde, freier. Schicht um Schicht, Atemzug um Atemzug fiel etwas von mir ab, für das ich keine Verwendung mehr hatte. Als ich mich mit der Gemeinde erhob, schwankte der Boden unter meinen Füßen. Ich selbst schwankte, mit Tränen in den Augen. Und fühlte mich dabei irrsinnig leicht.

»Auf geht's, Illy«, zischte mir Papa ins Ohr.

Trauer, Todesfall, Erinnern, Vermächtnis und Abschluss, murmelte ich noch einmal, wischte mir die Tränen aus dem Gesicht und holte tief Luft. Mama, die links von mir saß, trat auf den Gang hinaus und nickte mir aufmunternd zu. Ich stand auf, folgte ihr, dann wandte ich mich nach rechts und ging um den Sarg herum zum Rednerpult. Jeder meiner Schritte hallte durch den Kirchenraum. Ich konnte die auf mir ruhenden Blicke fühlen, als ich ans Pult trat, versuchte, mir die Sätze in Erinnerung zu rufen, die ich in der Nacht gefunden hatte, schöne Sätze, wie mir schien, dem Anlass angemessen. Ich griff in die Seitentasche der Lederjacke und zog den Zettel heraus, den ich schon die längste Zeit befingert hatte. Es knackte leise beim Öffnen. Als ich den Blick darauf senkte, wurde mir schlecht: Statt meiner ausgefeilten Rede hatte ich das Schmierblatt eingesteckt, auf das ich die fünf Elemente einer Trauerrede notiert hatte. *Trauer, Todesfall, Erinnern, Vermächtnis* und *Abschluss.* Panisch suchte ich meine Jackentaschen ab. *Trauer.* Da war nur das Pocket Coffee, das ich vor Tagen eingesteckt hatte. Wo konnte der verdammte Zettel nur sein? *Todesfall.* Ich drehte mich um, suchte den Marmorboden ab. *Erinnern.* Hatte ich ihn etwa beim Gehen verloren? *Vermächtnis.* Ich spürte die Blicke, die wachsende Unruhe, die Bewegungen der Menschen auf den Kirchenbänken. Das besorgte Lächeln meines Vaters. Jemand hustete. Jedes Geräusch steigerte sich unter dem Kirchengewölbe ins Monströse. Mein Herz begann zu rasen. *Abschluss.* Mir wurde so heiß, dass ich gar nicht mit Schwitzen hinterherkam. Noch einmal durchwühlte ich meine Jacke, als ein Pfeifen an mein Ohr drang. *Reintei freintei,* hörte ich Tat'ka laut und deutlich sagen, *ein stattliches Begräbnis. Und gar nit wenige Leut'! Nit wenige. Aber das sündteure Unkraut, diese weißen Buschen da, das hätt's nit 'braucht.*

Seine Stimme klang so deutlich in meinem Ohr, dass ich mich unwillkürlich zum Sarg drehte. Doch der Deckel war zu.

So. Und jetzt fangst an, hörte ich Tat'ka sagen.

Aber ich find den Zettel nicht, zischte ich in Richtung des Sarges.

Fang einfach an, Illy, sagte Tat'ka. *Alte Wege öffnen keine neuen Türen.*

Als wäre das der Satz gewesen, auf den ich die ganze Zeit gewartet hatte, holte ich noch einmal Luft und begann: »Wir haben uns hier versammelt, um uns von Korbinian Hofer zu verabschieden, der heute seinen hundertsten Geburtstag gefeiert hätte.«

Ich hörte mich sprechen, während ich Tat'ka vor mir sah. Nicht in der Form des täglich gebrechlicher werdenden Alten, den ich zuletzt gekannt hatte. Ich sah den baumlangen Kraftmenschen vor mir, der mich durch meine Kindheit begleitet hatte, den grauen Filzhut auf dem Kopf und ein spitzbübisches Lächeln im Gesicht. Ich spürte Tat'ka im Raum wie einen warmen Windhauch. Ich hörte mich Dinge sagen, die er mir einflüsterte. Mit jedem Satz, den ich sprach, tat sein Tod ein bisschen weniger weh. Meine Liebe zu ihm übertrug sich über die Stimme in den Raum. Es war möglich, den Schmerz zu bannen, indem man ihn mit anderen teilte. Es war möglich, zwischen den Menschen unsichtbare Brücken aus Wörtern zu bauen, auf denen die Gefühle von einem zum andern wandern konnten. Und bei all dem Schmerz, der mich durchfloss, spürte ich noch etwas: Tat'kas Tod hatte eine Kraft freigesetzt. Ich spürte, wie sich der Kirchenraum mit dieser Kraft füllte, wie ich sie mit jedem Wort in die Welt hinausschickte. Wie sie stärker wurde. Wie sie der Schmerz noch vermehrte. Mit jedem Wort, das ich sagte, verwandelte sich der Schmerz über Tat'kas Verlust in Liebe.

An den Wortlaut der Rede erinnere ich mich nicht, aber als ich endete, sahen verblüffte und sehr berührte Gesichter zu mir auf. Und ein allerletztes Mal hatte ich Tat'kas Stimme im Ohr, so lebhaft wie in alten Zeiten. *Halt aus, Kasper,* hörte ich ihn sagen. *Gut hast das g'macht, Dirndl.* Und: *Gut' Nacht, Illy. I muss jetz' geh'n.*

~

Nach dem Gottesdienst floss die Prozession aus der Kirche, langsam wie Quecksilber, das in der Sonne glänzt. Der Dorffriedhof war schon vor Jahrzehnten zu klein geworden, um die Toten der Gemeinde zu fassen. Und so machte sich der Leichenzug auf in Richtung des neuen Friedhofs, der außerhalb des Dorfes lag, weit hinter dem Bahndamm. Die Musikkapelle spielte einen Trauermarsch, während wir schweigend hinter dem Sarg durch die Bahnhofstraße zogen. In den Häusern am Wegrand bewegten sich die Vorhänge. Im Fliederbusch vor dem Haus des Arztes aber pfiffen die Spatzen frech und ungerührt vom Treiben der Menschen, wie es Tat'ka gefallen hätte. Ich ging neben Mama, der ein Lächeln übers tränennasse Gesicht huschte. Vor uns der Sarg, der von vier schwarz gekleideten Männern getragen wurde. Dabei war Tat'ka am Ende so leicht gewesen. Ich hätte ihn mir locker über die Schulter werfen und allein die eineinhalb Kilometer zum Friedhof bringen können. Das Holz aber, das ihn umgab, wog schwer. Es lebte.

Wir ließen das Dorf in westlicher Richtung hinter uns. Zu beiden Seiten des Weges grasten auf saftigen Wiesen die Kühe, dankbar und zufrieden nach einem langen Winter im Stall. Die Pfeiler des Sesselliftes, der sich das Horn emporschwang, glänzten silbern in der saftig grünen Wiese. Hinter dem Bahnübergang machte der Weg zwei enge Kurven. Kurz darauf kam das schmiedeeiserne Tor des Friedhofs in den Blick, dahinter der Parkplatz, auf dem schon einige Autos die Ankunft des Trauerzugs erwarteten. Wir traten hinter den Leichenträgern durchs Tor und schoben uns bis zur Hauptallee des Friedhofs, wo wir in eine mit Kies ausgelegte Gasse abbogen, an deren leicht erhöhtem Ende eine Grube ausgehoben war. Dahinter ein prächtiger Stein.

Tat'ka, flüsterte ich, *kann ich dich von jetzt an hier besuchen?* Keine Antwort, die Leitung war gekappt. Tat'ka war tot und wollte es bleiben.

Ich las den frisch eingemeißelten Namen auf dem Grabstein. Der Anfang der Ewigkeit. Über die Jahre würden wir immer weniger von Tat'ka sprechen. Er würde erst aus unseren Gesprächen verschwinden, dann, langsamer, aus unseren Gedanken. Und eines Tages, spätestens nach meinem Tod, wäre er vergessen und seine Existenz auf dieser Welt zusammengeschrumpft auf diese verwitternden Buchstaben. Mein Blick traf die Grabsteine ringsum. Überall Namen. Berufe. Jahreszahlen. Wie seltsam war doch dieser unerschütterliche Drang, den eigenen Tod zu überdauern. Und sei es als Aneinanderreihung dunkler Buchstaben auf hellem Grund.

»Da hinten liegen die Selbstmörder«, hörte ich jemanden sagen.

Ich drehte den Kopf in die Richtung, aus der die Stimme gekommen war. Da stand niemand, doch in nicht einmal zwanzig Metern Entfernung konnte ich tatsächlich das sonnenbeschienene Mäuerchen sehen, in das die Urnengräber eingelassen waren. Auf Tristans Beerdigung war ich nicht gewesen. Zu sehr hatte ich mich verantwortlich gefühlt, zu sehr die Schande empfunden, die Schuld an seinem Tod. Man hatte ihn verbrannt, so viel wusste ich. Wochen später hatte ich davon gehört, als ich mich aus meinem Versteck hervorgetraut und langsam das eigene Leben wieder aufgenommen hatte. Wieder dachte ich an die Urnengräber. War Tristan dort beerdigt? Ich schaute zu Papa, der mit gefalteten Händen und gesenktem Blick neben mir stand. Mama starrte ungläubig auf den Grabstein, als hörte sie dort jemanden reden. Ich machte einen ersten zaghaften Schritt vom Grab weg, dann noch einen. Schon war ich aus der Traube der Trauernden hinausgetreten und stand auf einem schmalen Kiesweg zwischen den Grabreihen. Meine Beine zitterten, als ich an den blumengeschmückten Nachbargräbern vorbei auf das Mäuerchen zuging. Während der Wind eine Trauermelodie von Tat'kas Grab herüberwehte, kam ich vor der Urnenwand zum Stehen und ließ den Blick über die ersten Namen auf den dunklen Marmorplatten schweifen. Unbekannte. Die Namen klangen fremd, lösten keine Bilder aus, was mich zugleich erleichterte und enttäuschte. Hier waren keine Familien bestattet wie auf dem übrigen Friedhof. Der Großteil der Toten waren Männer, die in ihren Sechzigern gestorben waren. Ich stellte sie mir als die verstorbene Generation der Trinker aus dem Strumpf vor, mit ihren über die Biergläser hängenden Köpfen. Schritt für Schritt tasteten meine Augen die Reihe der Grabplatten entlang. Die meisten zierten goldfarbene Namen sowie Geburts- und Sterbejahr. Auf manchen Grabplatten gab es weitere Verzierungen, Kreuze oder eingravierte Rosen. Der Anblick von Tristans Grab traf mich wie ein Hammerschlag. Bevor ich den Namen lesen konnte, hatte ich ihn schon an der Form und Länge des Schriftzugs erkannt. Wankend schloss ich die Augen, spürte die Tränen zwischen den zugeklappten Lidern. Ich weiß nicht, wie lange ich vor Tristans Grab gestanden habe. Bestimmt nicht länger als ein, zwei Minuten, doch es fühlte sich an wie die Ewigkeit selbst. Ich war angekommen. Langsam strich ich über die goldenen Lettern. Schon im ersten Moment wusste ich, dass ich oft würde wiederkommen müssen, bis der angestaute Schmerz verebben würde. Doch ich würde wiederkommen. Als der Trauermarsch von Tat'kas Grab verklungen war, entdeckte ich eine Krähe, die sich in der Nähe auf der Mauer niedergelassen hatte und zweimal in kurzer Folge krächzte. Dann flog sie weiter und erinnerte mich daran, dass ich an Tat'kas Grab zurückkehren musste. Bald würde der Sarg in die Erde gelassen. Ich warf noch einen Blick auf Tristans Marmorplatte und las die Inschrift. *Ich bin nicht tot, ich tausche nur die Räume. Ich leb in euch und geh durch eure Träume.*

Eine große Traurigkeit umfing mich, als ich wieder an Tat'kas offenes Grab trat. Ich sah weder die geröteten Gesichter meiner Verwandten noch die mit Spruchbändern versehenen Kränze oder die Rauchschwaden, die aus dem goldenen Weihrauchschiffchen emporstiegen, das ein Ministrant gelangweilt vor mir schwenkte. Mir entgingen Fürbitten und Segnung. Ich hörte die Stimme des Pfarrers in meine Richtung wehen, während die Leichenträger den Sarg in die Grube hinabließen, doch die Worte erreichten mich nicht. Papa trat ans Grab. Er warf eine Schaufel Erde in das schwarze Loch, bewegte die Lippen, bekreuzigte sich. Mama tat es ihm mit ernster Miene nach. Als ich an der Reihe war, trat ich wie ferngesteuert aus der Menge. Ich beugte mich vor. Die Grube war tiefer, als ich sie mir vorgestellt hatte. Von unten leuchtete das helle Holz des Sarges herauf wie der einzige Stern in einem finsteren Universum. Ich hatte schon die Schaufel mit der Erde in der Hand, als mir das dritte Pocket Coffee einfiel, das ich noch immer in der Jackentasche hatte. Ich zog es heraus, schaute auf die orange-braune Verpackung, unter der es golden glänzte. Tat'ka hatte eine immense Kraft gehabt. Selbst der Tod vermochte nicht, ihn in seinen Sarg zu sperren. Er war wie das Holz, mit dem er ein Leben lang gearbeitet hatte. Sein Tod war nur ein Übergang. Ich warf einen letzten Blick auf die glänzende Süßigkeit. Dann ließ ich das Pocket Coffee in die Grube fallen, wo es mit einem leisen Klacken aufschlug.

~

Wir blieben am Grab stehen, bis die letzten Trauergäste ihr Beileid bekundet und sich von uns verabschiedet hatten. Dann machten wir uns zu Fuß auf den Nachhauseweg. Der Leichenschmaus im Goldenen Ochsen war erst in einer Stunde angesetzt. In mir machte sich neben der Trauer die Erschöpfung breit. Ich richtete den Blick auf den Boden und trottete neben Mama und Papa zum Friedhofstor. Als wir dort angekommen waren, fiel mein Blick auf ein Paar weinrote Birkenstock-Schlappen, das sich über den Parkplatz auf uns zubewegte. Neugierig, wer so ungezwungen die ungeschriebenen Friedhofsregeln brach, blickte ich auf und schaute in das kaum gealterte Gesicht von Frau Knolle.

»Mein Beileid, Illy«, sagte sie lächelnd und reichte mir die Hand. Dann wandte sie sich an meine Eltern. Hinter ihr stand ein großer blonder Mann, der wohl ein paar Jahre älter war als ich.

»Mein Beileid«, sagte Anton.

Ungläubig schaute ich ihm in die Augen auf der Suche nach dem Menschen, den ich vor vielen Jahren gekannt hatte. Wie hatte er es geschafft, sich so zu verwandeln? Schlank sah er aus, gesund, sportlich. Und er war noch größer als in meiner Erinnerung.

»Wie geht's dir?«, fragte ich, als ich mich endlich gefasst hatte.

»Ganz gut«, sagte er und grinste mich an.

»Du hast dich echt verändert«, platzte es aus mir heraus.

»Du dich aber auch. Schauzt gut auz! Wohnzt du noch hier?«

»Schon lange nicht mehr. Du?«

»In den Zemezterferien halt, meine Ma bezuchen. Zonzt bin ich in Wien.«

Ich nickte verdattert. Unschlüssig, was ich sagen sollte, blieb ich stehen und schaute Anton in die Augen. Ich fand aufrichtige Freundlichkeit darin.

»Kommst du zum Leichenschmaus?«, fragte ich ihn schließlich.

»In den Goldenen Ochzen?«

»Wir könnten uns ein bisschen unterhalten.«

»Ja, gern! Da schau ich auf jeden Fall vorbei. Deine Rede hat mir übrigenz zehr gefallen.«

»Danke.«

»Alzo gut, biz später, Illy.«

»Ciao«, sagte ich noch immer verdattert und schaute Anton und seiner Mutter nach, wie sie zum Auto gingen und einstiegen. Anton ließ den Motor an, parkte aus und fuhr davon.

~

Zu dritt gingen wir den gepflasterten Feldweg entlang, auf dem wir gekommen waren. Von Weitem hörte ich das Läuten der Glocke am Bahnübergang. Vierzig Mal schlägt's, dann kommt der Zug, hatte Tat'ka mir einmal erklärt. Wie immer begann ich zu zählen. Wie immer kam ich nach wenigen Schlägen ins Schleudern. Wir gingen noch ein paar Schritte, da senkten sich auch schon die rotweiß gestreiften Schrankenarme. Papa wurde langsamer, blieb schließlich stehen und drehte sich zu mir.

»Vielleicht werden wir dich ja jetzt wieder öfter sehen, Illy«, sagte er.

Ich schaute ihn fragend an.

»Hat dir der Opa nichts von seinem Plan erzählt?«

Eine Gänsehaut breitete sich auf meinem Nacken aus. Ich schüttelte den Kopf. Ganz leicht nur. Ich wusste nicht, wie viel Veränderung ich an diesem Tag noch ertrug.

»Dann hab ich daheim eine Überraschung für dich.«

Von Osten näherte sich ein Güterzug. Das schneidende Geräusch des Zuges schwoll langsam an, dann wurde es schlagartig so laut, dass ich für Momente nicht denken musste, sondern einfach nur stehen, so dastehen, dem Geräusch standhalten und den Bildern der rostroten Kohlenwagen, Kesselwagen und entrindeten Holzstämme, die an uns vorbeiratterten. Seit Tristans Tod hatten mich Züge, Bahnsteige, selbst Schienenstränge, die durch offene Landschaften verliefen, mit Ekel erfüllt. Ich hatte sie gemieden, wo ich konnte. Jetzt aber stand ich da und schaute zum ersten Mal seit fünf Jahren mit offenem Blick auf einen vorbeifahrenden Zug. Der Fahrtwind kühlte mein Gesicht und etwas Neues begann. Die Druckwelle der heranrollenden Zukunft ließ mich schwindeln. Der Zug riss meine Augen mit sich. Ich drehte den Kopf und schaute ihm nach, wie er kleiner und kleiner wurde. Wie er zwischen den Häusern verschwand. Bedächtig hoben sich die Schrankenarme. Ich hakte mich bei Mama unter. In ihrem in die Ferne gerichteten Blick lag etwas Feierliches.

~

Abgekämpft und müde, doch erfüllt von tröstenden Worten und geteilten Erinnerungen kamen wir am frühen Abend zu Hause an. Papa parkte das Auto in der Einfahrt, ging aber nicht wie meine Mutter auf die Haustür zu, sondern steuerte die Werkstatt an. Ich folgte ihm und trat zum ersten Mal, seit ich von Tat'kas Tod erfahren hatte, über die Schwelle. Meine Augen brauchten einen Moment, bis sie sich an das Licht in der Werkstatt gewöhnt hatten. In der einen Ecke lagerten die Metallarbeiten, alte Scharniere und Beschläge. Es roch nach Schmieröl. Von der Wand hingen metallene Fassreifen in allen Größen. Davor, am Fenster, stand der Amboss, neben dem Tat'kas lederne Schürze hing, als hätte er sie gerade erst dort zurückgelassen. In der anderen Ecke standen die Hobelmaschine und die Schnitzbank. Die Wand dahinter war übersät mit Postkarten, alten Fotos, Schnitzwerkzeugen, Zirkeln und Hobeln. Alles sah aus wie immer und doch wirkte der Raum verwaist. Ich fühlte mich, als stünde ich erneut vor Tat'kas Sarg. Als wäre die Werkstatt selbst ein Teil seines Körpers gewesen, der nun für immer verlassen war. Da stieg mir der Geruch von frisch gehobeltem Holz in die Nase. Unwillkürlich schaute ich zum Korb unter der Schnitzbank, der bis oben hin voll mit goldgeringelten Spänen war.

»Der Opa war ja nit mehr oft hier«, sagte Papa, »aber die letzten vierzehn Tag' hat er noch einmal was g'macht.«

Seit ich denken konnte, hatte Tat'ka an der Hobelmaschine gestanden oder mit mir auf der Schnitzbank gesessen. Hier hatten wir zusammen gelacht, über die Dummheit der Welt gelästert oder Hausaufgaben gemacht. Und hier hatten wir, vor fast zwanzig Jahren, Tristans Namen im Atlas entdeckt.

»Bist du gar nit neugierig, woran er gearbeitet hat?«, fragte Papa grinsend. Ich sah zu ihm rüber. Er zog eine schmale, längliche Holzschatulle aus dem Jackett und gab sie mir.

»Das ist für dich, das hat der Opa so bestimmt.«

Ich nahm die Schatulle entgegen und war verblüfft, wie schwer sie war. Das Holz war unbehandelt, doch so glatt geschliffen, dass es gut in der Hand lag. Solche Schatullen hatte Tat'ka früher oft gezimmert. Doch dass er diese hier wenige Tage vor seinem hundertsten Geburtstag fertiggestellt hatte, imponierte mir. Ich führte das Kistchen nah an mein Gesicht und roch daran. Dann nahm ich meinen Mut zusammen und öffnete es. Im Inneren lag der Schlüssel zu Tat'kas Haus.

»Reintei freintei!« Vor wenigen Tagen hatte ich diesen Schlüssel noch in Tat'kas uralten Händen gesehen. Ich nahm ihn aus der Schatulle, wog das Gewicht des Eisens in der Hand. Und im Geiste sperrte ich Tat'kas Haustür auf, setzte mich leise pfeifend auf die Fußbank im Gang und zog, zum Zeichen, dass ich nicht vorhatte, wieder zu gehen, meine Stiefel aus.